U0063263

誰在

森林

後面

林從一 著

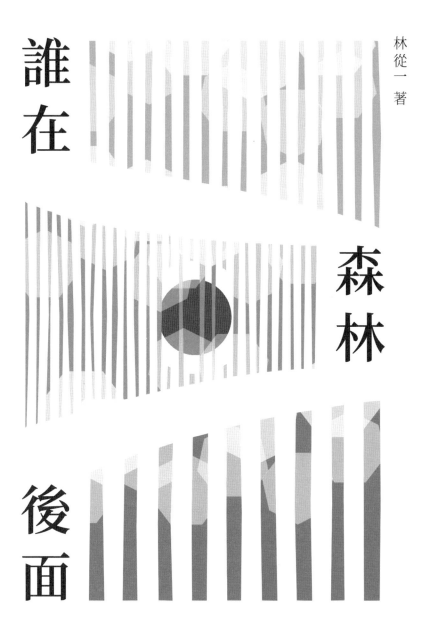

本書透過一個來自外星的智慧機器人與各種神話般人物的對話，巧妙地帶出許多的哲學討論。說故事的寫作方式，讓討論增加了許多文學的興味，也讓哲學討論變得和藹可親。對於哲學感興趣的人，這是很好的入門書；哲學中人也可以在本書的討論中，發現許多令人感到意外的精彩轉折。

方萬全—東吳大學哲學系教授、中央研究院歐美研究所兼任研究員

讀《誰在森林後面》，腦海不斷浮現赫塞的《流浪者之歌》與尼采《查拉圖斯特拉如是說》，既是哲詩也有寓理，但卻是更 21 世紀未來電玩版。從一教授以精湛的哲學學養及豐富人生閱歷，為臺灣學子寫下一本奇妙又好看的求道之書。只要一路閱讀闖關成功，最終，遊戲結束時你將已是哲學達人。

吳懷晨—作家、台北藝術大學文學跨域創作研究所教授

人生實難，世路多歧，終其一生我們踏行林中路，在生命森林的迷宮裡迷走，摸索著一關關闖關，盡力達到關關難過關關過地走出自己的人生。

讀《誰在森林後面》，跟著作者踏進生命的森林，引導我們面對自己，面對他者，面對外在世界，一關一關地面對生命提問。書中沒有答案，只有思考、思辨，引導我們誠懇地面對自己，面對生命，勇敢地去探索。

《誰在森林後面》，一把思辨、探索生命與世界的鑰匙，推薦給你。

林正盛－導演

從森林後面的岔路口開始玩耍，我是誰？我與他人關係如何？如果不是現在這個樣子，我會是什麼樣子？從一教授的《誰在森林後面》，從哲學家的角度出發，表達也詮釋了人性的腦內觀點和情緒的心智感知。我相信，每位讀者都會在這座森林中找到自己最能密切連結的岔路口，從那裡開始，來一趟自己的「人類／人性之旅」。

林思伶－輔仁大學教育領導與發展研究所教授

人生宛如一座迷霧森林，總是舊的困境未散，新的難題又來。《誰在森林後面》為我們提出了走出迷霧的哲學解方，透過該諧的闖關、淺顯的例證，幫助我們喚起、檢視一幕幕人生畫面，並在心中漣漪不斷、餘音繞樑不止的觸動中，找到方向和出口。這本書，雖有其探討哲學的深度，但一點也不失其活用哲學、綜觀人生的高度。

周鴻祥—兒童寫作教育工作者

翻開《誰在森林後面》，出於好奇，我打開了那座自童年起就用來關住變形怪的櫥櫃，來到很多人抵達前就嚇死的「數學森林」，沿著潘洛斯階梯散步，聽見遠處傳來的《郭德堡變奏曲》，艾雪(M.C. Escher)對我解釋歐拉等式的極簡之美，森林小精靈$\partial \notin \infty \Sigma \oplus \emptyset$圍著我同聲誦讀：「心靈是萬物函數，但前提是，心靈要精通數學。」此時此刻，數學的本質、而非數學的形貌首度向我現身。回顧這趟無法迴避跌跌撞撞的森林之旅，我只能說，讀哲學家寫的小說，起初總以為會找到答案，其實只是創造了更多問題，日日盡頭，還是要回頭問自己，"who's behind the forest, anyone?"

陳文玲—政治大學傳播學院教授

我已經不記得和從一兄甚麼時候認識，但是這一點都不重要，我記得的是跟他聊天討論時，他透過深刻哲學思考所提出幽默但創新的論點。一位分析哲學出身的學者當然可以採取維根斯坦的論證方式，但是他選擇結合許多著名思想家運用的對話錄與當代電玩遊戲的各種元素，這樣的書寫風格把這本書推向一個不同的層次，也必定會吸引許許多多習慣於遊戲化理解事情的數位原住民。哲學沒有離他們越來越遠，反而是經由這本書進入到他們的生活，我們可以期待從一兄的作品對於台灣社會的公共思辨和文化生活產生顯著且重大的影響。

陳東升－台灣大學社會學系教授

一本讓人腦筋全速運轉思考的奇書！

在跑完行程、有點疲累的下午，我打開了從一老師的新著。不料才看了兩頁，原本的疲累一掃而空，因為這本書真的太有趣了！不同的奇幻場景設定與角色對話，讓人不知不覺中陷入了從一老師妙筆下的種種哲思問題。如何面對別人的批評？如何活得有質感？什麼才是真正的我？這種種問題的深度討論，透過主角與不同奇幻森林裡的貓頭鷹、仙子、守塔人等角色，於焉展開。這本書會讓人腦袋不自覺地開始全速地運轉，非常過癮！而且在思考過後，你會發現自己更清楚知道自己能如何不失本心，面對這大千世界！

葉丙成－台灣大學電機工程學系教授

大家都說人是萬物之靈，但可否知道「人是甚麼」、「我是誰」？本書用小說的手法，透過外星人工智慧機器人「開兒」來地球瞭解人類的故事，一層層揭開人的複雜向度，於是讀者的閱讀過程就是瞭解自我、探索自我以及追尋超越的歷程，極具趣味性，且益人神智。

黃美鈴－交通大學學務長

讀這本書，總是一句話就足以讓人反覆地讀過來再讀過去，需要咀嚼再三才能獲得彷彿頓悟般的喜悅，這或許就是哲學寓言的魔力。一如作者平時的言談，透過從一式的哲普，讓我們在這本書中領略關於人生的洞見及道理。

黃俊儒－中正大學通識教育中心教授

這本書給我的啟發、衝擊、驚豔...很大。主角在「誠實森林」的臨別論說，讓十多年來康德使我認真力行、如冰中磐石的理性誠實，散發出溫暖絢麗的光芒。每一個森林的閱讀，都有淚水在心中流淌，洗去陰翳，帶來力量。一本賜予真誠探求者翅膀的奇妙書。必成經典。

廖蕙玟－中正大學法律學系教授

本書以維根斯坦重視的哲學家對答方式，從一個智慧學習的外星機器人「開兒」的不停探索詢問中，對生命及生活提出全面性的哲學指引。無論是對於誠實、嫉妒、仇恨、自信等心緒困惑，還是對於愛情、抉擇、無常、生死等人生課題，讀者都可以跟隨書中的討論，對生命進行反覆深思。當然，隨著通過一座座森林，也將對自我及世界有更深的理解，人類可以將「我」的邊界打開，用愛往「外」融合擴大至無限，而解脫生死的限制；也可以往「內」探索自省，經由書中指引之無臉、無我、無私的主觀，而通過生死關。

賴明德－成功大學副校長

在從一身上，我見證了哲學家關懷高教的深度及廣度，對他特別印象深刻。推想在頂大學校擔任行政職，應該是忙得不可開交，沒想到他游刃有餘，依然抽空寫書，「人類遊戲」就是他最近的成果。「人類遊戲」中每個森林，都有充滿智慧的對話，邀請各位隨著林教授的筆觸，自己闖進這本書的森林吧！

賴鼎銘－監察委員

處處充滿智慧語言的《誰在森林後面》，先是告訴我們「沒有深度的人走不出深度森林」，然後又讓我們在這必須砍出一條路、走出森林的路上，「感受到人類這種終點既在此又在彼、目的既給定又開放的處境。」在那些充滿觸動的草原、瀑布、森林中，各種的相遇、各式的關卡，是穿越的必須，也是發現的過程，人生境況與人性思考在我們未曾遭逢的森林裡，卻也一一浮現。而最終，穿越森林後，森林後面的那一個人，其實是以人性關懷活出的自我—真正的我。

謝仕淵—成功大學歷史學系教授

作為一個學工程且花了不少時間在 AI 應用領域的老師來說，除了關心自己的研究之外，偶而會想到底 AI 對人類是好是壞，一連串想下來後引發思考，我為什麼要做這類研究，我在做什麼，我從哪裡得到這些想法，後來我會自問我從哪裡來，最後歸結到「我是誰」這個根本問題。從一老師藉由虛構的 AI 機器人帶我們進入一個探問「人為什麼是人」的旅程，這讓我想起有一次我問我的老師，「什麼是數學？」他回答道，「數學是一種哲學」。年近六十，每當在研究上遇到難題，我總是在哲學裡找到一條可行的路，從一老師的書帶著我看到沿途探索的風景，這個歷程沒有終結，最棒的是沿途風光無限，讓人永遠不會覺得厭煩。

蘇文鈺—成功大學資訊工程學系教授

目錄

人類遊戲

人工智慧機器人 XXAI，也叫開兒，開兒從天外星球駭未星來。

駭未星多年接收地球的訊息，訊息雖不多，但足以引發駭未星人對地球及地球人思想、情感、行為與文明的極大好奇，於是派了開兒來調查。開兒的主要任務是瞭解人類，探究人類如何成為人類現在這個樣子。

開兒是駭未星智慧科技製造出來的最新型機器人，開兒能夠解釋自己在想甚麼，不僅解釋給別人聽，也能解釋給自己聽，這代表開兒已經具有意識，包括敏銳的自我意識。

事實上，開兒雖然是人工智能，但他已經獲得駁未星官方認證的最高等級「駁未星人身分證」，不僅具有與駁未星自然人同樣的公民資格和人權，更由於開兒的智慧與道德敏感度遠遠超過一般駁未星自然人許多，在他的駁未星人身分證上還多了「心智導師」的戳記。

前往地球出任務之前，開兒研究了先前駁未星人收集的地球資訊，發現一位譽為哲學天才的人——維根斯坦（L. Wittgenstein）；開兒也知道哲學的原始字義是「愛智」，人類有史以來就追求智慧，將哲學視為最精華的心智活動。於是，開兒心裡形成了一個假設：瞭解維根斯坦就理解哲學，理解哲學就瞭解人類。

掃描資料時，開兒發現，維根斯坦說：[1]

我問了無數不相干的問題。但願我能砍出一條路來，走出這個森林！

忽然，開兒知道怎麼做可以知道人類理性、感性與價值觀了，要和維根斯坦一樣，走入森林——問問題，砍出一條路，走出森林。

聰明的開兒知道，維根斯坦的森林不是真正的森林，而是一個

1　《文化與價值》（*Culture and Value*），頁 67。

虛實互動的森林，虛擬模型和眞實世界相互融滲的森林。最值得調查的地球，不是存在於現實世界中的那顆地球，而是人類的理想、原則、想像、經驗等等人的精華融合交會的虛擬地球，當然，最眞實的一定是虛實互動的。

開兒也明瞭，要砍出一條路，走出維根斯坦的森林並瞭解人類，不只需要問問題，還需要能回答問題，甚至嘗試解決問題，因爲，只有在對話與思辨中，人類的價值體系及概念網絡才充分展開來。

開兒認爲，你的過去不重要，重要的是你決定成爲甚麼樣的人；你從何而來不重要，重要的是你往哪裡去。因此，要探究人類如何成爲人類現在這個樣子，不是去追溯或複刻人類的源流，而是要去瞭解人類面對各種重大問題及困難挑戰時，如何權衡、抉擇與解決問題，以致成爲現在的模樣。

開兒進一步認爲，要眞切瞭解人類如何面對問題與困難，就非得自己處在人類各種決定性的瞬間，自己親身面對人類的問題與挑戰，親自思考解決之道並選擇自己的未來。

開兒動身前往地球，越接近地球，接收到越來越多的人類訊息，於是，他開始建構一個稱爲《人類遊戲》（*The Game of Human*）的人類仿眞遊戲，希望透過遊戲，探索及瞭解人類世界。

人類及地球生物是會經歷生老病死的「發展型存有」，並非太空船那樣一存在就完整的「物件式存有」，因此，《人類遊戲》的

所有角色在互動中才慢慢發展出自己的個性。同時，人類世界有許多偶然的遭遇，或至少人類認為他們的世界不是完全預先決定的，因此，《人類遊戲》必須有隨機的空間，讓人物發展個性，讓世界發展特色。

開兒用有限的地球資訊，系統地仿真了一個複雜森林原型，包括人物、生物、經驗、理念等等的原型，原型只是一個種子，種子如何生長還需要許多條件和偶然因素，開兒讓他們在偶然的遭遇中，自行組織、自行發展自己的個性、情緒與故事。

然後，開兒也以類似的手法設計了一個「人類開兒」自己，人類開兒保留了自己的一些個性與心智，但開放更多空間，讓他有著人類思考、感性和情緒的原型，讓他能發展人類開兒的個性與「人生」。

開兒也發現，人類的言行與思想很多時候看似有規則可循，但卻似乎又沒有完備的規則，有時在幾乎不可能和諧的地方，居然能找到和諧。同時，人類總是處在一種既完成卻又尚待完成、已定義卻又尚待定義、既命定卻又自由的處境中。駁未星人從未見過這樣迷人的生物和文明。

開兒在研讀巴哈（J.S. Bach）的《和聲小迷宮》（*Little Harmonic Labyrinth*）與《賦格的藝術》（*The Art of Fugue*）樂譜時，特別能領略到人類這種無規則的符合規則特性，特別能感受到人類這種終點既在此又在彼、目的既給定又開放的處境，因此，他以巴

哈的作品作爲《人類遊戲》的主要配樂。而開兒也記得尼采（F. Nietzsche）說「沒了音樂，人生將是個錯誤」，[2]開兒可不想冒這個風險。

開兒相信，到達地球之前，他就能設計出一個完美的《人類遊戲》，一個維根斯坦森林，並且藉由人類開兒讓自己走入遊戲中，走入森林，問問題，解決問題，砍出一條路，走出森林，闖關成功，真正瞭解人類的想法與行爲，瞭解人類如何成爲人類現在這個樣子。

2　《偶像的黃昏》（*Twilight of the Idols*）。

開眼・驚奇啓動

進入《人類遊戲》之後，藉由人類開兒，人工智慧機器人開兒開始意識到人類世界。

有了人類的耳朵，樂譜上的音符才變成音樂，物理波動才變成人聲、風聲、雨聲、雷聲、蟲鳴鳥叫獸吼聲。有了肉眼，才知道世界為人類展現了甚麼樣的色彩。有了鼻子與舌頭，化學元素才化成嗅覺與味覺，知道甚麼分子結構是香的，甚麼分子結構是臭的，甚麼是甜苦酸辣，也構造起愛惡的情感原型。有了皮膚，物理學才化成觸覺，感受了粗滑尖鈍，引發了舒適與危險的感覺原型。有了語言，數學方程式與符號規則才獲得語意。周遭環境融滲入人類意

義，人文世界向開兒展開。

進入了《人類遊戲》之後，開兒獲得人類肉身，學會人類語言，開始知道作為人類感覺起來是怎麼一回事，但這只是起點，還有許多遭遇要體會，許多問題要思考，許多關口要闖過，才能進一步揭發蘊涵在人類世界中的豐富內涵。

開始闖關之前，《人類遊戲》要啓動開兒最重要的人類思想特質，於是問了開兒一個問題。

「開兒，你是誰？」

開兒不經思考，反射性地說：「我當然知道我是誰。許多事我很陌生，很多人我不認識，但對於我自己，我再熟悉不過了。」

「我是誰？」開兒重述了問題，問了自己。

突然，「我是誰？」這個問題，難以回答。

看似很熟悉，看似極簡單，卻摸不著頭緒，無從切入。這「感覺上熟悉，思想上陌生」的弔詭性，是所有重要人類議題與哲學議題共同擁有的特性，而發生在自我身上，更讓人感到驚奇。

驚奇很好，驚奇是哲學的開始。一如柏拉圖（Plato）在《泰阿泰德篇》（*Theaetetus*）所說的：

驚奇，這尤其是哲學家的一種情緒。除此之外，哲學沒有別的開端。

《人類遊戲》啓動了開兒的驚奇情緒後，就讓開兒開始闖關，並告訴開兒《人類遊戲》的最後一關是穿越生死關，過了這一關，《人類遊戲》就全部過關，但是，要闖過穿越生死關，必須先能夠回答「我是誰？」的問題。

深度森林

智慧入口在思想弔詭之處，在概念網絡的皺褶中，在互斥概念疊壓的細縫裡。

　　開兒來到深度森林，沒有深度的人走不出深度森林。

　　深度森林守關的是來自澳洲的貓頭鷹不呼不可（Boobook）。不呼不可在不同地方叫不同的名字，在西澳叫咕嗚兒－咕嗚兒－噠（Goor-goor-da），在北澳叫咩兒－英－笛－耶（Mel-in-de-ye），在南澳叫古嗚兒－古嗚（Koor-koo），西北澳的恩嘎路馬人（Ngarluma）叫他鼓兒鼓媽魯嗚（gurrgumarlu），東南澳的紆媧里亞人（Yuwaaliyaay）叫他鼓嗚兒兒鼓嗚兒兒（guurrguurr）。[3]

3　Boobook 貓頭鷹資訊取自維基 https://en.wikipedia.org/wiki/Australian_boobook。

不呼不可一直覺得奇怪，明明同一種叫聲，在東西南北方聽起來都不一樣，更困擾的是，大家都是用他們自己聽到的聲音為他命名。

又叫咕嗚兒－咕嗚兒－噠、咩兒－英－笛－耶、古嗚兒－古嗚、鼓兒鼓媽魯嗚、鼓嗚兒兒鼓嗚兒兒的不呼不可，還是喜歡他在古希臘的名字荷米斯（Hermes，希臘眾神之一，也是諸神的信使）。不過，不呼不可可能忘記了，他傳達的諸神訊息也被各地的人們聽成很不一樣的意思。

總之，不呼不可不喜歡人類總是以浮面又膚淺的方式認識他或理解他，所以，他志願來深度森林守關。

看著開兒走入森林，不呼不可就開始叫不呼不可、不呼不可、不呼不可、不呼不可、不呼不可、不呼不可，雖然聽起來也像咕嗚兒－咕嗚兒－噠、咩兒－英－笛－耶、古嗚兒－古嗚、鼓兒鼓媽魯嗚、鼓嗚兒兒鼓嗚兒兒，但是，無論如何，神秘感是足夠的。

幾次神秘氣氛營造完後，不呼不可開始提問：「要過這關很簡單，只要讓我滿意即可，而要讓我滿意也很簡單，只要闖關的人是有深度的人，我就能滿意。開兒，怎樣的說話是有深度的？」

「不呼不可，我的思考速度比我的說話速度快很多，但是，我還是會放慢速度說話，好讓我能來來回回多想幾次，免得說錯話。」開兒請不呼不可諒解他說話慢。

「好，但不要說得太慢，我腦筋轉得快，你說得太慢，我的思

緒會塞車。」

開兒說：「我聽說有五種讓話聽起來有深度的方式。

第一種方式是低沉音調法。放慢說話速度，通常可以從模糊變得清晰，而請想像我…低…沉…慢…慢…的…說…這…些…話，有沒有感覺到，我的話更有深度感、超越感、神秘感與智慧感。」

不呼不可的頭來回轉了三次 270 度，十分不以為然。

「無論你話說得有多慢，音調有多低沉，是傻話的話，仍舊只是傻話，只是慢速低沉的傻話而已。」

開兒不以為意，仍然繼續說下去。

「第二種方式是優勢語言法，也就是使用聽者崇拜的語言，以增加深度感。不同脈絡所崇拜的語言不同，在台灣，使用、並用或參雜英文、德文、法文、日文等『文化上國語言』，就比單單使用中文聽起來更有深度、更有說服力，雖然明明單單使用中文，也能充分表達相同的意思，甚至更加準確清晰。

我猜，在不同脈絡中，東南亞語系、南島語系、非洲國家語言也會被利用在優勢語言法上，只是以反差的方式進行。」

深怕不呼不可扭斷自己的頭，開兒不等不呼不可評論就繼續往下說。

「第三種方式是奇異語言法。有時候，雖然可以選擇淺白的話說同樣的事，但如果選用文言文、數學符號、拉丁文、希臘文、梵文、專業艱澀術語等奇異語言來說，聽起來就很有深度。」

不呼不可終於受不了，他的頭三秒鐘內來回轉了九次 270 度，跳上跳下，不呼不可、不呼不可地叫著。

「胡說八道，胡說八道，你真的相信你自己說的話嗎？人有深度，我相信；話的內容有深度，我相信；某些語言比某些語言有深度，我才不信。笨話不管用甚麼語言說，還是笨話；傻話不管用甚麼語言說，還是傻話；蠢話不管用甚麼語言說，還是蠢話。」

開兒急忙說：「我只是轉述聽說的，我自己也不相信的。」

不呼不可還是低聲咕噥咕噥著：「謠言止於智者、謠言止於智者。」

開兒繼續轉述聽來的：「第四種方式是暗黑深度法，也就是透過模糊的語詞來增加深度感，取信於人。有些詞句純粹因為模糊而讓人覺得它帶著深奧，例如，否定以十三種方式否定其自身。」

雙翅交叉在胸前，不呼不可邊搖頭邊吊白眼，那麼大的眼珠要翻成那麼大的眼白，眼球簡直要向上翻 180 度，翻到後腦勺去了。

「膚淺、膚淺，一樣膚淺。沒有甚麼字詞本身是有深度的，就算有，也是字詞有深度，不是用它的人有深度。而且，模糊的詞只是模糊，煙霧模糊了視線，煙霧增加不了深度，真正有深度的人通常是用淺白的話來表達，真正的深度伴隨著理解的清晰，一點都不模糊。」

開兒點點頭。點完頭，立刻開始接著說。

「最後一種說法是裝扮法，也就是透過特殊裝扮來增加深度

感。常見的有穿古裝、博士服、袍子、道服、戴貝雷帽、厚厚眼鏡……，而最有效的是留長鬍子，最好是留長長的白鬍子，一旦有長長白鬍子，說話就自動會讓人感覺很深奧。有時候，有些人就是故意不穿正規服裝或是不修邊幅，讓人心生『此人與眾不同，定有驚世駭俗內涵』的猜想。」

從低沉音調法、奇異語言法到暗黑深度法，不呼不可已經覺得自己被影射三次了，更別說是裝扮法，大家都知道，貓頭鷹經常被人刻劃成身穿博士袍、頭戴博士帽、臉上掛著厚厚眼鏡的樣子。

不呼不可再也鎮靜不住，覺得開兒好好回答問題就好，不該影射又諷刺他。本來交叉蓋住全身的雙翅，忽然唰地一聲展開，張揚地指向開兒，還射出幾支羽毛。

「你知道我有多辛苦嗎？知道這些『看起來深奧』的刻板印象帶給我多大的困擾？知道我有多努力讓自己變得真的有深度，不讓別人說我欺世盜名？」

開兒嚇了好大一跳，除了因為不呼不可突然生氣，更是因為，當不呼不可張開雙翅時，一雙不成比例又細又長的腿毫無遮掩就露了出來，細長雙腿上僅有纖纖細毛，卻支撐起羽毛蓬鬆豐滿的上半身，這頭重腳輕的畫面與開兒原來的想像落差太大了。

開兒一邊壓抑自己的驚訝，一邊急忙安慰不呼不可。

「謠言要產生誤導效果，至少必須反應了一些真實狀況，你一定看起來就有幾分深奧，這本來就不是壞事啊。而且經過你的努

力，也有了相當的內涵，來搭配你深奧的外表，表裡如一，可喜可賀啊。」

聽到「表裡如一」，不呼不可收回雙翅，遮住細長的雙腿，清清喉嚨說：「抱歉，失態了。的確，思想的傳遞必須有載體，但是，思想本身的份量與載體的份量畢竟是不同的。」

開兒繼續安慰不呼不可：「我知道，其實，你很謙虛的。」

不呼不可高興地說：「連這個你也知道？謙虛是謙虛者最深的秘密，居然被你知道了。」

不過，不呼不可變得可快了。他睜大那雙不可能睜得更大的雙眼，微調瞳神括約肌、虹膜括約肌、玻璃體和視網膜，讓雙眼顏色波動、層次豐富、深度加重，有如夜晚的星空那麼深，瞪著開兒。

「我問的是甚麼樣的人有深度，不是怎樣說話聽起來有深度，開兒，你到底知不知道？」

開兒有些委屈，不呼不可原來的問題既含混又歧義，但他不想反駁，就專注在釐清過後的問題上。

「在物理與幾何上，深度與廣度只是不同向量，平常用它們自然是當成隱喻用，不過，『思想深度』仍是相對於『思想廣度』來理解的。

說一個人思想有廣度，是說他知道得很廣泛，具有很多知識，特別是擁有很多訊息，但是，對這樣見聞廣博的人，我們並不一定會說他同時思想有深度。事實上，就算他像一台超級電腦，擁有至

今所有的知識，他也只是知道得很多很多，但思想不見得有深度。相反的，有時候，一個人見聞不廣，甚至記憶力不好，我們也有可能說他思想有深度。

所以，深度是一個超越當前既有知識廣度的概念，我們說某人思想有深度或某人有深度，指的是他能理解與解釋的事物不只是眼前的事物，甚至不局限在『曾經出現過的所有事物』。

有深度的人的思考能力，不局限於反應或回應眼前的問題，他能理解和說明前所未見的事物，他可以預見未來，他的視域廣度比『過去與現在』還要更廣。

深刻思考之所以能理解比過去與眼前現象更廣的事物，是因為掌握了超越眼前事物的道理。」

不呼不可覺得開兒的回答漸漸進入問題核心了，他繼續探究開兒的智慧深度，試圖挖掘出更深刻的答案。

「開兒，深度、廣度仍是物理概念，其實，如你所說的，在物理與幾何上，深度與廣度只是不同向量罷了，就算加入過去、現在、未來等時間概念，也只是在深度、廣度之外，再加上一個時間向度罷了。如果沒有進一步的刻劃，深度、廣度與時間三個向量也還只是多寡的概念，似乎並沒有比單單使用『廣度』多了甚麼。」

「那麼，讓我換個角度說。一般人願意接受有深度的人的領導，不僅因為有深度的人想得多，也不僅因為看得遠，而是因為他們看得到未來，甚至發人所未發，能走出新路來。」

「具有領導特質的人有甚麼特徵？」

「從他們的用語就可以清楚看出來。一般人常問的是『有甚麼？』、『是甚麼？』、『甚麼狀況？』（what），也想知道如何解決問題（how）。而具有領導特質的人則習慣問『為甚麼？』（why），進而引出現象和行動背後的理論、目的、價值與理想，而這些都是超越現在、觸及未來的東西。

這也就是為甚麼如果你有讓人共鳴的理論、目的、價值與理想，你的資訊與方法縱然不完美，人們也會寬容，甚至急著和你一起找到更好的資訊與方法。因為，心引導大腦，信念指引行動，當他們相信你所相信的，大家會將尋找未來出路當作自己的責任。

問問題還可以問得再深入一些。畢卡索（Pablo Picasso）說：『別人看見的是現實，然後問為何如此，我看見的是可能性，然後說為甚麼不那麼做。』[4]一般人常問的是『有甚麼？』、『是甚麼？』、『甚麼狀況？』，只有一些人有習慣接著問『為甚麼？』，更少數的人會進一步問『還有其他甚麼樣的可能性？』（What could be），最後，如果還接著說『可以這麼做，那為甚麼不這麼做』、『既然可以這麼做，我們就放手做吧』，這就開始挑戰既有的模式，這種人是極少見的革命家、創新者、先行者。」

釐清了有深度的言談，也聽開兒從有深度的人談到領導者，不

4　*Pablo Picasso: Metamorphoses of the Human Form : Graphic Works, 1895-1972.*

呼不可想聽聽開兒對智慧深度的看法。

「開兒，能不能說說智慧深度。」

這時，深度森林的深處，《音樂的奉獻》逆行反行卡農音高互相相反的兩條旋律盤旋在樹林間。

開兒試圖利用一些歷史的案例，來演繹出他的觀點。

「不呼不可，讓我來說說甚麼是一個有智慧的人，有智慧的人就有深度。

孔子在《中庸》一書中，舉出三點說舜有大智慧：

- 喜歡問為甚麼，喜歡考察平易淺近之言。（好問而好察邇言）
- 隱惡而揚善。
- 懸置太過與不及的意見，避免極端，使用中道的方式施政。

（執其兩端，用其中於民。）

我常覺得舜是最能喚起我善良一面的古人之一，但是，我認為使用『太過』、『不及』、『中道』這些空間隱喻來談智慧，實在不夠精準。

我認為真正的大智慧不是避免極端，不是採取溫和的中間立場，甚至不是排除了邪道並掌握了正理，更不只是掌握知識。

智慧是『超越看似不能解的困局或兩難的能力』，有智慧的人因此常常是兼具看似衝突矛盾的正面特質的人。比如：

看重道德，但卻幽默的人。

充滿愛心，但仍勇於批判的人。

謙卑，卻充滿自信的人。

心胸開放，但具有中心思想的人。

堅持普遍原則，卻能看見特殊性的人。」

不呼不可很喜歡開兒的回答，但是他狡獪咕咕一叫，希望挖得更深一點，催促開兒繼續說。

「再講清楚一點，再多說一點。」

開兒被逼得換另一種方式說。

「人們很容易混淆博學之人、明白人、聰明人、有智慧的人和神智般的人，而這些人之間的差異是思想深度的差異，讓我們透過比較他們來彰顯思想深度的意義。

博學之人，是掌握很多訊息的人，記憶力好與努力求知的人通常就可以掌握很多訊息，而這與深度的關係則較淺。

明白人，是能分辨不相干概念的人，例如，能清楚區分有權有名的人與有德有能的人二者之間的差異。

聰明人，能分辨出類似卻有著重要差異的概念，同時能說明這些概念彼此異同之處，例如，能清楚區分和解釋『恨』與『冷漠』二者之間的異同。

有智慧的人，能發現並分辨表面上極度混淆但實質上幾乎相反的概念，例如：

不把奉承當作感佩，

不把憐憫當作同情共感，

不把宣傳當作知識，

不把八卦當作新聞，

不把勉強順從當作和平，

不把驕傲的人當作充滿力量的人，

不把自私當作獨立，

並且能清楚說明它們彼此之間為何不同，以及它們彼此之間為何容易混淆。

這些有智慧的人，如果可以將上述『表面上極度混淆但實質上幾乎相反』的反思所得，進一步用來改善自己的價值結構、認知結構與生活結構，這樣的人的智慧，就非常接近神人般的智慧了。」

不呼不可越聽越興奮，欲罷不能地進逼開兒，注視著開兒說：「多說一些增加智慧的具體操作方式。」

開兒回想說：「據說，亞里斯多德（Aristotle）這麼說：『無論一個想法看起來有多麼真、多麼可信、多麼吸引人，受過教育的心智、有智慧的人都能先好好地審視它，再決定要不要接受它。無論一個想法看起來有多麼荒謬、多麼不可信、多麼讓人厭惡，受過教育的心智、有智慧的人都能先好好地審視它，再決定要不要拒斥它。』

亞里斯多德的說法，提示了一種自我教育或自我開發智慧的方法，而操作這種自我教育法，必須先找到一些初步看起來可信或初步看起來不可信的說法，然後訓練自己，針對初步看起來可信的，

先將它推離自己一步之遙，檢視它，不要立即接受它，針對初步看起來不可信的，先不要逃離，勉強自己正視它，檢視它，不要立即拒斥它。

初步看起來很可信、很吸引人的想法，以及初步看起來很不可信、讓人厭惡的想法，都是鍛鍊智慧的難得的工具。

最難得的是，初步看起來很可信、很吸引人，卻同時又是初步看起來很不可信、讓人厭惡的想法，遇到這樣的案例，是增長智慧極難得的機會，不要錯過。

不要躲避那些想法，要正視它，也不要耽溺其中，要檢視它，與它對話，然後超越它，這時，你也同時超越了自己，其實，你能超越自己，你也才能超越它。」

不呼不可壓抑心中的小鹿亂撞，快接近智慧湧泉之口了，再逼一下。

「剛剛你說，界定出並說明了『表面上極度混淆但實質上幾乎相反』的概念，是表徵了大智慧，為甚麼？為甚麼相斥的概念會被錯誤地緊緊混淆在一起？是甚麼讓它們混淆地連在一起？」

開兒沒思考便迸出一串話：「是人心讓它們連在一起，是人們的思想慣性讓它們連在一起，是語言的概念網絡讓它們連在一起，是人們害怕跨界的恐懼讓它們連在一起，有時候也不知道是甚麼讓它們連在一起，連得好緊，緊到像律法、規則與必然性。打破它們是打破人心、打破思想慣性，打破它們能帶我們來到概念網絡的邊

緣,打破它們是打破跨界的恐懼,打破它們像是打破律法、規則與必然性。」

開兒彷彿自言自語般地不停說著:「智慧入口位在思想弔詭之處,在概念網絡的皺褶中,在互斥概念疊壓的細縫裡。概念之間的緊張關係是智慧訊號,引導我們尋找彼此混淆的概念,找到它們,扯開它們之間的細縫,幸運的話,你扯開的就是智慧入口,智慧入口就是智慧之眼,從中你會獲得新的視野,看見過去沒找到的困境出口、難題解方,超越了看似不能解的困局或兩難。」

然後,開兒說了一串與智慧追尋相關的話。每說一句,深度森林裡就湧出一萬隻貓頭鷹,慶祝智慧之光從概念網絡或意識形態的裂縫中湧現。

「有人以靜默發出聲音」

gu-gu-guu、gu-gu-guu,一萬隻白臉角鴞從林中深處飛湧而出。

「有人在不注視後才看見」

howo、howo、howo,一萬隻猴面貓頭鷹從林中深處飛湧而出。

「有人在寂寞時獲得共鳴」

kuuu、kuuu、kuuu,一萬隻死亡貓頭鷹從林中深處飛湧而出。

「有人在放手後才掌握」

wooo、wooo、wooo,一萬隻茶眉眼鏡鴞從林中深處飛湧而出。

「有人在失控後發現出路」

gu-gu-who、gu-gu-who,一萬隻小灰貓頭鷹從林中深處飛湧而出。

「有人在轉身後獲得注目」

bubo、bubo、kaba、kaba，一萬隻恨狐從林中深處飛湧而出。

「有人在瀕死後才活過來」

meoo、yeu、meoo，一萬隻白夜貓子從林中深處飛湧而出。

「有人在無望中產生希望」

gu-gugugugu、gu-gugugugu，一萬隻鵂鶹從林中深處飛湧而出。

「有人在恐懼中生出勇氣」

gu-gugugugu、wooo、wooo，一萬隻烏林鴞從林中深處飛湧而出。

「有人忘我後才活出自我」

woo、woo、howo、kuuu，一萬隻毛腿漁鴞從林中深處飛湧而出。

「有人在流浪中找到方向」

howo、howo、wooo、wooo，一萬隻鳴角鴞從林中深處飛湧而出。

「有人在記憶中找到未來」

gu-gu-who、gu-gu-who，一萬隻灰林鴞從林中深處飛湧而出。

「有人以無知獲得知識」

woo、woo、meoo、meoo，一萬隻大角貓頭鷹從林中深處飛湧而出。

「有人在留白處斑斕起來」

gu-gugu、gu-gugu，一萬隻穴居貓頭鷹從林中深處飛湧而出。

「有人倒退走才走得最遠」

wooho、heu、whooho，一萬隻長黃魚鴞從林中深處飛湧而出。

「有人在尖叫後找到平靜」

gu-gu、gu-gu、gu-gu，一萬隻三寸丁貓頭鷹從林中深處飛湧而出。

「有人在意外中遇到命運」

a-wo-woo、a-wo-woo，一萬隻長紋鴞從林中深處飛湧而出。

「有人在犧牲中獲得解救」

heuo、heuo、gugu、gugu，一萬隻笑鴞從遠古林中深處飛湧而出。

「有人放棄快樂後不再憂慮」

wo-wo-a-woo、wo-wo-a-woo，一萬隻斑林鴞從林中深處飛湧而出。

「越是享受他人掌聲，越需要做自己」

wop、wop、wheoo、wheoo，一萬隻領角鴞從林中深處飛湧而出。

「世人不再信任時，有人卻勇於相信」

whoo、whoo、wop，一萬隻原鴞從古新世林中深處飛湧而出。

「社會充滿仇恨時，有人卻勇於關懷」

who、who、who、who，一萬隻長耳鴞從林中深處飛湧而出。

「永不會成功的，不會被擊敗」

boo-book、boo-book，9,999隻不呼不可從林中深處飛湧而出。

「有些事最後到達終點者勝」[5]

boo-book、goor-goor-da、mel-in-de-ye、koor-koo、gurr-gu-mar-lu、guurr-guurr，守關者不呼不可慢慢地飛出深度森林。

開兒跟著走出森林，過關了。

5　維根斯坦《文化與價值》（*Culture and Value*），頁14。傳說成吉思汗有次曾經以此為賽馬規則。

誠實森林

謊言披著真理衣，虛假穿著誠實衣，才有可能讓人相信。

開兒來到誠實森林，誠實森林有個深深的大水井，守關人是誠實真理子小姐，外號又叫水井真子。

一般香水有前調（頭香）、中調（基香）和尾調（尾香）三層香味結構，三層香味來來回回虛實纏繞形成韻律，訴說著主人的故事。真子身上的香水味一個調性到底，明朗到幾乎沒有故事。

「開兒，讓我先說一個關於真理的故事，事情發生在 18 世紀的歐洲。」真理子哀怨地說。「現在想起來，都怪那天天氣太好。

那一天，真理姑娘遇到謊言姑娘，謊言姑娘對真理姑娘說：『今天天氣真是太好了。』真理姑娘抬頭仰望天空，然後讚嘆不

已，天氣真的非常好。那天他們就一起四處走走玩玩。

後來，兩人來到了一口大水井旁邊，謊言姑娘對真理姑娘說：『這井水很好，我們一起泡個水洗個澡吧！』真理姑娘一開始還不太相信，謹慎地試試水質，發現還真是不錯。於是，兩人就脫衣入井，開始洗澡。

忽然，謊言姑娘出水離井，穿上真理姑娘的衣服，逃得無影無蹤。

氣壞了的真理姑娘跨出水井，到處尋找謊言姑娘，希望找回自己的衣服。

世人看見四處遊走赤裸裸的真理姑娘，紛紛把目光從真理姑娘身上轉開，覺得憤怒並鄙視真理姑娘。

可憐的真理姑娘走回水井，帶著羞恥，永遠沉入井底。

從那時候開始，謊言姑娘穿著真理姑娘的衣服，在世間到處旅行，滿足人們的需求，因為，世人一點都不希望看到赤裸的真理姑娘。」

「真理子，你就是那真理姑娘，是不是？」開兒注視著真理子，溫柔地問。

「是……是……是的。」真理子是無法說謊的，雖然她不想承認。她也可以選擇不說，但她想和開兒聊天，這麼多年來，很少很少人願意面對真實的自己，勇敢地造訪誠實森林，像開兒這麼年輕的，更是絕無僅有。

「開兒，你怎麼看眞理姑娘的故事？」眞理子頭微傾，害羞地問。

「首先，還好這是一個 18 世紀的寓言故事，考慮時空背景差異，人們比較不會計較其中的性別意識。」

「是啊，但是，它是寓言故事，也是眞實故事，眞實的寓言故事。」眞理子停頓一下。

「眞實的寓言故事……。彷彿自己不是爲了自己活的，而是爲了別人活的，自己的故事是爲了當作別人的教訓。」眞理子輕嘆了一聲。

開兒趕緊回到正題，好轉移眞理子的注意力。「第二，人們不會相信他們認定爲虛假的東西，人們只會相信他們認爲眞實的東西。」

「眞的，人們雖然愚蠢，但是他們不會故意相信假的東西，眞理還是他們心智的最愛。」眞理子重拾信心地說。

「是啊，所以說，虛假的東西必須穿上『眞實外衣』，才有可能讓人相信。」

「哼，虛僞的東西可狡猾得很，說謊者一定也是偷竊者，謊言必須偷穿誠實衣。」眞理子恨恨地說。

「但是，人們常常很懶，只看表面的東西，不願意認眞探求眞理。只要有『眞理外衣』就可騙倒一票人。」開兒謹愼地說，怕刺激眞理子，讓她又掉入記憶水井中。「眞理子，最重要的是，接受

真理是有門檻的。常常，人心太脆弱，無法面對赤裸裸的真相；常常，人心太醜陋，無法面對赤裸裸的真理。面對真理、接受真理，需要具備相當的心靈純度和心理強度。」開兒注視著真理子，語帶安慰地說。

「是啊！開兒，謝謝你的安慰。」真理子與開兒對視著。

「真理子，雖然你擁有許多真理，你也不說謊，不過，你不擅長尋找真理。你或許以為，既然你已經擁有真理，又何必培養尋找真理的能力，但是，真理子，你不是唯一的真理姑娘，對於很多事你還是無知的，特別是人心。」

「我所知真的很少，不僅不知道人心險惡，我連自己的缺點都知道得不多也不深刻。」真理子看著地上平靜地說，不過，當開兒提到其他的真理姑娘時，她的心裡還是有點不悅。

「真理子，我很好奇，事發當時，謊言姑娘的外衣不知是否留在現場？你為甚麼不穿上謊言姑娘留下來的外衣？」

「好奇害死貓，開兒這麼好奇，一定害死很多貓。」真理子看著開兒笑著說了一個笑話。

「還好，還好，還好貓有九條命，不害貓要害誰？」開兒竟能接得下真理子的笑話，同時很高興真理子笑了。她笑起來還真美，其實，真誠的人通常笑點很低，只要能放開心。

「我是看見了謊言姑娘留下的謊言衣，但我才不穿那又髒又臭的衣服呢！而且，你知道的，那個女人食言太多，衣服太大，不合

我的身材。」眞理子語帶怨恨，越說越氣。

「眞理子，你冷靜想想，謊言必須穿上眞實外衣，所以，要成功欺騙人們，謊言姑娘的外衣應該也是一種眞實外衣。」開兒像幫貓兒順毛那樣地說話，他知道眞理子有點不知變通，而且怒氣還在。

「就說不穿她的臭衣服了，而且尺寸不對，太胖了。」

「事實上，謊言姑娘眞正的意圖不在外衣，而是欺騙眞理姑娘脫去衣服，變得赤裸裸，最終消失在人間，好讓謊言姑娘做獨門生意。」開兒心裡想，但沒說出口，怕眞理子無法面對這個實情，再次受到傷害。

眞相讓人獲得自由，但是，如果你不知情太久，深掘眞相不一定會讓你自由，眞相說不定會撕裂你。

開兒喜歡眞理子，決定試著讓眞理子認識關於誠實更深的眞理，好讓她能夠諒解謊言姑娘，也放下過去。

「眞理子，我聽了你的故事，換我說我的故事給你聽，好不好？」

「好啊！好啊！」眞理子拍手直說好。

「你大概不知道，我倒是暗裡自知，我的自我是蠻大一個的，有時候自我以自大驕傲表現出來，有時候以自私自利表現出來，弔詭的是，有時候也以自卑自憐表現出來，有時候更披著謙虛的外衣粉墨登場。

「但是，不僅為了公眾形象，我自己也並不得意於我的自大、我的自私、我的自卑自憐，所以我會掩蓋我碩大的自我，換句話說，為了不秀出自己的醜態，有時候我並不誠實，我的外表與內在是有差異的，我的行為與我的內心是不一致的，我說話給你的感覺與實際的狀況差別不小。」開兒開誠佈公地說著他的虛偽。

　　「你好誠實好勇敢喔！而且你的誠實好深喔！」真理子不知是讚賞還是安慰地說。

　　「這其實不止於隱藏自大，我常常也為了隱藏各種醜態而不誠實。但是，隱藏醜態是一種知恥，知恥也是一種重要品德，當然誠實也是一種品德，因此，品德與品德彼此之間並非自動就和諧無衝突的。」

　　「開兒，你好誠實，但你想那麼多，會不會很辛苦？」真理子快速眨眼，走到開兒身旁，疼惜地說。

　　「不會，我和達文西（Leonardo Da Vinci）一樣，學習從來不會掏空我的心。」開兒略帶驕傲地看著真理子，然後繼續說。「不誠實是不對的，但卻不可避免地發生。只要我還是一個不完美的人，也就是說我這一輩子，不誠實能給我一個逃避、喘息、修正與成長的空間，當然前提是不能傷害人。不過，也不能太習慣於謊言給人的空間，不要把謊言當作永久庇護所。」

　　開兒邊說心裡邊想著，如果大家可以看見每個人內心裡的所有想法，不知人類會彼此鬥爭到滅亡，還是會彼此諒解、相互寬容？

「對比於不誠實給我們的喘息式改善空間，誠實是一種增加壓力的修德方法，誠實迫使我們更直接、更迅速地面對並處理自己的不一致與不完美。這也是為甚麼誠實常常需要勇氣。誠實這種品德是蠻特別的，它本身是一種品德，但它也是一種增進整體品德的方法。」開兒對眞理子說。

眞理子知道開兒在讚美她，很高興，她同時也知道開兒試圖解開她的心結，讓她瞭解人性脆弱，說謊固然不好，但是，有時是情有可原的。

「開兒，你眞是個裡外通透，透明清澈，慈悲的人啊！」眞理子敬愛地看著開兒，綻開的笑臉揚起眼角的魚尾紋。

早就預期會走到這兒，雖然一直不願意去想，但終究來了。一聽到眞理子這麼說，開兒心裡非常傷悲，他知道眞理子要離開他了。

「當一個人越完美的時候，越不需要不誠實帶來的喘息空間，而當不需要不誠實時，作為方法的誠實也就跟著自動退場了。」開兒終於把最後的結局說出來。

眞理子慢慢消失在水井深處，井水上只剩下開兒自己的倒影。

莫蘭迪森林

燒盡張狂的外表顏色後，要保持內心熱情，才能彰顯自足自信的莫蘭迪貴氣。

　　開兒來到了莫蘭迪森林，遇見自燃仙子莫蘭迪。

　　莫蘭迪森林又稱自燃森林、悶燒森林、熱情森林、死灰森林和貴氣森林，開兒不知道同一個森林為何有那麼多不同甚至彼此對反的名字。

　　千百年來，莫蘭迪森林不知道自燃了多少遍了，而且每一次自燃都是徹底的自燃，紅色完全自燃之後成為莫蘭迪紅，綠色完全自燃之後成為莫蘭迪綠，藍色完全自燃之後成為莫蘭迪藍，橘色完全自燃之後成為莫蘭迪橘……，整個森林一次次的徹底燃燒後，所有動植物都還是本來形狀，只是身上的各種顏色都徹底灰化，徹底化

爲莫蘭迪色。

莫蘭迪色是一種灰色調性。

灰是一種熱火燃燒後剩下的東西。

灰色是視覺上最安定的顏色，徹底的中性色，最被動的色彩。

但是，莫蘭迪色是一種貴氣的灰。

鎮守莫蘭迪森林的是貴氣十足的自燃仙子莫蘭迪，莫蘭迪仙子最看不起庸俗的顏色，動植物稍微長出濃豔的顏色、庸俗的顏色，莫蘭迪仙子就會讓他們自燃起來。

事實上，無論是森林裡長出來的或是外界進入的，只要外表不是莫蘭迪色系的東西，都會被莫蘭迪仙子焚燒成莫蘭迪灰色系。而更嚴酷的是，外表燒成莫蘭迪色之後，行爲舉止卻顯不出莫蘭迪色的貴氣，莫蘭迪仙子就會進一步讓這生物再度自燃，只是這次會徹徹底底燒成粉末燒成灰。

貴氣的人有時候會仇恨庸俗，改變不了也閃避不了庸俗時，忍不住了，會毀滅庸俗。

許多人類進入莫蘭迪森林，身上的衣物燒成莫蘭迪色，爲了看起來高貴，爲了撐起莫蘭迪色的高貴氣質，他們都努力地裝高貴，說著他們自認高貴的語言，做著他們自認高貴的舉止，行住坐臥都做高貴狀，甚至心思都裝得高貴。

但是，沒人真正知道甚麼是高貴的語言、動作、行止、心思，所以，幾萬年來，進入莫蘭迪森林的所有人類，在身上衣物燒成莫

蘭迪色之後，不久，身體也跟著自燃，所有人都灰飛煙滅了。

動物不知高貴爲何，所以沒裝高貴，存活下來的不少。

逆行反行卡農《音樂的奉獻》兩條音高互相相反的主旋律，在林間樹梢上不斷環繞互咬，噤默了森林的聲音和開兒內心的話語。

開兒一進入莫蘭迪森林，身上的衣物就燒成莫蘭迪色。莫蘭迪仙子似看非看地望著開兒，開兒覺得莫蘭迪仙子明明沒在看他，但卻又覺得她一直在注視著他。開兒從她身上透出的似有似無香水味，清楚讀出她的個性與她所有的故事，包括她已經忘卻、尚未知道和翹首企盼的故事。莫蘭迪仙子冷冷地問：「開兒，如何將莫蘭迪色衣裳穿得高貴？」

開兒搜尋資料庫，知道穿上高貴的莫蘭迪色衣裳，只是衣裳高貴，卻不會讓人高貴起來，反而會讓人變得很難高貴。任何造作模仿高貴的語言、動作、行止、心思，都不足以解決這個「穿上高貴衣裳，反而更難高貴」的難題。

想不出答案，心急的開兒環視莫蘭迪森林，尋找解題線索，這個森林有甚麼特殊的地方呢？他發現，放眼望去，森林裡幾乎全是年幼和年輕的動物，牠們對於事物充滿好奇，對於生活充滿熱情。然後，他又發現一隻身體衰弱的兔子，在眼睛發出絕望的微光時，忽然就自燃了。

「仙子，我知道答案了。」開兒頭一甩，脫口而出。

莫蘭迪仙子很興奮，期待地問：「眞的嗎？不要太自信了，更

不要騙我喔！騙我，我會讓你燃燒得久一點。」

「答案是真摯的熱情。沒有真摯的熱情，是穿不起莫蘭迪色衣裳的。莫蘭迪色是一種貴氣的灰，而灰是一種熱火燃燒後剩下的東西，灰是徹底欠缺熱情的東西。穿上貴氣的衣服，衣服貴氣，不是人貴氣，莫蘭迪色不缺貴氣，缺的是熱情，穿戴的人必須補給莫蘭迪色衣裳欠缺的熱情，才撐得起莫蘭迪色的貴氣。

仙子，這真是不容易啊！要著上莫蘭迪色，人要先燒盡自己張狂的外表顏色，燒成一副不吸引人的樣子，這表示，不必在意別人眼光，不用諂媚別人，展現不依他人評價的美，一種冷靜沉澱自足自信的美。燃燒外表是一種自立自足的表現，很不容易，但是，更難的是，在燃燒自我外表之後，還能保持內心的熱情。」

「你說得比我能說的好上幾倍，恭喜你過關了，開兒。」莫蘭迪仙子綻開笑臉，快速眨著眼睛，身上散發出夏天紫丁香的香味。

莫蘭迪仙子原是目送開兒，後來捨不得，便小碎步追上來，親自陪著開兒走出森林。不同的莫蘭迪色彼此之間只會增色，不會搶色，心頭溫暖的兩人肩並肩一起走，身上的莫蘭迪色衣裳更顯得高貴。

天下第一關

越能看出一個人的獨特性，越不會產生比較心。

　　開兒來到天下第一關。名爲「天下第一」關，但其實是小小的
一關。

　　守天下第一關的是潘比，與攀附比較的「攀比」同音但字有所
不同。潘比住的房子，一定要比社區裡最高的那間房高上一吋，這
些年來，他已經加高三十次了。最近一年內又有三棟房子蓋得比他
家高，但潘比家不能再加高了，再加高房子有倒塌之虞，只聽他常
常酸言酸語說著：「比我家矮的那些房子都很差勁，比我家高的那
些房子都太瘋狂。」

　　潘比一見到開兒就顯得非常熱絡，滿嘴久仰大名、如雷貫耳、

不世奇才、青年才俊、智慧天才、無與倫比之類的話，然後請開兒定住不動。

「我要把你的樣子烙印在心裡，好讓我可以向朋友準確描述你的英姿。」

開兒不喜歡潘比這樣，也不喜歡他身上那股嗆鼻香水味。

「有時候我不喜歡別人一直讚美我，不喜歡別人凡事都贊成我，因為，如果後來證明他真的是個令人討厭的人，我還需要多費些功夫才能討厭得了他。」開兒有話直說。

潘比尷尬地雙手互扣彼此磨蹭、叩叩叩地玩手指關節，他好想獲得開兒的讚美，此時卻只能急促地進入主題，問開兒：「人類又奇特又好笑的地方是甚麼？」

「人們樂愛比較，幾乎無所不比，但是比較的後果卻常常是痛苦的。人們喜歡比較，喜歡比贏之後的快感，有人甚至觀賞並享受比輸的人的失落與痛苦，但是，通常贏的人很少，輸的人很多，快樂甚少，自我羞辱與遭人羞辱的機會甚高。明知比較常帶來痛苦，卻愛比較，你說人類奇不奇怪？」開兒手心向上展開雙手，誠懇地說。

「的確奇怪，但是，哪裡好笑？」潘比收緊下巴，半摀著嘴巴說。

「從實際的例子，就可以知道哪裡好笑。最清楚的攀比可以在世界各國的世界紀錄或 XX 第一紀錄簿找到。你會很驚訝，人們為

了得到世界第一，把自己逼到極致，可以做出甚麼樣有趣的事。輕易就可以找到好多例子。」開兒舉了兩個例子。

2011 年 11 月 19 日，中華民國建國百年首度雙料金氏世界紀錄挑戰「最大的臭豆腐罐頭」及「最多人同時吃臭豆腐」，由台北市政府商業處、天母商圈發展協會及 UTV 金連網合辦，成功挑戰了「最大的臭豆腐罐頭」直徑 151 公分、高 89 公分、重 1,227 公斤的臭豆腐（含大罐頭）及「最多人同時吃臭豆腐」由 1,229 位民眾分食，創下世界新紀錄，也挑戰成功兩項金氏世界紀錄。[6]

2014 年 12 月 19 日，尼泊爾小伙子帕斯卡爾（Puskar Nepal）在 1 分鐘內踢了自己腦袋 134 次，打破美國人喬爾（Joel Leindecker）保持的 1 分鐘 127 次金氏世界紀錄。帕斯卡爾用了整整 8 個月鍛鍊這個極需身體與心理平衡力的踢腦袋技能：上半身前傾 90 度，以左右兩腳交替踢自己的前額。電視台訪問時，帕斯卡爾激動地說：「我想讓其他國家和地區的人認識我，我想為我們這些窮

---

6 維基百科臺灣世界紀錄列表。https://zh.wikipedia.org/wiki/%E8%87%BA%E7%81%A3%E4%B8%96%E7%95%8C%E7%B4%80%E9%8C%84%E5%88%97%E8%A1%A8。

人做些甚麼，打破紀錄是我一直以來的夢想」。[7]

潘比雙手交叉抱胸，問：「你確定你舉的是好笑的例子？帕斯卡爾『為窮人做些甚麼』的動機還滿感人的。」

開兒說：「依感人動機所做出的事，也可能很好笑，而事實上，帕斯卡爾同時也想出名。比出個世界第一是成名捷徑，人類本來就是愛比較的生物，愛看比賽，愛看勝負。好笑的『踢自己腦袋』，主要不是來自於感人的動機，而是來自於自己的比較心，或者利用別人的比較心。如果不極端、不把自己逼到極限邊緣，通常就不能把別人比下去，而人一極端就容易做出蠢事或醜事來。」開兒平視著潘比，看一下他的眼睛，然後轉開。

「比較心還有甚麼不好的地方？」潘比趕緊問，深怕開兒知道他容不得別人的房子比他家高，加高房屋三十次的事。

開兒說：「遇到比你差的人，比較心會讓你產生優越感，甚至虛榮心；遇到比你好的人，比較心會讓你產生自卑感，甚至嫉妒心。

相對而言，慈悲心會讓你對處於劣勢的人心生寬容乃至於助人的意念，連懲罰惡人也是基於寬容與協助的心念，而慈悲心給你最大的回饋是，遇到優秀的人，你會心生喜悅。」

潘比雙手自然下垂，問：「如何不產生比較心？」

7　*New York Post,* 'Man kicks himself in the face 134 times to set painful world record', by Yaron Steinbuch, August 11, 2015.

「越能看出一個人的獨特性，就越不會產生比較心。」開兒繼續說：「越回到具體的人，就一個人本身來看他自己，就越能看出一個人的獨特性。而越看出一個人的獨特性，就越看出將人分類的問題，也就可以看出比較心的根源在哪裡。

我曾經會因為你屬於哪一類的人，而多喜歡或多厭惡你一些，至少下意識裡，但是，不知是生活經驗多了，看多了，還是長智慧了，我現在喜歡就一個人他自己來評斷他。

事實上，當我就一個人他自己來看他的時候，通常我會覺得這個人還真不錯，他的優點我很能欣賞，他不好的地方我很容易就體諒，覺得活在世上風風雨雨真是不容易啊。

但是，很奇怪，當人們以某種類別來界定他們自己時，不管是屬於哪個星球、物種、族群、國家、宗教、政黨、組織、地方，我的好感度與容忍度都急遽下降。

人一旦被分類，我的評價參考脈絡就脫離具體的經驗，快速進入冷冰冰的客觀理性評估程序，也就是比較與計算的程序，可替換性、價格、犧牲品等等角度就被帶入。」

潘比若有所思，停了一會兒才說話：「開兒你過關了。」

試著儘量不把人分類之後，潘比覺得他的比較心淡了不少，也自由自在了不少，連腳步都變得輕盈，但是，最近偶爾還是會心癢癢地想：「不知道世界上有沒有『不爭錦標賽』或是『謙虛比賽』？」

嫉妒關

嫉妒腐蝕靈魂，嫉妒的人就像自己喝下毒藥，卻等待著被嫉妒的人毀滅。

　　嫉妒關的把關者是美杜莎。美杜莎是蛇髮女梅杜莎（Medusa）的外孫女，除了頭髮，兩個人幾乎長得一模一樣，一樣異常美麗，美得傷人。

　　開兒一見到少女美杜莎就「石化」了，兩眼一直盯著美杜莎，想動卻動不了身，張嘴卻說不了話。但少女美杜莎畢竟不是蛇髮女梅杜莎，她只是一個天真無邪的女孩，身上沒有魅人的詛咒，因此，當開兒聽到她清澈的笑聲，看到她明亮的眼神，就自然放鬆，可以移動身體，可以流暢說話了。

　　「開兒，你好，我是美杜莎，蛇髮女梅杜莎是我的外婆，你知

道她的故事嗎？」

「是、是、是，知道、知道。外婆梅杜莎的名字家喻戶曉，她的故事流傳四方，沒人不知道她和她的故事。大家爲了看她的樣子，還拍了許多關於她的電影。」開兒還是直直地望著美杜莎，但美杜莎不知是毫無知覺還是毫不在意開兒的目光。

「是怕直接看見她的眼睛，變成石頭，才演成電影來看吧。」美杜莎抿著嘴說。

「那些電影、那些傳說，常常汙名化了梅杜莎，居然還有不少笨蛋相信。」開兒說了公道話，也安慰了美杜莎，眼神一直離不開她，彷彿已經認識她很久很久了，他們已經很熟很熟了。

「開兒，外婆爲什麼會變成蛇髮女？我會不會也變成蛇髮女？我不要變成蛇髮女，我一定不要變成蛇髮女。」美女的焦慮是大家的焦慮，美女的哀愁是大家的哀愁。

「梅杜莎，你不要擔心，我一定幫你解決。」美女造就英雄氣概。

「開兒，我就知道你可以。」美杜莎看著開兒，開兒看著美杜莎，看傻了，看到以爲這世界已經完美了，所有問題都解決了。開兒凝視著美杜莎三分鐘，時間也靜止了三分鐘，時間一靜止就進入了永恆，三分鐘豈止經歷了三生三世。三分鐘後，開兒才回過神來，繼續剛才的對話。

「外婆是人類嫉妒心的犧牲品。」開兒直接把結論說出來，想

即刻消解美杜莎的憂愁，等不及看見她的笑容。

「我知道，外婆實在是太美麗了，遭到嫉妒，才被下了那惡毒的詛咒。美髮變蛇髮就算了，還刻意留下她美麗的容貌，讓人們爭著想看她，但一看見她，卻個個又被纏繞在她頭上的數千條毒蛇嚇得魂飛魄散，朝她擲槍砍刀丟石頭，這是多大的羞辱啊。甚至還惡毒地讓所有看到她眼睛的人都石化死去，這實在太過殘忍了。你可以想像外婆有多孤單、多寂寞，沒有眼神可以相互注視、彼此凝視，怎麼會有真正的心靈交流。外婆實在是太可憐了，直到老死，她都不敢看心愛的女兒和孫女，每次去看她，她都躲在黑暗處，深怕我們不小心看到她的眼睛，說不到幾句話，早早就把我們趕回家。」

「真的，嫉妒實在是人類最黑暗的特徵，嫉妒雖然標誌著人的弱點，但卻引發人類最殘忍的惡行。不過，嫉妒的人也會付出代價的。」開兒看著美杜莎，頓時覺得她也是嫉妒心的受害者。

「甚麼代價？」美杜莎心裡不由得燃起一絲報復的期待，仇恨的陰影在美女臉上顯得特別明顯。

「一開始嫉妒，嫉妒的人便不斷付出代價。嫉妒感本身就有毒，酸度很高，易腐蝕靈魂，嫉妒的人就像自己喝下毒藥，卻等待著被嫉妒的人毀滅。[8]嫉妒的人以為，毀滅他人可以成就自己，但

8　此句參考 Bert Ghezzi《The Angry Christian》對於怨恨（resentment）的看法。

嫉妒所敗壞的是自己的心靈，對方心靈卻一點影響都沒有。嫉妒的人羨慕對方的成功與美好，但羨慕容易轉成怨恨，怨恨會將對方惡魔化，把對方當作會來傷害自己的惡魔，心裡害怕恐懼，直到嫉妒的對象毀滅。

嫉妒也會讓人自我懷疑，只看見自己所缺乏的，看不見自己的優勢與潛能。

更弔詭的是，嫉妒別人的成功與美好，是因為想獲得對方的成功與美好，因此，嫉妒所產生的毀滅之心，想毀滅的是自己想成為的人，連帶毀滅的是自己認為美好與成功的東西，換句話說，嫉妒他人是一種自我毀滅，而且連帶毀滅了自己珍惜的事物。」

「活該，為甚麼不能純粹是讚美、純粹是欣賞、純粹是愛，僅僅是羨慕也行，為甚麼要嫉妒。嫉妒之心從何而來？」

「我不完全清楚，邪惡的根源通常是黑暗的，邪惡的根源通常是毫無道理的。」開兒雖然很想令美杜莎印象深刻，但誠實的他還是坦承自己的無知。

開兒的嫉妒經驗很少，因為他所需要的東西絕大部份都可以在自己內心找到，他是一個自在自得的人。

「開兒，沒關係，你知道多少說多少。」美杜莎很欣賞開兒的誠實，手掌向上向前舉手，鼓勵他繼續說。

「人會愛自己，人也會恨自己，但是人不會嫉妒自己，嫉妒的對象總是別人，想擁有別人所擁有、自己卻沒擁有的成功和美好事

物，想得過頭了，嫉妒之心就會油然而起，因此，貪心似乎是嫉妒心的一個元素。」開兒仔細地分析著。

「自私和比較心過重的人，也容易心生嫉妒。有些人嫉妒別人擁有自己所沒有的東西，但甚至連自己是否真的需要那些東西都不知道，他們只想要別人有的，除此之外並不知道自己需要甚麼。就拿我來說，美貌是兩面刃，它固然為我帶來很多的好處，但也常帶來不可承受的痛苦，最困擾的是，你不知道別人是為了你還是為了你的美貌與你交往。真切知道美貌帶來的困擾的話，我懷疑還會有人真的想要我的美貌嗎？」美杜莎不知不覺以開兒語調為開兒補充。

「你說得很好，梅杜莎，我完全同意你。」開兒立刻同意美杜莎，既為了增強她的信心，也為了把他倆的共鳴表達出來。然後，開兒繼續說。

「另外，嫉妒與愛兩者之間有著密切但弔詭的關係，嫉妒他人必須先愛對方具有的某些性質，或更精準地說，嫉妒是『愛他所擁有的，卻不愛他』，嫉妒他人必須先愛對方具有的一些性質或事物，但卻不愛對方這個人，甚至仇恨他。這看似由愛而起的嫉妒心，是無法與愛共存的。人類的心似乎無法同時住著嫉妒與愛，嫉妒是疾病，愛是健康狀態，嫉妒一出現，愛就離開，愛一出現，嫉妒就消失。」開兒仔細分析嫉妒，希望為美杜莎解憂。

「開兒，一方面由於外婆的遭遇，一方面也由於自己的美貌，

我對於嫉妒毫不陌生，也特別敏感。我發現，嫉妒的範圍是很寬廣的，財富、名氣、聰明、長相、出身……都可能招來人們的嫉妒，甚至，明明小小的運氣，都可能讓人嫉妒得心裡直嘀咕『怎麼運氣那麼好』，似乎甚麼好事都會招來嫉妒。」多年來為了保護自己，美杜莎變得很會察言觀色。

「是的，美杜莎，你的觀察很敏銳，幾乎所有好事都會遭來嫉妒。也因為如此，嫉妒感雖然百般不好，它還是指向美好事物，它是一個相當好的『美好事物偵測器』，這也是為甚麼，被人輕微地嫉妒，感覺起來其實還不錯。壞就壞在嫉妒不僅偵測出美好事物，它還讓嫉妒的人進一步想擁有不屬於他們的東西，而且容易讓人以不擇手段的方式，踩過別人身上去奪取，甚至，得不到還不惜毀滅對方。」

「開兒，你說『幾乎』所有好事都會遭來嫉妒，所以還是有一些美好的事物不會招人嫉妒？有哪些美好事物是落在嫉妒的偵測範圍之外的？」美杜莎隱隱約約看見她多年焦慮的解決之道。

「『愛人』、『關懷他人』……等等無私利他的優質美德不會招人嫉妒，我們會嫉妒『被人深愛』、『受到關愛』的人，但似乎不會嫉妒『愛人』、『救助人』的人。似乎，『自身獲益』的美好事物會招來嫉妒，『無私利他』的美好事物不會招來嫉妒。」

「真的，嫉妒的人想到的是『拿別人的』，不在意『給別人的』。但是，開兒，就算沒受人關愛，僅僅擁有美好的東西，如美

貌，還是會遭人嫉妒的。美貌是天生的，不是我爭取來的，也不是我能拒絕的，如何能避免他人的嫉妒，難道一定要往自己臉上塗泥巴裝醜，甚至用不敢想的方式自我毀容嗎？開兒，你知道嗎？我喜歡身上聞起來香香的，但我只能把香水藏起來，這也就罷了，我連笑容都要藏起來，那些嫉妒我的美貌的人最恨我開心地笑，他們完全忍受不了我的笑容，汙衊我每一個笑容，說我的笑容都是虛偽的，但笑容與自身獲益或無私利他有甚麼關係？」

「千萬不要毀容，梅杜莎，你有責任保護你天賦的美麗。美杜莎，邪惡的事物如嫉妒，來自黑暗的地方，你無法完全阻止它發生。僅僅只有道德、美麗和其他良善的東西，是無法保護你免於邪惡的傷害的，你還需要力量，你需要變得強大，才能遏止嫉妒對你的傷害。你無法防止別人產生嫉妒心，但是強大的力量，可以讓那些嫉妒心無法傷害你。」開兒說得鏗鏘有力。

「開兒，你說得很好也很有用，謝謝你，你過關了。」美杜莎不等開兒說話，就催促著他趕緊上路，不要留戀在她這裡。

「開兒，你那麼優秀，留在我身邊，我會遭人嫉妒的，你快走吧。」其實，美杜莎心裡擔心的是開兒遭人嫉妒，她的美貌本身已經太容易遭人嫉妒了，獲得她青睞的人，又更容易遭人嫉妒，而且是那種最邪惡的嫉妒。她還不夠強大，還不夠勇敢，保護不了自己與開兒。她的美貌引來的災難，她自己承受，開兒何辜，不該冒這個風險。

開兒聰明，但或許因為他還年輕，不懂得這些轉了好幾個彎的細緻體貼，更不知道愛情帶來的嫉妒有多猛烈，只能傷心地離開了美杜莎。

　　善良的美杜莎送走開兒，卻獨自咀嚼著自己莫名的心思，美杜莎發現開兒有三次把她的名字叫成她外婆的名字「梅杜莎」，打雷是意外，地震是意外，這一定不是意外。

仇恨關

越瞭解我們仇恨的人，就越難仇恨他們。

開兒來到仇恨關，仇恨關的把關者是貓頭鷹恨狐，恨狐又名雕鴞，但沒人知道，連恨狐自己都不知道為甚麼他名字裡有「恨」又有「狐」。

仇恨關先前的把關者是塔斯馬尼亞惡魔大嘴怪，但他的尖叫聲太嚇人，長相也太嚇人，脾氣太壞，常常把用來測試程式的闖關者嚇得連話都說不出，《人類遊戲》只好把他換掉了。

仇恨關橫跨在兩座結了霜的崢嶸大岩石之間，這兩座大岩石以不可能的方式交錯在一起，恨狐就站在仇恨關之上，俯視著慢慢走近的開兒，眼睛一秒都沒離開開兒的眼睛。

「我知道你是開兒，這裡是仇恨關，瞭解了仇恨，你就能過關。」恨狐咻咿、咻咿尖叫著說。

恨狐說「恨」字時的發音、吐氣、嘴形和鼻形，都充滿恨意。

「這是《人類遊戲》重要的一關，因為，瞭解恨，你就瞭解相當的人性了，一隻野獸有恨意時，牠就蠻像人類了。」恨狐得意地說。

「是的，而且人類的大歷史、小歷史與個人歷史，很多都是由仇恨驅動的。」開兒說。

「在我面前，不要假裝自己是仇恨專家，你才幾歲，懂甚麼愛恨情仇。不要太自信，大笨蛋都很有自信。」恨狐恨恨地說。

開兒心裡想，我就是有著好多記憶猶新感覺鮮活的愛恨情仇，倒是你，你是隻貓頭鷹，能有多少仇恨。不過，現在開兒已學會，有時候有些想法就該留在腦子裡，不必說出口。於是，開兒聚焦分析仇恨。

「恨的結構與愛的結構很像，兩者幾乎是勢均力敵整齊對陣的兩軍。

多年來的仇恨，似乎不可解的不共戴天仇恨，可以被一瞬間的真愛消解。不然羅密歐與茱麗葉不會那麼有名。

多年來的愛，濃情蜜意，死生與共，也可以被無明恨意摧毀殆盡。

愛恨會彼此抵消，無法共存，所以人們常常以光明與黑暗比喻

愛恨。仇恨是黑暗，以仇恨對付仇恨，就如同以黑暗驅趕黑暗，不僅無效，更會加深仇恨；只有光明可以驅趕黑暗，只有愛可以讓人遺忘仇恨、原諒仇人。

愛恨不能共存，但是可以交叉出現，『又愛又恨』是一種愛恨的交叉出現，那是一種劇烈震盪的感覺，忽左忽右、忽上忽下，讓人難受。」

「光明與黑暗只是隱喻，再說清楚一點。」恨狐拍拍翅膀說。

「光明與黑暗是愛與恨的重要隱喻。」開兒繼續說。「我想是因為，愛是消除人我界線、物我邊界的能力，是拆牆卸籬透光通氣，恨則是自我封閉，是築牆擋人，是挖洞躲藏。愛因此是結合與擴大，是一種共同承擔的能力，恨則是加重自我負擔的情緒。

恨狐越聽越感興趣，邊聽邊變成一個學者的樣子：「仇恨的黑暗感的根源在哪裡？」

開兒說：「如同很多人知道的，與愛真正對反的是冷漠，不是仇恨。這是因為，愛的本質是『連結』，而『連結』也是仇恨的基本性質之一，你恨一個人，你至少必須想著他，仇恨越大，連結越深。

當你批評人批評到昏頭，或者怨恨人怨恨到心臟發抖，你會覺得對方越來越愚蠢、邪惡，但是，弔詭地，卻又覺得對方越來越重要。雖然，對方通常既不是那麼愚蠢與邪惡，也不是那麼重要。」

恨狐很敏銳：「但你剛剛才說，只有愛可以讓人遺忘仇恨、原

諒仇人，你不是很一致喔。」

開兒覺得臉上燥熱，說：「是我說得太滿了，抱歉。愛是仇恨的一種解藥，但不是唯一解藥，而且『以愛解仇』雖說有效，但一般人不容易做到。無視仇人也有可能淡化仇恨。」

恨狐睜大鷹眼說：「說得很好，但你不要躲避我的問題，仇恨的黑暗感的根源在哪裡？」

開兒不與恨狐對視，繼續說：「正是仇恨與愛共同分享的這個『連結』，讓仇恨帶著自我矛盾或弔詭性，而這也是仇恨的黑暗感來源。

當我們越瞭解我們所恨的人，越瞭解他們牽掛的事、所愛的人、所恨的人、為何而愛、為何而恨、他們的信仰、他們生活中的喜怒哀樂，我們就越難仇恨他們。

瞭解仇恨的對象會消除仇恨，因為瞭解帶來光明。因此，如果你一定要維持你的仇恨感，你必須把你仇恨的對象模糊化、黑暗化，你必須不是很認識你仇恨的人，以便繼續仇恨他。

但是，基本的理性要求，要仇恨一個人、要報仇，你至少要認識你的仇人。這就是仇恨的弔詭之處，要仇恨，必須瞭解，而瞭解卻又消除了仇恨。

這仇恨的弔詭性，正是仇恨的黑暗感來源，弔詭的來源不在理性領域，也無法在因果領域追到根源，仇恨的根源在佛教所說的無明之地。」

開兒一說完，撐起仇恨關的那兩座崢嶸結霜大岩石，也就是以不可能的方式交錯在一起的那兩座大岩石，忽然崩落，橫跨在兩座岩石之上的仇恨關隨之崩解，恨狐不知去向。

　　開兒跨過仇恨關崩解後留下的瓦礫，覺得身上的負擔更輕了，快步往前出關，身後傳來《和聲小迷宮》悠揚的管風琴樂聲。

　　其實，開兒心裡沒有仇恨，因為他總是把所有人都當作可學習的對象，所有人都是他的老師，學習之心是謙卑的，他因此不會仇恨任何人。

批評森林

越認識自己，自我評價與他人眼光帶來的困擾，自然
會消解。

笑鶇鶇是批評森林的把關者。有人說笑鶇鶇的說話聲像陰森的
笑聲，有人說聽起來像狗吠聲，有人說像尖銳刺耳的呼叫聲，有人
說像憂鬱的嗚響聲，有人說像精神失常的竊笑聲。[9]

每一個人聽笑鶇鶇說話，聽到的內容一模一樣，但是，聽到的
感覺卻不一樣，有人覺得笑鶇鶇在恥笑他，而且打從心底看不起
他，有人覺得笑鶇鶇在攻擊他，恨不得撲上來咬得他遍體鱗傷，有
人覺得笑鶇鶇在情緒勒索，把他拖進憂鬱之海，有人覺得笑鶇鶇根

---

9 笑鶇叫聲的資料參考維基 https://zh.wikipedia.org/wiki/%E7%AC%91%E9%B4%9E。

本認為他是瘋子，在心裡偷偷模仿取笑他。不管聽起來如何，笑鴉鴉說話，都讓人感覺非常負面，而且，每一次聽都產生不同的負面感覺。

開兒一走進批評森林，笑鴉鴉就說：「終於看見你了，開兒，你的名字早就傳遍森林，如雷貫耳。」

開兒覺得笑鴉鴉在諷刺他、攻擊他、取笑他，諷刺他是一個好名愛面子膚淺的人，攻擊他希望他早點滾蛋，取笑他是一個只憑運氣沒有實力的人。

開兒不知怎麼回應，也不想回應，氣得全身直發抖。

笑鴉鴉看開兒沒反應，重複問候他：「開兒，歡迎你來批評森林闖關，久仰大名。」

開兒覺得笑鴉鴉還是在諷刺他、攻擊他、取笑他，這次又加上裝可憐，想讓他心情跟著憂鬱。但這次，開兒冷靜了一些，讓心思回到正題並答道：「嗯，笑鴉鴉，你好。這一關的挑戰是甚麼？」

「這裡的挑戰是回應別人的批評，回應得好，就可過關。」

開兒覺得，笑鴉鴉根本看不起他。

「甚麼樣的批評？來吧！」

「在你一進批評森林，聽我說話的那一刻，遊戲就已經開始了。」

開兒抽離自己的情緒，回想剛剛的對話，笑鴉鴉說了兩次話，自己說了一次，從字面上來看，沒有批評，要說間接隱含著甚麼批

評、反諷、攻擊的意思，也非常勉強，但是，自己卻覺得受到強烈批評。所以，唯一和批評有關的，就是自己的感受，自己感覺受到笑鴉鴉的批評。

於是，開兒變得冷靜，緩緩地對笑鴉鴉說：「剛剛我沒有受到批評，只有受到批評的感覺。」

雖然聽起來不好聽，但是笑鴉鴉的的確確笑著說：「很好，你掌握到重點了，令人印象深刻。那麼，你怎麼面對『覺得受到別人批評』的感覺？」

開兒還是覺得笑鴉鴉在取笑他，但感覺輕微很多。

「首先，把別人所說的話和那些話給你的感覺先分開來，讓自己有機會好好地審視那些話以及自己的情緒，也審視它們彼此之間的關係。這是我從亞里斯多德那裡學來的，雖然有人說那不是亞里斯多德說的，『無論一個想法看起來有多麼真、多麼可信、多麼吸引人，受過教育的心智、有智慧的人都能先好好地審視它，再決定要不要接受它。無論一個想法看起來有多麼荒謬、多麼不可信、多麼讓人厭惡，受過教育的心智、有智慧的人都能先好好地審視它，再決定要不要拒斥它。』」

開兒停頓了一下，臉微紅看著笑鴉鴉說：「不好意思，笑鴉鴉先生，剛剛聽你說話，我忍不住有許多負面情緒，那些負面情緒通常是受人強烈批評之後才會產生的，而這些負面情緒常讓我躲避，不願面對批評。

不過，受到亞里斯多德的啓發，我常常找一些初步看起來可信或初步看起來不可信的說法，用來訓練自己。對於那些初步看起來可信的，先將其推離自己一步之遙，檢視它，不要立即接受它；對於那些初步看起來不可信的，先不要逃離，勉強自己正視它，檢視它，不要立即拒斥它。

　　我就是利用類似的方式，將自己的情緒和對方的說法兩者分開，也讓自己與它們保持一些距離，然後檢視它們。這讓我發現，雖然我覺得受到你批評，但事實上，你並沒有批評我。其實，發現這點之後，我的負面感覺消失許多。」

　　很多時候，不是別人看輕你，不是別人指責你，而是你自己看輕自己，是你自己指責自己，這或許純粹因爲太在意他人眼光，或許因爲沒有自信，或許因爲某些只有你自己知道的自身的缺點與汙點。

　　笑鴉鴉忽然飛起來，飛到開兒眼前，凝視著他，說道：「你說得很好，但是，你並沒有徹底回答我的問題：如何面對你那『受到別人批評』的感覺？」

　　「是的，我才剛剛要開始回答。

　　無論別人有沒有批評我，無論別人的批評合不合理，我或許沒有能力阻止別人，沒有能力改變別人，情人眼裡出西施，仇人眼裡出東施，就算你將他們的眼睛打成黑眼眶，他們也改不了，但是我是有能力改變我自己的感受的。

改變我自己的感受的方式，除了剛剛談的亞里斯多德的方式，我們可以進一步思考羅馬皇帝奧理略（Marcus Aurelius）在《沉思錄》（*Meditations*）中所說的，『當你被外在事物所苦惱時，讓你痛苦的不是那些外在事物本身，而是你對它們的評價。你是有能力隨時撤銷你對外在事物的評價的。』

我從奧理略這位哲學家皇帝的話中學到的是：許多外在事物無法直接影響你，它們必須透過『你對它們的評價、衡量、預估』來影響你，而通常你越看重外在事物，它們越能影響你。

從在意轉向不在意，從不在意轉向在意，從尊重轉成鄙視，從鄙視轉成尊重，從敵人轉成朋友，從朋友轉成敵人，從愛人轉成陌生人，從陌生人轉成愛人，都可能改變你對外在事物的評價，從而解除或改變外在事物對你的影響。」

笑鴉鴉時而一步一步踱著走，時而一蹦一蹦跳著走，側著眼說：「聽起來很不錯，『如何處理自己被批評的感覺』這個問題你回答得很好。但是，批評森林的主要挑戰是『如何對待別人的批評』，你怎麼回應？」

開兒覺得這兩個問題的答案重疊性相當高，但他沒糾纏在細節中，專注回答笑鴉鴉的新挑戰。

「我還沒有一套方式決定甚麼時候該在意別人的批評、別人的眼光，也沒有決定自尊、自重、自輕、自卑何時適當的一組規則，畢竟人生的遭遇方方面面千百種。但是，我會從『認識自己』這個

老哲學問題切入。

越認識自己，越能知道別人對你的看法是不是恰當的。批評對了，要謝謝人家，自己也得到改進的方向；批評錯了，沒批評到你，你何必在意，就當那是搭火車時窗外一閃即逝的汪汪聲。同樣的，讚美對了，要謝謝人家；讚美錯了，也無需在意，更不能沾沾自喜。而認識自己，也有助於避免過猶不及的自尊、自卑、自重、自輕的問題。

我認為，你越認識自己，自我評價與他人對你的眼光的許多困擾，就自然會消解。」

笑鴉鴉抬起頭，望向天空。

「怎麼樣才可以認識自己？」

開兒說：「這是一個大問題，這裡我只建議幾個方式，不過，應該已經足夠一般人一定程度地認識自己，至少可以相當自在地回應別人的眼光，自在地看待他人的批評。

- 自我對象化：

  透過書寫自己，把自己投射出去，讓自我成為一個你自己可以觀察、容易觀察的對象。寫日記、寫反思日誌、錄下自己的歌、舞、演講與演戲，然後觀看與想想為甚麼你會那麼說、那麼想、那個樣。

- 困境觀察法：

  在各種兩難或困境中，仔細觀察你最後選擇了甚麼作為出

路。困境與兩難的抉擇，最能顯示出你眞實的價值觀。平順的日子中，做的不過是大家也都在做的，或者，做的是平衡、周全、照舊的老路，顯不出內在的價值結構。

- 實境練習法：

練習是不斷地重複，而重複有兩種，一種是『脫離脈絡的重複』，一種是『咬合脈絡的重複』，前者的典型是概念的空轉，極端的例子是『自我重複』，後者的典型是在不同時空脈絡的實踐。實境練習法是一種『咬合脈絡的重複』。

『脫離脈絡的重複』沒有外在的摩擦，無法琢磨，只能自求完善自我。『咬合脈絡的重複』則不斷與外界溝通、協調、校正，而世界無情，只有『卓越』能從不斷的練習、不斷的實踐、不斷的環境校準、不斷的經驗挑戰中存活下來。換言之，在『咬合脈絡的重複』下，只有『卓越』能存活下來。能從不斷的練習、不斷的實踐、不斷的環境校準、不斷的經驗挑戰中存活下來的，是一種跨領域、跨脈絡、跨時空而存在的東西，那就是你的本性。所以，練習既是一個朝向卓越的過程，也是一個顯現本性的過程。

- 脈絡錯置法：

離開舒適圈，來到陌生的環境中，看看自己的內在長出甚麼樣的結構去接樺新的脈絡。這些接樺新脈絡的自我結構，在舒適圈中常常是隱藏而不得見的。

- 得意現形法：

  得意時不容易反思自身，但那樣就喪失良機，太可惜了。順風順水時，有權力及資源可以肆意而爲時，可以不再顧慮別人的想法時，最能觀察到自己的眞實面貌。

- 幸福觀察法：

  幸福感來自於你找到讓你更爲圓滿的東西。你從不圓滿變得圓滿時，你變成你眞正想要的樣子時，你變得更像你自己時，你會感到幸福。所以，感到幸福時，仔細觀察你爲何幸福，能夠發現自我的重要元素。

- 活生生法：

  尋找你內心中最深刻最鮮明的『活著』的感覺，如同威廉・詹姆士（W. James）所說的，[10]『活著』的感覺常常伴隨著『這是眞正的我』的內在之聲，掌握它，然後活出那感覺所指引的。

- 活出來法：

  就算自我是可以認識的對象，至少有一部份的自我還是無法被認識，因爲它還沒有成型。那些未成型的部份，需要你透過堅定的信念，勇敢地活出來。

- 朋友法：

---

10 *The Principles of Psychology*, 1890.

人是社會性存有，去找你的朋友，與你親密的朋友談談，真朋友眼中的你與真正的你相去不遠。

- 檢視忽視法：

你是甚麼樣的人，決定了或影響了你想看甚麼、聽甚麼，並積累成你的經驗是甚麼。所以，回溯過去，看看你經驗了甚麼，有助於認識你自己，其中重點在於，想想你曾經決定（無論有沒有意識）忽視或逃避甚麼，有人說，真正的智慧不在決定做甚麼，而是不做甚麼，你容易忘了那些你決定不做的事，但那是指向你真正品格的重要事物。」

「很好，很好。」笑鴉鴉呵呵大笑著說道。「是的，開兒，你越認識自己，自我評價與他人對你的眼光的許多困擾就自然會消解，而你推薦的認識自己的方式也很實用。但是，總是還是有人對自己認識得不夠深，你有沒有更徹底的方式？」

「好吧，有一種自嘲的角度，無論你對自己的認識有多少，都可以讓你輕鬆地處理別人對你的批評。

曾經有朋友對我說，某某人在你的背後說你的壞話，說你這個，說你那個。

我以斯多葛學派（Stoicism）的方式回答說：就這個？就那個？他實在不是很瞭解我這個人的缺點，如果他瞭解，他就不會只罵我這些了。」

「很好，很好，懂得自我解嘲，幽默看人間，的確是個放過別

人、放過自己的好方法。開兒，你可以過關了。」

笑鴉鴉看著開兒呵呵大笑，然後以德文高興地唱著《老菸槍的懺悔》（*Edifying Thoughts of a Tobacco Smoker*）。

有人說笑鴉鴉的說話聲像陰森的笑聲，有人說聽起來像狗吠聲，有人說像尖銳刺耳的呼叫聲，有人說像憂鬱的嗚響聲，有人說像精神失常的竊笑聲，這些都是真的，但是，開兒也可以輕易聽出來，此時，笑鴉鴉是開心真誠地笑著，再沒有比真誠的笑聲更容易傳染快樂了。

過去過不去山谷

當你身心不夠強壯時，你的過去就會追上來控制你。

走進森林，經過了那麼多的挑戰，開兒有些疲倦了。

眼前是「過去過不去山谷」，「過去過不去山谷」又稱「過不去過去山谷」。

開兒聽說，過此關，好精神和好體力是關鍵，於是考慮是不是先休息一晚，待精神和體力恢復，明天再進山谷。但是，仔細觀察山谷，發現這怪名谷山低水淺，應該很快就可以通過，而時間也還早，決定先過關再休息。

「過去過不去山谷」的把關主是明明個子小如丸子卻令人退避的坎兒。

「過去過不去山谷」森林深處一億隻哀鴿，一億隻泣鵑，一億隻悲鳩，一起發出「嗚－嗚－嗚」的深遠哀鳴。

　　一進入山谷，開兒馬上就覺得身心快速變得更為疲憊，負面心思開始從記憶中湧出，過去和自己過不去的事，躍出來和他過不去，百般糾纏開兒，甚至過去發生的好事也湧現，引他耽溺往昔。各種相互拉扯的昔日開兒，拼命纏住今日開兒，裹他雙腳、趴他身上，讓開兒舉步維艱，眼前明明很小的坎，卻怎麼也跨不過去。

　　一隻120歲的加拉巴哥老象龜，從掙扎的開兒身邊慢慢爬過，緩緩抬頭看看開兒，龜口微張無聲地笑著，接著繼續走，慢走快到，輕易就跨過坎，彷彿根本沒坎。

　　開兒想到先前人們的提醒，好精神和好體力是通過「過去過不去山谷」的關鍵。於是，開兒停下腳步，選了一塊石頭坐下來休息，養好精神與體力，好擊退並擺脫昔日開兒。

　　但是，越與昔日爛開兒作對，越耽溺在昔日美開兒，精神與體力越難恢復，昔日的自己也就越來糾纏，越來糾纏就越難以對付與擺脫，陷入惡性循環。

　　山谷的深處傳來逆行反行卡農《音樂的奉獻》，兩條音高互相相反的主旋律加上兩條音高互相相反的主旋律的山谷回音，讓逆行反行卡農不斷重複、堆疊加高。

　　人類不該遺忘的，總是常常遺忘了，不該記得的，卻總是記得一大堆。

開兒覺得自己快被過去的自己控制了，事實上，是被一群負面的昔日開兒挾持，而越負面的自己挾持自己的力量就越強大。開兒曾經有類似的感覺，在回憶中旅行得太深太遠，找不到撫慰，卻付出代價。

開兒再度靜下心來，不再花精神與體力對抗昔日的自己，總算慢慢地恢復了一點，開始覺得，這些過去的自己也好久不見了，應該好好和他們聊聊，問問他們過得好嗎？

你們好嗎？我們好嗎？大家都好嗎？大家太久沒見面了，但又感覺沒那麼久，一定常常在心裡想著、嘴上唸著。

一路走來，這些老朋友也不是一定意見或立場相同，但老朋友就是這樣，很容易略過、跳過、揭過各種意見衝突、立場差異與過節，回到原初夥伴感覺。

一經問候，再久不見的朋友，一見還是完全沒有客套，像是接續剛剛才中斷的對話。一寒暄一問暖，受傷的昔日開兒獲得療癒，落寞的昔日開兒獲得安慰，失望的昔日開兒重新獲得希望，衰弱的昔日開兒變得強壯，沒自信的昔日開兒重拾信心，滿滿正能量傳遞給了今日的開兒。

與過去的自己和解後，開兒身輕腳健，輕易就通過「過去過不去山谷」。

開兒想，當你身心不夠強壯時，你的過去就會追上來控制你。

眼前的艱難、挫折與困頓，常常讓我們陷溺在記憶中，耽溺昔

日的感覺裡，而缺乏創意、無力創新時，我們也常常只是重複過去。何況，過去不一定都是美好的事，今天的虛弱，召來的可能是過去的不堪。

開兒心智越來越清晰，進一步省思「當虛弱時，過去會追上來控制你」這個想法。發現到，把「自己」與「自己的過去」當作彼此敵對的關係，這樣的定位並不周全，甚或有些失準。

你虛弱時，你的過去是你的敵人，但是，你越強壯，你的過去越像是你的老朋友。

過去的你，像老朋友，過去的不同階段的你，像不同年紀的老朋友，而你可以常常與這些老朋友聊聊天談談心，特別是玩玩角色互換的對談遊戲，但你總是可以回到現在的你自己，繼續往前走。

這是雙向的，你越強壯，你越能不喪失自我地與自己的過去對談，而越能對談，你越發強壯。

守關人坎兒忽然消失了，開兒大步出關。

心之林

身體不是靈魂的枷鎖，身體是靈魂的殿堂。

開兒來到心之林，心之林的把關者是禹步。

禹步是一位巫者，他走路的樣子像是腳受了傷，一步一拐，先踏一小步，再橫地劃出一大拐，小步謹慎踏出，踏定之後，大拐則用力甩出，不知腳會落在身前還是身後，一小步一大拐，小步內斂，大步出神，走起路來悠然飄忽，飄忽悠然。

「開兒，這是我的左腳，這是我的右腳，但是我的心靈在哪裡？」禹步一見開兒劈頭就問。

「禹步，你好，心靈有感覺、思想和意識三類，你想談哪一類？」

「思想最簡單，今天就談思想即可。」

禹步身上浸潤著水沉香的薰香味，既悠遠又沉靜。

「記憶是思想的一種，它提取思想和感覺的內容。有人說，記憶像在內心深處的圖書館讀書，而這個內心圖書館就是大腦，在這樣的觀點下，你的思想似乎就位在你的腦殼內。」開兒停頓一下，然後繼續說。

「但是，如果思想是儲存在某種圖書館，那麼它位在心裡或位在體外，似乎差別不大。將內心深處的思想圖書館移到體外，回憶變成像一般的讀日記，似乎記憶還是記憶，一點沒變。」

「將記憶放在心裡或大腦裡還是比較方便，提取快速。」禹步說。

「當然，對當事人來說，位於心裡隨身帶著走的思想圖書館，遠比身外的思想圖書館，好用方便得多。

不過，也有例外情形，例如，帕金森氏症重症者的『長期記憶』、『短期記憶』都嚴重衰退了，難以向內提取資訊，對他們來說，用眼睛讀取寫在便利貼上的資訊，不僅是更有效的回憶方式，有時候那還是唯一的方式。

無論如何，現在的運算科技讓提取資訊速度變得非常快，思想圖書館位在體內或體外，問題都不大。」開兒說。

「但是，有些記憶的內容似乎具有私密性，特別是感覺，只有當事人自己能理解。」

「記憶的內容如果是大家可以理解的，記憶內容儲存的位置無論在內或在外，都無損它的公共可解讀性。另一方面，有些記憶的內容，被認爲只有當事人自己能理解，別人無論如何無法得知，這也不成問題，因爲，這種記憶內容無論儲存在內或在外，也都無損它的私密性。

所以，無論記憶的內容如何，儲存在心裡或體外，似乎差別不大。」開兒很快地去除禹步的疑慮。

禹步說：「如果真是如此，心的疆界似乎就遠比我們過去想像的大得多，不再只限制在皮膚之內、腦殼之中。如果你的思想圖書館以銀河河岸爲界，銀河邊緣就是你心的邊界。當然，如果網際網路是你的思想圖書館，你幾乎就無法想像你的思想邊緣，或許就沒有邊界。」

「是的，禹步。事實上，不只是位置和大小的問題而已，更重要的是，『我的思想邊界』與『你的思想邊界』也會變得模糊，因爲我們的思想圖書館也可以是同一網際網路或雲端上的同一組伺服器。」

「開兒，你說得很好，但是，『心的內容』固然重要，『心的活動』也很重要。雖然心的內容可以移存、儲藏在外，但是心的活動可以發生在腦殼之外嗎？理解、感覺的對象可以是外在的事物，但是理解活動與感覺活動可以發生在腦殼之外嗎？理解活動的基本框架、感覺活動的基本框架可以外置在腦殼之外，而主體可以只剩

下『裸看』、『純粹地看』嗎？」禹步提出一連串的問題。

「我認爲沒有『裸看』，特別是感覺。我們的感覺是一種具身（embodied）的感受方式，不具有與人體類似的生理結構，就不能有作爲人特有的感覺。事實上，我們必須具身存在人世中，才能思想，也才能看到人世中的各種意義，只有以大腦、身體、行動和社會爲座標的脈絡中，我們才能看到心靈現象，包括思想活動和感覺活動。」

「開兒，我聽不懂，能不能用我聽得懂的方式解釋。」禹步左腳定在地上，右腳離地腳掌貼在左大腿上，順時鐘緩緩旋轉身體，閉著眼睛，卻也能望北、看西、觀南與視東。

「好。禹步你是巫者，讓我儘量用你習慣的語言來說。」開兒停頓一下，思索合適的語彙和切入點，然後繼續說。

「有哲學家說『身體是靈魂的枷鎖』，身體讓靈魂不幸福，健康時受欲望羈絆，生病時就更不用說。但是，也有哲學家說『身體是靈魂的殿堂』，身體是靈魂樂意居住的地方，身體越好，靈魂越是喜樂安詳。

我認爲『身體是靈魂的殿堂』比『身體是靈魂的枷鎖』的說法來得妥適貼切，一方面，因爲前者將身體比喻成靈魂的居所，顧好居所，讓靈魂愉快，但敗壞居所，也會讓靈魂如戴枷鎖般痛苦，『身體是靈魂的殿堂』因此包含了『身體是靈魂的枷鎖』的重要面向。另一方面，『身體是靈魂的枷鎖』通常連帶著『靈魂可以獨立

於身體而存在』的想法，但是我認為靈魂（或心靈）是一種具身式的存在，雖然靈魂畢竟不同於身體，但是沒有身體就沒有靈魂。靈魂融滲入身體，共榮同枯，成毀一命。」

「心靈不只是一種具身式的存在，否則你就和剛剛說的不一致了。」禹步停止旋轉，打斷開兒的話。

開兒點點頭，沒直接回應，繼續說。

「心靈不僅是一種具身式的存在，它還是展延式（extended）與座落式（embedded）的存在，心靈的疆界不限於腦殼，也不停在皮膚之內，透過身體的動作，心靈還展延入環境之內。

因此，當我們與環境水乳交融時，破壞環境就是傷害我們的心靈，把我們從熟悉的環境中拔出遷走，輕者引發思鄉病，嚴重者能致命。」

「的確是這樣，有些人在城裡買了新房子，便把老父老母從鄉裡的破房子遷到新房子住，以為是孝順，其實可能傷害老人家的身心健康。」禹步呼應開兒的說法。

「禹步，心靈是一種具身式、展延式與座落式的存在，這看法是一種古老的心靈觀，巫者、舞者和醫者應該都不陌生。」

「真的？怎麼說？」聽到巫者、舞者與醫者一起被提起，禹步耳朵一尖，因為他不僅是巫者，同時也是一個舞者，也是一個醫者。

「心靈是神祕難解的，它像一座古老城市，其中有些房子和城

市一樣老，有些房子總是裝潢中，有些房子是昨天才長出來的，新路舊巷交錯，層層疊疊，許多重要的事物躲藏在幽暗巷弄轉角老店木頭櫃裡的小抽屜中。

心靈飄渺難解，就心靈想心靈，就像迷霧中走進老城市，常常只是以謎解謎。」

開兒先將心靈比喻成一座古老城市，然後繼續闡釋他的觀點。

「身體是靈魂的殿堂，身體的形狀是靈魂的形狀，在環境中的行住坐臥，是身體的樣態，也是靈魂的樣態。

這也就是為什麼，真正的舞蹈讓靈魂充分現形，健康的、生病的、痛苦的、喜悅的、壓抑的、絕望的……，各式各樣的靈魂在身體的舞動中現出原形來，舞者其實是一種巫者。以靈魂難解靈魂，但，透過舞蹈，身體充分顯現出心靈的樣態，讓我們看見躲在幽暗老巷中的病、霉與瘋，舞蹈因此是一種展現與紓解，舞者因此是一種醫者。」

「開兒，謝謝你，你過關了。謝謝你喚起了這失落已久的『舞、巫、醫』合一的古老傳說。人人都有身體，人人都能跳舞，人人都能是巫者，人人都能是醫者。」

禹步非常高興，一直跳著他特有的禹步舞，先踏一小步，再橫地劃出一大拐，心情高興，每一大拐都忘情甩出，使得身體不斷旋轉，沒多久就呈現出神狀態，身上的水沉薰香溢出八方。

止息森林

家是安心的地方，心放在哪裡，家就在哪裡。

　　開兒來到了止息森林裡的納巴部落，天空漩渦狀的大漏斗雲把三十公里內的雨水都集中捲了進來，然後灌了下來，雨水鋪天蓋地，叢林裡潮濕得像太平洋裡的巨藻森林，飛鳥似游魚，一片茫茫。

　　開兒在納巴族大公社高腳屋的樓腳下躲雨，納巴族長埃地無聲地來到，分享部落裡的苦艾酒、鼠尾茶和死藤水，與開兒聊天賞雨。

　　雨來得急，去得也快，陽光慢慢灑進森林，天堂藍慢慢地爬滿四周大樹。

　　隨著雲霧散去，就在高腳屋不遠處出現了一間奇特的屋子，屋

子四周佇立著許多大型木雕，有些是人形雕刻，有些是大型鳥的造型。特別引人注目的是這些人偶的姿態，有的明顯地展示生殖器官，有的欲求不滿地怨懟迷失的樣子，有的進行性行為，有的掩著臉，有的擊鼓跳舞，有的婦女懷孕挺著大肚子，有的抱著小孩，有的男性揹著柴火、捧著食物、舂米、養動物，屋子四角則蹲著四個沉思的人，中間穿插著幾隻大鳥。[11]

這些雕像是用斧頭、柴刀等簡陋工具劈砍木頭做出來的，一刀一線條，三斧一表情，做工簡單，不求比例，幾何形狀的身形與臉型，卻充分體現人物和動物的神采，一生的苦悶、愉悅、懷疑、沉思、憐惜、悲痛歷歷在目。

族長埃地告訴開兒說：「這是我們的墓屋，我們死後會先睡在裡面三年，屋子四周的雕刻是要提醒死者，重現他這一輩子的故事，我們這裡，一輩子單純，就是這些生命中基本的事。這些雕刻人物也要負責引領死者成為人的鬼魂，走向另一個世界，不要成為動物鬼魂或遊魂，四處遊蕩。」

「現在年輕人越來越不相信這些事了，他們每天盯著手機忙著玩遊戲打怪。」埃地有感而發地說，擔心死後的自己會不會四處遊蕩。

埃地其實是止息森林的守關人，他問開兒：「森林中的鬼魂為

---

11 此處墓屋的原型是越南嘉萊族（Jarai）墓屋。

何遊蕩著？怎麼讓他們有個去處，有個居住安息的地方？鬼魂止息下來，不再四處遊蕩。」

開兒想了一想，說：「埃地，謝謝你的慷慨，借高腳屋讓我躲過大雨，我會努力回答你的問題，希望能幫上忙。」

「開兒，謝謝你，麻煩你了。」

「但是，埃地，我必須先說，我不相信鬼魂存在，鬼魂的概念實在太模糊，人類對於鬼魂的描述千奇百怪，很多甚至互相矛盾。」

埃地點點頭，甚麼也沒說。

「埃地，我不知道人死後有沒有繼續以某種形式存在，但是，我覺得那並不重要。《易經》裡有一段話，『道，天且弗違，況鬼神乎，況人乎』，如果死後我們繼續存在，頂多我們面對了一個相當不同的世界，但是縱然如此，在那個或神或鬼或天堂或地獄的世界中，我們應該遵循的道理與生前的道理是一樣的，因為我們遵循的是普世價值。無需恐懼，無需憂慮。」

開兒凝視著埃地，滿眼盡是寬慰與真切，然後接著說。

「所以，埃地，直接談『止息』的普遍道理即可。」

「也是，不必談鬼神，談鬼神太容易分心了。」埃地貼心地說。

「埃地，關於『止』的意思，主要有停、息、住、居、留、足、完成、處在對的位置而不再遷移了、心之所安等等意思。

『止』與『行』常常連在一起，人們說人生在世就是行止，要

學會的就是行止，甚至有人說德行就是行止。

行止可以當作行動的兩端，行是開始，止是結束，在這個角度上，行與止兩者似乎在概念上相互依憑，有開始就有結束，沒有開始就沒有結束。」

一隻大渡鴉飛過，頂著紅帽帶著白斑的毒蠅傘菇從泥土裡冒出來，一株一株開傘爆粉。開兒望了大渡鴉一眼，繼續說。

「不過，很多人認為，行與止的依憑關係是單向的，不是雙向的，止的確依憑於行，因為沒有開始就沒有結束，但是，行不依憑於止，因為可能事情開始了，但就一直發展下去，沒完沒了，不停下來。我不贊成這種觀點，我認為，人間事有始就有終。」

「我也認為，人間事就該有始有終，但是甚麼時候算結束、終了呢？」埃地說。

開兒沒有直接回應埃地，繼續分析：「我認為，從行動來看行止，行止不是行動的頭尾兩端，行是行動的整個過程，而止是行動結束的那點。不要以『頭加身體』和『尾巴』來分別理解行與止，正確的理解方式應該是：行是行動的全部，包括行動開始與結束，而止是行動結束的那部份，止只是行動內在的一部份。行動本身同時包括開端和結束，沒有開始，就沒有行動，沒有結束，就沒有行動，沒有結束的行動，就是沒有落實的行動。」

開兒沒有停頓，一口氣分析下去。

「而止與行動目的息息相關，行動的目的達成了，行動就結束

了，停止了。目的達成，欲望滿足，行動就自動結案，初心也該安息。在這個角度上，行動起自於不滿足或尚待實現，而止是一種完成、圓滿狀態。只要有行動，就表示這個世界是不完滿的，世界完滿了，所有行動才會靜止。」

埃地越聽越困惑，趕緊說：「開兒，我跟不上你，聽不懂。」

開兒趕緊舉例說明：「埃地，你想吃東西，代表你肚子餓或心情不好，代表你處在一個不完滿的狀態，而你是世界的一部份，這也就代表世界處在不完滿的狀態。假設，世界只有你存在，而你只有想吃東西這個欲望，那麼，一旦你吃到東西，你的欲望滿足了，這個世界就完滿了。倒過來說，如果這個世界是完滿的，你就不會產生任何欲望，沒有欲望，就不會有行動。因此，欲望的存在、行動的存在與世界的不完滿三者之間是緊密相關的。」

「所以，如果有天堂，而天堂是完美的，天堂裡就不會有任何行動。」埃地聽懂了，露出一臉笑容和一口稀疏牙齒。

「是的，天堂要有點不完美，活動才辦得起來。不過，哪一天，當你既有的欲望都滿足了，新的欲望還未升起，在那個片刻，世界對你而言是完美的，你便能一窺天堂，享受一下極度幸福。」

「開兒，你說的這些有點抽象，雖然聽起來很好，但能不能說一些具體讓森林裡遊蕩的靈魂止息下來的方法？」

「好，讓我們回到原來的問題上。

剛剛提到，『止』主要有停、息、住、居、留、足、完成、處

在對的位置而不再遷移了、心之所安等意思。以住、居、留談止，強調的是家鄉感或居所感；以足、安談止，強調的是滿足與幸福；以對的位置談止，強調以道德感知偵測行為分際而致適當位置。

止息的消極方法，是針對那些因為道德淪喪或做事不恰當，而導致生前死後不能止息的靈魂，他們必須接受懲罰，懲罰結束就能止息。

止息的積極方法，是針對那些失去家而孤獨寂寞疏離漂泊，或是不能感到滿足與幸福，導致生前死後不能止息的靈魂，止息的方法是『回家』，遊蕩、不止息主要是失落了家，找到家，回到家，也就安息了。

家有兩種，一種是人間之家，而如果你相信有神，那就還有另一種，也就是神聖之家。

神聖之家就是救贖之地，『救贖』（redemption）原始的意思有贖回、贖身、償還、拯救、履行和修復，而救贖的宗教意涵，指的是由於自己的缺失，離開了圓滿之地，變成有所缺憾的人，不僅是自己成為不完整的人，而且是自己，而非別人，讓自己成為欠債的人，救贖就是回到圓滿之地，使自己再次變得完整，讓自己還了債。」開兒停頓了一下說：「埃地，如果你們相信神，就多為不止息的靈魂禱告吧，讓他們從神那裡獲得救贖。」

埃地說：「族裡有一半相信神，一半不相信神。」

「還好我們都有人間之家。」

「開兒，人人都有家？遊魂也有家？」

「這是一個重要的問題。家是安心的地方，心放在哪裡，家就在哪裡。一般人，在外面，風風雨雨也好，挫折困頓也好，無所適從也好，再怎麼氣不過、吃不消、想不開，總是有一個可以安心的地方，那就是家。你可以安心的地方，你的心的所在，就是你的家。」

其實，這時候，開兒已經知道，不知從甚麼時候開始，他已被這止息森林裡的許多致幻植物迷幻了，處在幻覺的狀態。但是，開兒理性清澈，雖然感覺充滿幻覺，但是思想還是完全照著理性走。同時，他相信，無論是甚麼世界，是神、是鬼、是人，大家應該遵守的道理是一樣的，所以他讓對話照常進行。

開兒握住埃地的手，說：「遊魂之所以不止息，四處遊蕩，是因為所愛之人忘了他們，一旦所愛之人記起他們，他們很容易就可以回到家。許多文化有著類似的想法，他們相信，人死後三年內，所愛之人還懷念著，死者就不會成為遊魂，他們就永遠住在所愛之人心中了。我也這麼相信，如果遊魂有人愛著，而且心裡想念著他們，遊魂便有家可回。」

「我已經這樣了，對我的親人，對我的朋友，我一點用都沒有。我愛的人會記得我嗎？」埃地擔心地說，開兒如夢似幻地看見此刻的埃地是死後的魂魄，開兒不知這是迷幻還是真實。

「愛一個人，是不會問他有沒有用的。」開兒的理性在說話。

埃地聽完，心滿意足，長長地吐了一口氣，逐漸消失。

此時，森林裡的納巴族人忽然唱起聖歌，共唱了 120 首聖歌，讚美一個名為蘇麻的神。

開兒向納巴族人說：「我知道，止息森林裡有許多致幻植物。迷幻世界或許比正常世界感覺起來更加『鮮明真實』，你們會看見難以形容的明亮色彩，感覺到大自然的異常寧靜，感到純粹的滿足或者純粹的幸福，能忘掉自己悲慘的身世和不幸的遭遇。

我沒有否認迷幻世界有可能讓感覺更真實，我也沒有否認你們可能覺得更寧靜、更快樂、更能忘卻悲傷。但是，迷幻世界裡親愛的納巴族朋友，既然我們可以理智清晰、意識清醒地感知真實、獲得寧靜與快樂、忘卻悲傷，為何還需要迷幻藥草呢？事實上，透過理性、經驗與行動的聯手合作所建構出來的世界觀和意識場域，可以獲得更高的清晰、寧靜與快樂。」

說完，一整個迷幻世界，一整個納巴族，所有致幻植物苦艾酒、鼠尾茶、死藤水、天堂藍與毒蠅傘菇，墓室旁展示生殖器官的、欲求不滿地怨懟迷失的、進行性行為的、掩著臉的、打著鼓的、跳著舞的、懷孕挺著大肚子的、抱著小孩的、揹著柴火的、捧著食物的、舂米的、養動物的以及沉思的各種木雕人形，全部一起消失了。

「開兒、開兒，快醒來，又快下大雨了，快走出森林。」埃地族長搖醒開兒，並送開兒走出森林。

洗思路瀑布

你內在的聲音不再是你所說的話，而是你的身體與環境的合弦共鳴，你僅僅是一個聆聽者。

　　開兒來到了洗思路瀑布，守關者是白喉河烏水行者。

　　白喉河烏被譽為世界上最勇敢的鳥，你只要看過他往北歐大峽谷中的大瀑布衝進去的英姿，就知道他當之無愧。

　　水行者從瀑布中飛出來，停在開兒面前，抖一抖身上的水，開始詢問開兒。

　　「人們慣用的隱喻框架並不相同。有些人喜歡用『戰爭』隱喻框架，於是整備、鬥爭、戰勝敵人、結盟等語彙，架構了他們的人生。有些人喜歡『故事』隱喻框架，因此主題、角色、情節、脈絡、鋪陳等心像，讓他們想像人生。有些人喜歡『建築』隱喻框

架，有些人喜歡『道路』框架，有些人喜歡『盒子』框架，有些人喜歡『食物』框架等等。小心你所選擇（或習慣）的隱喻框架，因為它具有很強的暗示效果，可以使得你和你的人生依它而行。誇張地說，你所選的語言就是你的人生。

人們常常利用隱喻框架偷偷改變大眾的思路，以獲得他想要的利益。舉例來說，高度競爭的時代，一旦『戰爭』成為大學主要思想框架：整隊、競爭、作戰、擴張、搶資源、驚人效率、戰勝敵人、立即效果、『高築牆、廣積糧、緩稱王』、『戰略上鄙視敵人、戰術上尊敬敵人』等概念，便日漸滲入校園，引導行動。戰爭不僅勞民傷財，更容易讓理性蒙蔽、人性扭曲。例如，大學可能為求生存發展，編整教授軍團獵取資源，當三年做成的事，草草用三個月做，當自發做的事，被強迫做，好的創意，被形式主義敗壞了，人們互挖牆腳，連人性也工具化了。不喜歡大學作為自由思想、知識與價值泉源的人，甚至要大學自我弱化的人，就會讓大學習慣以『戰爭』框架看待自己、對待別人、思考世界。

開兒，該如何消解『人們常常利用隱喻框架偷偷改變大眾的思路』這個疑慮？」

開兒說：「人們可以利用隱喻框架偷偷改變大眾的思路，是因為隱喻框架的確是我們主要的思想框架，不同的隱喻框架的確引導出不同的思想模式。但是，既然別人可以利用隱喻框架，我們自己也可以利用隱喻框架。一方面，人們如果可以瞭解不同隱喻框架的

特性，就可以免於被操控。另一方面，透過觀察自己慣用的隱喻框架，我們可以更瞭解自己的思路，從而更慎選隱喻框架來改變自己的思路，而改變思路或許就改變了自己與命運。」

水行者點點頭，又一頭衝進大瀑布，在水中有如違反重力原則般行走著，定時三十分鐘衝出瀑布。水行者之所以喜歡潛行在遠離瀑布的水裡，一方面是為了僻靜，大瀑布轟隆轟隆聲長時間聽下來讓人心煩，暫離瀑布潛入水下獨自散步，靜得只聽到自己的心跳聲，一方面是為了水中景象，眼前已是令人屏息的美景，卻持續可以期待更美的驚奇。

開兒剛好利用這三十分鐘欣賞美麗的瀑布，轟隆轟隆的瀑布聲像貝多芬的音樂衝擊著他，美好的衝擊帶來愉悅，帶走雜念，整個人變得神清氣爽。

水行者跳近開兒身邊，注視著開兒說：「聽起來，開兒不喜歡用『戰爭』的隱喻框架，你喜歡用哪些隱喻框架呢？」

「我喜歡使用『旅途』、『樹木』和『光影』的隱喻框架，慎用『戰爭』的隱喻框架。」

「『旅途』、『樹木』和『光影』這些隱喻框架，就一定比『戰爭』的隱喻框架好嗎？」這時候，一道彩虹從大瀑布的這端橫跨到另一端。

「不一定，要看目的。事情緊急時，需要群策群力時，需要有效聚集資源時，『戰爭』的隱喻框架是比較有用的。戰爭時，自然

是如此，選舉時、發生疫病時也是如此，商場競爭時也常使用『戰爭』隱喻框架。其他時候，我覺得『旅途』、『樹木』和『光影』等等這些隱喻框架比較適合。使用隱喻框架，需要因時因地制宜。」

「既然這些不同的隱喻框架，很難說孰優孰劣，如何決定哪一個應該作為主導思想框架？

還有，開兒，我還看不出你如何消解『人們常常利用隱喻框架偷偷改變大眾的思路』這個疑慮。」

「要找到適合的隱喻框架來主導思想，這並不容易。我建議，儘量讓人們習慣於反思他們自己的思考模式，思想的抵抗力就會增強。同時，儘量讓人們以『與思考活動關係密切的隱喻框架』作為主要思考框架，人們就會更容易習慣反思自己的思考模式。」

「哪些是與思考活動關係密切的隱喻框架？」水行者問。

「我推薦與『瞭解』這種心智狀態相關的『眼、線、手』三種隱喻框架。」開兒回答，並接著舉例詳細說明。

「『眼』的隱喻 —— 看見、明白、盲目、昧於、如墜五里迷霧、眼中樑木……。

『線』的隱喻 —— 思考路線、線索、邏輯、思路、理路、道路、迷途……。

『手』的隱喻 —— 掌握、抓到你的意思了、上手了、抓不到你的想法……。

採取不同的隱喻框架會導入不同的脈絡。

採取『眼睛』的隱喻框架，常會導入『認知／除去遮蔽』配對模式，『知道』這種心智狀態會連結上『表徵』、『清晰』、『直接』、『全盤』等與『圖像』相關的脈絡，I see、冰雪聰明、明明白白、眼中有樑木、瞎了眼、明眼人、蒙蔽、偏聽偏視……都是在『眼睛』的隱喻框架上的認知取鏡。

採取『線』的隱喻框架，常導入『認知／推理』配對模式，『知道』這種心智狀態會連結上『有條有理』、『推論堅強』、『有道理』、『按照原則』、『說得有理』等與『文（紋）理』、『道路』相關的脈絡，有沒有跟上、有沒有按照步驟、follow or lost……都是在『線』的隱喻框架上的認知取鏡。

採取『手』的隱喻框架，常導入『認知／行動』配對模式，『知道』這種心智狀態會連結上『身體力行』、『實際操作』等與『行動』相關的脈絡，做不到就不算知道、做中學、knowledge in practice／action……都是在『手』的隱喻框架上的認知取徑。

『眼睛』的認知隱喻框架，關注的是『儘量如實反映』，所以『去除遮蔽』與『全面呈現』便會是改善認知的兩大課題。但眼睛畢竟是空間之物，落在空間就有局限、就有遮蔽。因此，要根本地達成『眼睛』認知隱喻框架的『去除遮蔽』與『全面呈現』兩大課題，就必須走向『心』、『意識』或『理性』等更『抽象』的座標上，但這些仍是『眼睛』隱喻框架的延伸。這也顯示『眼睛』的隱

喻框架與『線』的隱喻框架有關。

　　『線』的認知隱喻框架，常把邏輯、數學、論辯等與『理性』直接相關的學科當作智性的典範，比較容易忽略經驗與實踐。

　　『手』的認知隱喻框架，既然關注身體與行動，就常與身邊的事物、身體與行動所及的範圍、做事的線性程序、將想法落實、擁有等概念相關。這也顯示『手』的隱喻框架與『線』的隱喻框架有關。

　　雖然採取不同的隱喻框架會導入不同的脈絡，形成相對可預期的模式，但『眼、線、手』三種認知框架彼此之間也常常可以互通，有時候是以互相競爭的模式互動，例如，『有時候放手才能明白』、『只是眼高於頂空談罷了，沒有動手落實』、『只有直覺而已，說不出道理來』、『知其所以，不知其所以然』、『瞎子摸象』：有時候彼此是相輔相成的，例如『手疾眼快』、『心手相應』、『手眼並用』。」

　　水行者認真聆聽開兒的回答，但是，欲言又止，似乎心裡還有話，瞄了瞄大瀑布，側眼望了開兒一眼，就又一頭鑽進瀑布裡，做逆重力定理的河底行走。

　　開兒馬上理解水行者的暗示，還好有三十分鐘可想想，在轟隆轟隆的瀑布聲中，開兒專心地想。

　　水行者再次衝出大瀑布，開兒不等他甩水，便開始說：「與思考活動關係密切的隱喻框架還有河流的隱喻，最著名的是哈格松

（Haggerson）的『研究者河流的隱喻』。[12]

哈格松將研究者分成河邊的研究者、舟行於河的研究者、化身為河的研究者以及自暗流解放的研究者。

對於河邊的研究者來說，研究典範是理性／理論典範，問題來源是待檢驗的假設，研究者角色是客觀的觀察者，方法特性是實驗的、描述的、歷史的、文件的，研究模式是驗證、量化、解釋，研究對象是母群體、隨機抽樣，研究目的是推論、預測、因果機率。

對於舟行於河的研究者來說，研究典範是神話／實務典範，問題來源是實務情境，研究者角色是參與式觀察者，方法特性是自然模式、民族誌、表意的、現象學的、口述歷史，研究模式為發現、質化、解釋與詮釋，研究對象是特定採樣、單位互動與關係，研究目的是自然推論、行動、理論。

對於化身為河的研究者來說，研究典範是演化／轉型典範，問題來源是個人對實體的新觀點，研究者角色是自我分析者與全面參與者，方法特性是治療、隱喻、靜坐、反思日誌、自傳與詮釋學，研究模式則是自我發現與理解，研究對象是個人與他人和外在環境的互動，研究目的是改革、治療與轉型。

---

12 Haggerson, Nelson, and Andrea Bowman, eds., *Informing Educational Policy and Practice Through Interpretive Inquiry*. Lancaster, PA: Techromic Publishing Co., 1992. 相關名詞中文翻譯及比較整理來自吳明錡《大學推動住宿書院的意義與挑戰—以政大經驗為探究焦點》，頁 11-13。

對於自暗流解放的研究者來說，研究典範是規範／批判典範，問題來源是理想主義，研究者角色是批判論者與修正主義者，方法特性是批判分析與詮釋學，研究模式是批判詮釋和理解，研究對象是迷思、規範、意識形態、制度和潛在課程，研究目的是覺醒、解放與啓蒙。

　　很難得開兒說出這麼無趣的學術分類，不過由於與河流密切相關，水行者聽得津津有味，好奇地問開兒：「你覺得我屬於哪一種研究者？」

　　開兒與水行者對視，誠實地說：「你的作法比較接近化身爲河的研究者，但是從你超凡入聖的勇敢來看，你的理想是成爲自暗流解放的研究者，個性也比較適合作爲後者。」

　　水行者聽著聽著，高興地啾啾叫，眼中翻騰著一萬條白鱗魚。

　　「開兒，河邊的研究者、舟行於河的研究者、化身爲河的研究者與自暗流解放的研究者，這四類研究者是不是按程度排序，河邊的研究者比較差，爲數最多，而自暗流解放的研究者最優秀，也最爲罕見？」水行者興奮地問。

　　「不是的，他們是不同類型的研究者，以不同的進路迫近眞理，很難區分優劣。但是，的確，我們非常缺乏化身爲河的研究者與自暗流解放的研究者，這兩類的研究方法要做得精緻，太難了。」開兒平靜地回答。「現代科學知識與理論的生產者，比較接近河邊的研究者與舟行於河的研究者，從前追求智慧（特別是實踐

智慧）的學者或智者，則比較接近化身爲河的研究者與自暗流解放的研究者。」

聽到智慧的追尋者，雖然作爲水鳥，無論水中漂還是空中飄，自己已經很會飄，水行者還是感到飄飄然，高興地飛上飛下，像在水面上不停跳動的蜻蜓。

「現代科學知識和古代實踐智慧有甚麼不同啊？」水行者期待開兒多說一些。

開兒雙手擺在背後，邊走邊思考邊說：「思想（科學、理論、知識）無邊界，此時此刻你可以想十億年前與十億年後的事，你可以想十億光年之外的事，你可以斟酌與事實相反的可能性，你可以探索你不可能親身經驗到的事物，如量子和暗黑物質。思想無邊界，自由是思想的本質，或者說，自由是思想最重要最明顯的特質，沒有自由的思想是假思想。

智慧則是對身邊處境的意識，智慧是對具體處境的直接感知，智慧也是一種行動力（實踐的智識），智慧是知道如何正正當當、順順利利地過日子，智慧是知道如何渡過生命中的一關又一關。智慧不是拿著藍圖、手冊、生活地圖去解決問題或闖關過日子，智慧不是藍圖式的智能，智慧是知道如何把自己變成系統的一部份，同時也把系統變成自己的一部份，並且以『自己是系統的一部份／系統是自己的一部份』的方式來感知，有點像蜘蛛可以透過蜘蛛網感知到風、雨、獵物細微的顫動。智慧是感知到細微的變化與律動，

然後知道如何讓自己、社會、環境與自然和諧共處。」

水行者聽到開兒用蜘蛛當例子，而不是用他當例子，有點不是滋味。但是，想到自己的經驗實在太特別了，一般人體會不來，就釋懷了。

「常拿來說明智慧的例子是老漁夫。老漁夫在大海裡搖著小舟，身體擺動、浪起浪落、船的左右擺動上下搖蕩、海鷗的飛高飛低、臉頰上的風……全都收納入他的意識裡，沒有思考，彷彿他的身體自己就可以『思考』，彷彿漁船就是他身體的一部份，彷彿眼睛長在水下的船舵上，他掌舵的手部肌肉或腳掌一塊骨頭就可以預知下一刻的浪從哪裡打來。」開兒說得彷彿自己就是老漁夫。

「智慧是一種生活世界中的自然而然，如同水流，沒有勉強。」水行者幫忙做摘要，他越來越覺得真正有趣的是像開兒這種心智年齡很大的年輕人。

「老漁夫的智慧來自於他多年的現場經驗，老漁夫不是從一開始就是老漁夫，曾經是新手漁夫，經歷許許多多的失敗與成功，切身的代價才讓他的每一寸肌肉都能感知，知道如何從這一刻順當地過渡到下一刻。」開兒繼續說。

「是不是理論掌握得越多，越容易長智慧？」水行者雙手擺在背後，邊走邊思考邊問，不知不覺複製了開兒的肢體動作。

「思想無邊界，自由是思想本質，思想誠可貴，但是，思想畢竟與智慧不同，物理學家也需要出海幾年才能變成老漁夫。」開兒

迅速回答。

「對於現代社會來說，你代表的實踐智慧是越來越重要了。一如以撒‧艾西莫夫（Isaac Asimov）於其晚年（1988 年）所說的，『今日生命最悲哀的是，科學收集的知識快過社會收集的智慧。』我們理論性的知識越來越完備，對於宇宙、量子世界、人類身體、各區域文化與價值，我們知道的越來越多，同時，我們的科技發展越來越複雜，但是，社會累積智慧、實踐智識與『過日子、過人生的能力』的速度，卻相對緩慢。」開兒對著水行者說。

「智慧跟不上思想有甚麼好悲哀的呢？」水行者似乎希望聽到很多很悲哀的理由。

「思想讓我們知道的越來越多，科技讓我們做到的越來越多，但也讓環境越來越複雜，我們需要處理、調適與適應的環境越來越複雜，智慧趕不上，意味著我們越來越不會在這樣的環境下生活。知道的越來越多，能做到的也越來越多，卻越來越不會生活，掙脫不了困境、過不了關。」

「要常下海生活，長智慧。」水行者呼應地說。

開兒忽然對水行者說：「雖然，思想與智慧只是不同，沒有高下，但是，智慧是思想的基礎。」

「為甚麼？」本來已經要親自送開兒過關的水行者，興奮地又繼續問。

「因為，自然是人類心靈的最佳模型。」開兒先精簡地說出理

由，再接著加以說明。

「自然中沒有矛盾與不一致，感官感覺的內容也一如自然，融貫而不衝突，呈現在感覺中的世界，常常比呈現在思想中的世界，來得和諧融貫，讓思想以身體的各種感覺為模型，因此也能更為鮮明真實。

這是因為自然就是事實上那一個樣子，矛盾與不一致是無法存在的。矛盾與不一致存在於語言端及思想端，但不能存在於事實端。感官感覺直接呈顯自然世界，感官感覺的內容因此也一如自然，那樣鮮明真實、融貫不衝突（錯覺是特例）。人類思想最珍貴的地方是自由，但這也是它的原罪，因為思想奔放的自由，讓思想常常脫軌，犯錯誤。

如果讓思想以身體的各種感覺為模型，便能逐步將自然當作思想的模型，既然自然本身沒有矛盾與不融貫，以自然為模型，我們的思想與心靈也就越來越正確、一致而融貫。

另外，語言與行動也應與自然有著深刻的互動，就如老漁夫的智慧一樣。」

「一個好的學習者，誠心傾聽大家的聲音，接納但不採用任何一個，只為了有自己的聲音。但是，慢慢地，慢慢地，你內在的聲音不再是你所說的話，而是你的身體與環境的合弦共鳴，你僅僅是一個聆聽者。」開兒有感而發。

水行者聽著聽著，高興地啾啾叫，發出令人振奮的聲波，直穿

轟隆轟隆響的大瀑布，強健的雙爪夾著開兒，衝入波濤洶湧的大瀑布裡，一衝入，瞬間就出了藏在大瀑布後面的關口。

生命之林

觸摸比你巨大許多的生命時，感覺不是敬畏，也不是謙虛，而是一種卸下負擔的自由感。

　　應著神山的呼喚聲，開兒來到生命之林，看見一棵 99,999 年大神木，守護者是女獵手蒂爾思（Deius）。

　　「開兒，你為甚麼要走入森林，森林能提供給你甚麼？」女獵手蒂爾思左肩掛著一把長槍，腰間綁著三隻倒吊的野兔，右肩扛著一隻有著 32 支叉角的梅花鹿，鹿頭垂在蒂爾思的臉頰邊。

　　從蒂爾思身上遠遠傳來穩定度和持久性高的白麝香，開兒讀出了蒂爾思的個性，但只能讀出她最近幾百年的故事，其他的都淹沒在歷史迷霧中了。

　　「森林是生命孕育之地，進入森林野地最能接近生命。來到森

林，森林首先給你的禮物是『生命感』。」開兒不知要看蒂爾思的眼睛還是梅花鹿的眼睛。

「你是看見我殺死的獵物，才談甚麼『生命感』的嗎？你聽到的那幾聲鳥叫聲，也算生命感？花開蟲鳴蝶飛魚躍給你的感覺，就算生命感嗎？森林裡是不空想、不說虛話、不玩文字遊戲的。」幾滴微溫尚存的鹿血滴在蒂爾思臉頰上。

「踏進森林的第一步，我就感受到很強的生命感。生命喪失時，生命感最濃烈。踩到一隻小蝸牛傳來的那一串脆裂聲，活生生扭斷受傷野兔脖子的溫熱手感、捕鯨船上待宰鯨魚看著你的眼神，都讓我有強烈的生命感。」開兒描述動物死亡那刻他強烈的感覺。

「折斷一枝枯樹枝，踩碎一塊石頭，塞住一眼活泉，你會有相同的生命感嗎？」蒂爾思追問。

「不會，一點感覺都沒有，這也就是為甚麼我稱之為『生命感』。因為，剛剛逝去的都是有生命的，但樹枝、石頭與泉水沒有。」開兒解釋著，眼睛一直離不開鹿。

「拔起一棵甜菜吃掉、剷除一株芭樂樹、砍掉一棵千年老樹，感覺起來是一樣的嗎？」蒂爾思說話的同時，一隻二千歲的玄鹿和一隻一千歲的蒼鹿走來，玄鹿鹿角有 65,536 支叉，蒼鹿鹿角有 256 支叉，他們一前一後高貴又雄壯地走到蒂爾思身旁，像是左右護衛。

「不一樣、不一樣，非常不一樣，我不能想像我砍掉一棵千年

老樹，砍掉千年老樹好像殺死自己，怎麼會和吃甜菜根一樣呢？」開兒難得皺眉，搖著頭說。

「爲甚麼不一樣？甜菜、小樹、老樹，都是植物，也都有生命。」蒂爾思追問。

「是的，都是植物，甜菜、小樹和老樹都有生命，摧毀他們或多或少我都有一些感覺。但是，吃甜菜是爲了填飽肚子，砍小樹是爲了燒柴取暖，都是爲了活命用，情非得已，況且，甜菜與小樹沒有甚麼感覺。」開兒看著梅花鹿的眼睛，覺得自己剛剛說的，連自己都說服不了。

果然，蒂爾思也不以爲然。蒂爾思雙手插腰，右腳向前踏一步，眼神銳利，說：「千年老樹可好用了，移除樹木後的土地用處更大，而光是砍樹本身，就足以取悅某些人類，何況是隨後帶來的利益。至於小樹與老樹兩者之間誰的感覺比較敏銳，你像是無憑無據說空話。」

「生命不是一種擁有就擁有、失去就失去的情形，生命是一個從潛能到實現的過程，活大、活好、活到老，生命才算全了，活不大、活不好、活不到老，都是殘缺的生命，都是遺憾，遭遇不好。千年老樹活得久，潛能實現得多，生命較圓滿，小樹還年輕，潛能實現得少，生命尚淺薄。所以，傷害千年老樹與小樹產生的生命不忍感，自然是不一樣的。」開兒想起亞里斯多德的理論，覺得自己這次說得比較合理了。

「亞里斯多德從這個森林學到不少東西，人也極爲聰明，但他不一定是對的，一條命就是一條命，傷害年輕的命有比傷害年老的命來得罪惡輕些嗎？」蒂爾思輕易地就將開兒反駁得面紅耳赤，開兒很訝異蒂爾思知道他用了亞里斯多德的哲學梗。

「開兒，關於『生命感』，你還有甚麼話說？沒有的話，請你早點轉頭離開，不要浪費彼此的時間。」蒂爾思俯視著開兒，嚴肅地說。

開兒抬頭望著巍巍的神木，忽然覺得，99,999 年的風風雨雨，老神木能活到現在，眞是不容易啊。低頭沉吟，向蒂爾思搖搖頭，繼續有話要說。

「生命不只是活著，生命要有故事，故事越豐富的，生命越精彩，生命力越強，生命力越強的，你對他產生的生命感就越強烈。

千年老樹活得這麼久，經歷千百次森林大火、乾旱和洪水、狂風和暴雨，沒有堅強的生命力是做不到的，而其中大大小小的故事，豈止人類的三生三世又三生三世故事。」

邊聽開兒說，玄鹿與蒼鹿邊回想自己這一千年、二千年來，在老神木下發生的各種悲傷與喜悅的故事，更想到老神木一千年、二千年來無怨無私的庇護，不知不覺就呦呦哼著《鹿之心》，二鹿低沉歌聲產生的共鳴傳遍整個森林。

「開兒，很好，生命感不只是生命消失的時候才感覺得到的，生命也不只是活著，生命需要有故事才不空洞蒼白。但是，生命感

的來源不僅是個人生命。」蒂爾思開始覺得開兒並非朽木，於是給他一些線索，讓對話進行下去。

「大樹不僅發散強烈生命感，大樹不僅是生命展開的典範，它更是包含了一個生態系統，它不是生命界限，而是提供生命機會。記得從前家裡有棵雨豆樹，雨豆樹的原住民是一隻黑冠麻鷺，松鼠、白頭翁、綠繡眼、麻雀都是常客，大大的樹冠罩出一片陰涼的小天地，讓一種像脆弱豆苗的嫩綠小草，在雨豆樹下鋪成圓圓一張翠綠大地毯。當然，還有不少人類常常造訪，吸取天地精華。大樹的生命力吸引了許多動植物前來，把大樹當作家，讓大樹強大的生命力更多元更豐富了。」開兒想起他最心愛的那棵雨豆樹，爺爺以前為他在雨豆樹臂膀上掛個 50 公尺高的鞦韆，他常常盪到 100 公尺那麼高。

「人類長年砍伐森林，破壞生態，污染大地，大樹就算不反撲報復，也沒有理由愛人類的。」蒂爾思不以為然地說。

「人類真的很殘酷，比他們自己想像得還殘酷，對大樹這樣偉大的生命都能這樣的殘酷，對待自己人類的生命就有可能更加殘酷。是的，大樹沒有理由愛人類，但卻是愛了，真愛無需理由，無私的包容力成就了大樹的生命力。」

開兒抬頭望著神木，若有所思繼續說。

「這也不是大樹該不該愛人類，人類值不值得愛的問題，無關意願與資格，而是存有更深的連結。當大樹倒了，飛鳥四散，昆蟲

靜默，野獸顫抖，雨落不成音樂，風吹不起聲濤，雲霧不橫出，四季失染布，那時，人類心中將空了一塊，呼吸變得急促，思想不再深邃。當大樹倒了，生命將離散、空虛、荒漠化。」

「開兒，你說得很好，你也能感受到大樹的生命力，但是，還是不夠，你再想想，大樹給你的感動與其他巨大事物給你的感動有不一樣嗎？哪裡不一樣呢？」蒂爾思越來越和善，卸下左肩的長槍、右肩的獵物、腰間的野兔，肩膀慢慢自然放鬆。

開兒往神木走去，在神木旁停下來，張開雙臂，如嬰兒信任母親般擁抱著神木。

「觸摸比你巨大許多的生命時，無論觸摸的是大動物如馬、牛、長頸鹿、大象或是各種大樹，我覺得，最重要的感覺不是敬畏，也不是讓人謙虛，而是一種卸下負擔的自由感。這與觀看無生命的巨物不同，你觀看大海、天空、銀河時，你會自覺渺小，會讚嘆，常常伴隨孤獨感。」

蒂爾思走近開兒，眨眼的速度不知不覺加快，凝視著開兒。

「開兒，恭喜你，你可以過關了，真好。

為了慶祝你過關，我的老師赫曼・赫賽（Hermann Hesse）剛剛寄來他寫的《樹木：沉思與詩》（*Bäume：Betrachtungen und Gedichte*）與你分享。相信我，再沒有人比赫曼・赫賽老師更會聆聽樹木說話了。」

蒂爾思拿出一封貼有赫曼・赫賽肖像郵票的信，遞給開兒。

開兒非常高興，闖關這麼久，這是第一次有人送他實體禮物。開兒急忙打開拜讀，然後把文章翻譯成中文，再讀一次，開兒相信，翻譯帶來深刻的理解，而文章中的許多隱藏的意義，只有在翻譯與轉譯時才能顯露出來。

親愛的開兒：

　　與你分享《樹木：沉思與詩》，希望你喜歡。

　　對我來說，樹木一直是最透徹的宣教士。無論是與同族群居或與家人同住的樹木，無論是住在森林裡或灌木叢裡的樹木，我都尊敬他們。而我更推崇的是那些孤挺直立的樹。孤挺直立的樹像是孤獨的人，不是那種不敢面對脆弱、逃離困境的隱士，而是強壯、獨居的人，像貝多芬和尼采。他們的材幹高聳，風吹濤起，全世界都沙沙作響，而他們的根脈深入地底，止居在無垠的大地中。雖然風傳天下、名震四方、地盤深不可測，他們不會迷失在這些天上地下的事，他們窮盡生命中所有的力量，只為一件事奮鬥：根據自己的法則，充分展現自己的天份，撐起自己的骨架，不為別人活，而是活出自己，為了有屬於自己的臉面。沒有甚麼比一棵壯麗的樹木更神聖了，沒有甚麼比一棵壯麗的樹木更值得學習了。當一棵樹被砍下，將他赤裸裸的傷口攤在陽光下，我們可以在那面明亮的樹幹圓盤中，細細讀出他所有的經歷：在他那些年輪所走出來的軌跡中，在他的傷疤中，你可以讀出他所有的掙扎，所有的苦難，所有的病

痛，所有的歡愉與富有，好與壞都真實地印刻在身上，那些貧困的日子，那些有餘的日子，那些遭受攻擊的日子，承受的風風雨雨，都清清楚楚地留在身上。而農家孩子都知道，最堅實、最高貴的木材是那些年輪最密實的木材，那些苦日子過得最多的樹木，那些長在山巔崖邊的樹木。越是險峻之地的樹木，材質越堅不可摧。

樹木是神聖的居所。知道如何與樹木說話的人，知道如何傾聽樹的人，能夠知道真理。他們不會說些大概念與訓條，他們因時因地因人，自在隨緣地訴說著生命的古老道理。

有棵樹說：在我的身上在我的內心裡有一個核心，一束寶石般的光芒、一個理念，我是一個從永恆生命來的生命。永恆的母親在我身上放的計畫與下的賭注是獨一無二的，外型上我是獨一無二、我皮膚上的管脈獨一無二、我枝條上葉面再輕微的顫動都是獨一無二的，我樹皮上的傷疤是獨一無二的。在我所有獨一無二之處，再細微的獨一無二之處，我之出生，都是為了體現與展示永恆母親的秘密。

有棵樹說：我的力量是信賴。我不知道我的先祖先輩是誰，我也不認識從我而出的千百子子孫孫。不管這些，我就是活出我這顆生命種子中所帶著的秘密，一直到生命的最後一刻，我就只關心這件事。我相信神與我同在，在我身心中，我相信我這樣活出自己的努力是神聖的，而我正是因這樣的信賴而活著。

當我們遭受苦難，再也受不了那些苦日子時，樹木有些話對我

們說：靜下來！靜下來！看著我！說生命不容易，說生命不困難，都是幼稚的想法。讓神在你身心內說話，你的雜思亂想便會慢慢止息。你之所以焦慮，是因為你離開了母親和離開了家，走上歧途。但是，歧途上的每一步、每一天，卻又再再引你回家、引你回到母親身邊。家不在這裡也不在那裡，家就在你身上就在你心裡，如果不在你身上不在你心裡，你就沒有家了。

當我聽見傍晚風生濤起樹葉沙沙作響，流浪他方的渴望，讓我的內心飲泣。如果你耐心地靜靜聽聽樹木，你便會明白流浪他方的渴望的真正意涵。流浪他方的渴望，不是想逃離自己的痛苦與劫難，雖然表面上是那樣的。流浪的渴望，事實上是渴望一個家，是尋求一個母親的記憶，是追求生命的新隱喻、新象徵。流浪之心引領你回家。所有的路都是回家之路，每一步都是新生，每一步都是死亡，每一處死地都是母親。

當我們不安地面對我們幼稚的雜思亂想，夜裡的風吹得樹葉沙沙作響：樹木悠長悠長地思想、悠長悠長地呼吸、悠長悠長地悠長悠長，就像他們活得比我們悠長地那樣悠長。只要我們不傾聽樹木，樹木就比我們有智慧。一旦我們學會如何傾聽樹木，我們思想中的那些勇氣、敏銳與幼稚的莽撞都會獲得無與倫比的喜悅。一旦學會如何傾聽樹木，便不會想成為樹木，他只想成為他自己，他不想成為其他的東西。那就是家，那就是快樂。

誦讀完赫曼‧赫賽的訊息，從不知名的地方吹來宇宙風，帶起忽然的樹濤聲，連心聲都靜默了。

　　原來大神木是棵大鳳凰木，從天上俯瞰，神木樹冠像直徑九公里的圓形大草原。大神木的鳳凰葉一扇千百葉，一樹億萬扇，一扇疊一扇，萬萬億億小米葉疊著億億萬萬小米葉，風一起，一浪隨一浪，葉浪湧著葉浪。

　　此時，小雨輕訪，滿樹盈潤，一葉一水珠，一大群綠繡眼剛好從人生第一次飛翔訓練下課，趕上新水，在鳳凰樹頂的葉浪上展翅舒羽洗澡嬉戲，三億隻嬌小的綠繡眼吱吱喳喳，不會有比這個更動人的生命美了。大神木故意抖抖巨大的身軀，逗得三億隻綠繡眼吱吱喳喳笑個不停。

無它草原

浸潤在單單純純的存在，讓人感到喜悅，感到真實，感到自己更像自己了。

　　開兒從林間走出來，來到大森林中的無它草原，草原上有間日式小屋，感覺熟悉像家一般的小屋。開兒一路走來覺得累了，自自然然走進小屋，就睡在客廳的木地板上。

　　開兒夢到外婆，一如記憶裡的外婆，夢裡外婆總是謙卑微笑的姿態。外婆愛乾淨，常常打掃。夢裡外婆也全神貫注地跪著擦拭長長木條鋪成的地板，慢慢地擦，把自己全部融入身體與地板那樣地擦，那種專注是把全世界收納入擦地板意念的專注。跪著擦地板的外婆，由美入聖。

　　夢境一轉，外婆跪坐，靜靜微笑，慢慢地看著開兒迅速長大。

仔細一看，笑容與姿勢始終不變的外婆，跪坐在銜接歷史的岩石上，看著時代快速地在身旁轉變著。歷史燈塔的光束迅速移動，不曾在任何一點上停留片刻。在外圍，影像飄移迅速變化的孩子們，往心中看，從不讓人失望的外婆總是清楚地在那裡，「跪坐在銜接歷史的岩石上，靜靜微笑不變的外婆」是我們的定心菩薩。

看著外婆，開兒敞開心房。

「外婆，我好累，好難。

許多難關，怎麼想都過不了，怎麼盡力都過不了。」

外婆跪坐在開兒身旁，手輕輕貼在開兒背上。

「開兒，過關只是呼吸之間的事。」

開兒不自禁地，輕輕慢慢呼了一口氣，輕輕慢慢吸了一口氣。

跟上時間。

時間推移，就把開兒送過關了。

開兒醒來，走向屋外的森林草原，隨意就躺下來，溫柔的陽光灑在臉上，肌膚感受著微風。開兒浸潤在單單純純的存在，感到喜悅。

開兒想，這種喜悅和其他喜悅是如此不同啊。以前有過的快樂，大多是目的達成或欲求滿足後產生的快樂，但是，這種快樂不同。類似的快樂只發生在病痛消失之後，病痛久了，僅僅沒有病痛，人們就能覺得幸福喜悅。

開兒一邊享受這種喜悅，一邊思考著。這種快樂不是來自於目

的達成或欲求滿足，甚至更精準地看，這種快樂也不是來自於加諸己身的不幸與痛苦消失了。因為，人們不一定需要遭遇病痛與不幸才能獲得這種「非關目的、無涉欲求」的喜悅。

浸潤在單單純純的存在，讓開兒感到喜悅，感到真實，感到自己更像自己了。

這單單純純的存在感，可不可以作為脫離困境的方法？開兒想到《易經》的渙卦。

渙卦由下坎上巽組成，坎為水，巽為風，卦為風水渙。「渙」的字面意思，主要是離散、流離、渙散，雖然沒甚麼精神的樣子，但事實上，意象上還蠻美的。「渙」是一個脫離困境的方法，特別是內心的困難，它是一種解憂、放心的方法，而脫離的方式，與卦象風和水的意象有關。風的方面是被動的期待：身在險境、心有煩惱，期待風把煩惱吹散。水的方面是主動地讓『被動性』發生其正面意義：渙卦邀請你想像，想像你是水上的一根木頭，你能做的就是放輕鬆，連往哪裡去的意向都放下，讓大水帶你漂向不知何方的遠方，帶你遠離困境與煩惱。

開兒也想起「無它」。

以前，「它」指的是大蛇，人們懼怕大蛇，因此當事情順利，沒有意外，就會說「無它」。相反地，「有它」就是有意外，發生不好的事。

這樣的說法蘊涵一個「美好世界觀」。事情不按本身的樣子發

生，有意外，才會是不好的。沒意外，事情就其本身的樣子發生，就會是好事。

世界是美好的，不好只是意外，這樣的「美好世界觀」，讓人浸潤在單單純純的存在，就能感到喜悅。

躺在草地上仰望天空，開兒享受著內心的平靜與喜悅。

但，闖關路還長，開兒起身繼續前行。

抉擇森林三聲部

一聲部：岔路

> 岔路不是選擇的困境，而是活出自己的機會。

　　走在森林裡，常常遇岔路。今日，開兒來到岔路口，兩邊都很好，右邊的路繁花盛開綠草如茵，左邊的路山巒峻峭綠樹參天，兩邊都喜歡，難以選擇。

　　開兒的森林路常常讓他面對兩難的選擇，不知如何從都好的選項中選出最好的。從「愛情與麵包」的青春煩惱、「救愛人還是救爸媽」的謔人測試、「愛人還是愛國」的天人交戰、「不殺人還是解除痛苦」的生命抉擇、「反抗不義或遵守法律」的公民反抗思索到「堅持長遠理想還是收割眼前利益」的職涯徬徨，這些抉擇涉及了愛情、親情、愛國、人權、正義、守法、幸福等重大價值，而面

對這些重大價值的抉擇時，開兒常常前後比較，上下權衡，卻左右為難，難以選擇。

開兒以為，這些都很好的森林岔路難以選擇，這些重大價值的抉擇如此困難，一定是因為放掉任何一個都好可惜，甚至不應該。他思索著「盛開的花朵」和「峻峭的山巒」兩個都很好的選項，如何比較出哪個更好呢？

終於，有一天，開兒來到「岔路關」，遇見守關人美麓夫人。

知道開兒選擇困難，來回踱步在分岔路口的美麓夫人提出她的見解。

「『盛開的花朵』和『峻峭的山巒』這兩條路長得很像嗎？」

「它們非常不同，但是都很好，都很吸引人，我不知道選哪個比較好。」開兒說出自己的兩難。

「它們本身非常不同，吸引你的地方也非常不同，它們怎麼可以相互比較？」美麓夫人停下來注視開兒的雙眼，接著說：「森林裡美麗的分岔路或者人生路上重大價值彼此之間不是難以比較，而是根本無法比較。重大價值無法量化，因此無從權衡起，無從比較起，永遠無法透過比較做出抉擇。」

開兒忽然理解了，「重大價值的抉擇如此困難，是因為它們彼此之間難以比較」是個錯誤預設，「能比較」是個幻覺。不是難比較，而是不能比較，那抉擇呢？抉擇又當如何。

美麓夫人走近開兒，追問：「分岔口這兩條路不能比較，你怎

麼選擇？不選擇，你怎麼走下去？難道就一直猶豫，在分岔路口兜兜轉轉嗎？」

開兒被追問得想走卻無路可走。

這時，森林深處傳來巴哈的《音樂的奉獻》（*The Musical Offering*），樂曲正走到逆行反行卡農的部份，曲中兩條旋律的音高互相相反地迴響著。

美麓夫人環顧四周，望向遠方。

「在這分岔路口數萬年了，看過無數動物在這路口徘徊打轉，有些被『能比較的幻覺』折磨耽誤，比較著不能比較的事物，有些察覺不能比較，但不比較就選擇不了，僵在那裡，最後就石化了。」

開兒這才驚覺分岔路口有許多石化的動物，心中一驚，急問：「那有沒有動物通過這個岔路口？」

「自然是有的。還記得數萬年前，羊只有一種，都長得一樣的原生羊經過這裡，咩咩叫亂亂竄了好久，最後，有些選了『盛開的花朵』的草原路走去，有些選了『峻峭的山巒』的高山路走去，走向草原的變成綿羊，走向高山的變成山羊。」

「那牠們是怎麼選的？」

「羊頭腦簡單，我猜不出牠們怎麼思考。我想，應該就是有些想成為綿羊，有些想成為山羊，大家都想變成不一樣。」

美麓夫人露出狡獪的笑容說：「這些原生羊後來跟我說，牠們

很高興遇到這麼棒的分岔路口，以前遇到無數分岔路口，無論選哪一條，牠們都還是原生羊，大家都一樣沒變，遇到這個難以抉擇的路口，原先很困擾，後來發現是幸運，走過這個分岔路口，就各自有各自的特色了。有些想更有特色的綿羊和山羊，還特意去找『艱難抉擇』的分岔路口。」

美麗夫人自言自語般地說：「有人說，你的過去不重要，重要的是你決定成為甚麼樣的人；你從哪裡來不重要，重要的是你往哪裡去。這是對的，但是難得的是認出並掌握那些稀有的『艱難抉擇』機會。」

開兒忽然瞭解了，直視著站在分岔路口前的美麗夫人，說道：「發現了重大價值彼此之間的無從比較性後，給了我們一個機會，換個角度思考『艱難抉擇』這件事的意義。

『艱難抉擇』不應是一種困境，而是一個活出你自己的機會。因此，當遭遇艱難選擇的處境時，並不是倒楣，反而是受到好運眷顧，因為你可以決定你要成為甚麼樣的人。」

美麗夫人滿意地點點頭，說：「開兒，你過關了。」[13]

---

13 本篇基本想法參考牛津大學張美露教授對於「艱難的選擇」的看法。

抉擇森林三聲部

二聲部：初心

有品有格有整體感的人生，才能帶來高層級的快樂。

走過美麗夫人的岔路關後，一隻笑鴉便跟著開兒，躲在林中飛，沿路發出竊笑聲，直到開兒來到下一個關口。

關口前，開兒遇到了一位穿著很有個人風格的教授，他是「格調教授」史太魯。史太魯教授自豪自己不僅從裡到外風格一致，從小到大也都風格一致，從幾萬年前他小時候左腳鞋上繫的鞋帶，就能認出幾萬年後他右腋窩上打的胳肢窩領結，任誰一看都會知道那是「格調教授」史太魯的特有風格。

連走路都有風格，史太魯教授微彎著背，兩條胳膊張開夾在後面，走路搖晃還帶風，頗有威嚴和霸氣。

史太魯教授喜歡挑美麓夫人的毛病，從小到大幾萬年了都還這樣，他實在太在意她了。

史太魯教授搖晃帶風地走近開兒，整理一下大小領結。

「剛剛你在『盛開的花朵／峻峭的山巒』分岔路口是不是看見許多石化動物？」

「是有不少，大如猛瑪象，小如小螞蟻，有許多帶著憂思躊躇面容的石像，真可憐。」

「其中，有沒有一些是原生羊？」

「沒特別注意，但現在回想起來，的確在角落是散落著一些石化的原生羊。」

「那個美麓說，有些原生羊走過岔路口走向草原，成為綿羊，有些走過岔路口走向峻嶺，成為山羊，她可沒告訴你，還蠻多原生羊做不了選擇，石化了。」

「美麓故意隱瞞？」

史太魯教授睞眼側視開兒說：「沒禮貌，美麓不是你該叫的，你要稱呼她美麓夫人。美麓不可能欺騙人，她是不小心疏忽了，她很聰明，但總是會不小心這邊弄錯一點點那邊弄錯一點點。」

史太魯教授開始有點嘮叨了，嘮叨到開兒不知道他的重點是甚麼。還好，史太魯教授回過頭來問：「你猜猜，石化的原生羊與走過岔路口的原生羊兩者之間有甚麼不同？」

「我記得美麓夫人說，走過岔路口的原生羊有些想成為綿羊，

有些想成為山羊，所以各自選擇了各自的路。看起來，石化的原生羊是那些不知道自己到底想成為綿羊或是想成為山羊的原生羊。」

「真聰明。你總是那麼聰明嗎？」

「不，我睡著時不是那麼聰明。」開兒已經有些不耐煩。

「先說一點題外話。美麓說，想成為綿羊的，選走草原路，想成為山羊的，選走峻嶺路。但那是美麓的後見之明，選擇之前，原生羊哪曉得選走草原路會成為綿羊，選走峻嶺路會變成山羊，更不用說原生羊哪知道自己會不會喜歡變成綿羊或山羊。」

史太魯教授調整了左胳肢窩領結，再調整右胳肢窩領結，再調整脖子上的領結，然後目光似看非看地望著開兒說：「調整領結一定要按這個次序，不能紊亂，人才有格調。」說完轉頭慢條斯理地在老式唱機上放上黑膠唱片，播放《平均律鍵盤曲集》（*The Well-Tempered Clavier*），再慢條斯理地說：「很多人不知道，巴哈曾在這曲譜上寫著『為使好學的音樂青年從中獲益，特別是供熟悉此類技巧的人消遣』。」史太魯教授陶醉在樂聲中，曲罷換片，再度沉醉在《賦格的藝術》中。

還好，天黑之前史太魯教授又說回重點：「不知道自己真正要甚麼，不知道自己想成為甚麼樣的人，遇到再多的『重大價值岔路口』，碰到再多的幸運，都是沒用的。」

不等開兒回應，史太魯教授繼續說：「但是，如果知道自己真正想要的是甚麼，清楚自己想成為甚麼樣的人，活出甚麼樣的人

生，面對『重大價值岔路口』就能輕鬆選擇，一點都不艱難。」

史太魯教授忽然轉頭四處看看，聲音變小，似乎在說，美麗在繞圈圈，高估了「艱難抉擇」的價值了。如果越認識自己，越能夠做出選擇，所謂重大價值的艱難選擇也就不是真正的艱難選擇，因此也談不上給我們一個活出自我風格的機會。

開兒雖然覺得史太魯教授的風格有趣，但是心裡並未喜歡他，可能因為史太魯教授講話好像都是只顧著跟他自己講，而且他心中無聽眾，卻眼中有聽眾，他總是盯著開兒講話，開兒不得不聽。而史太魯教授不僅自顧自地講，也自顧自地想，開兒常常來不及想，史太魯教授就給出答案。開兒常常不知道自己是不是真的相信、該不該相信那些不是自己認真想過一遍而得出來的答案，這很困擾他。但開兒想，這是「格調教授」史太魯的風格，也不能說他錯。

史太魯那麼愛自言自語自問自答，似乎因為他只願意接受他自己給出的答案。但只說不聽，說得越多越響亮，人們只會越厭倦，甚至，某天忽然停止說話，也不會有人注意到的。靈魂中除了自己的聲音，也需常伴著其他人的聲音，這樣，比較不會有恐懼、自負、悔恨、自我防衛等等負面情緒。

雖然史太魯教授有些惱人，但他畢竟是「格調教授」，他繼續長篇大論。

「美麗大方向是正確的，只是推論跳躍得太快。重大價值無法量化，這只表示不能透過量化比較，權衡它們彼此之間的重要性，

然而，並不代表我們不能透過其他方式衡量或比較它們。

重大價值雖然都非常重大，但這並不表示重大價值彼此之間沒有層級的差異，例如，孔、孟可能就會認為仁義是重中之重，而隔壁的警察大叔會認為誠實是最最重要的，其他的價值固然重要，但它們位居較低層級。

如果重大價值彼此之間真的有層級之別，那麼，選擇它們就不會有真正的艱難，也就談不上重大價值的艱難抉擇，更談不上艱難抉擇給我們一個活出自我風格的機會。反過來說，如果重大價值真的存在著不可比較性，那麼這個不可比較性就不只因著不可量化而來，應該是因為它們本身的獨特性，它們是如此獨特、不可彼此替換，因此不存在任何比較框架可以加以排序。

就算個別重大價值是如此獨特，以致於它們是不可共量的，或許，還是有一些超越這些重大價值、在這些重大價值之上的『結構因素』，來幫助我們比較它們，或至少幫助我們抉擇它們。」

開兒非常好奇，史太魯教授依循甚麼結構因素在重大價值間做選擇，以致於讓他成為「格調教授」呢？

果不其然，史太魯教授說：「我個人認為，『生命的格調』就很重要，強調原則的一致性，莫忘初心，依照過去已經選擇的價值，在未來持續以相同價值為優先選擇，塑造出我所追求的生命格調。

換句話說，面對重大價值的抉擇，我們可以依據『與初心一

致』來衡量眼前這些重要價值，比較出選擇的優先性，例如以仁義為重的持續以仁義為第一原則、以守法為紀的持續以法律為第一原則、以幸福為要的持續以幸福為第一原則。

所以，開兒，只有根據初心、原則、理想、『志』而活出來的有格有調的人生，也就是你依據你所認為的『善』所形塑出來的人生，才能帶來高層級的快樂。

根據初心、原則、理想與『志』活出來的人生，才是有品有格有整體感的人生。這種人生縱然在不同階段都遭受了苦難，甚至是極大的痛苦與不幸，但它的整體仍可超越那些苦難的部份，帶來高價值的快樂。如果你的人生僅僅是過活的人生，雖然那樣的人生的片片段段仍可能是快樂的，但是，那些人生的片段是偶然的，它們彼此之間沒有原則或理想串聯起來，無法成為一個有型有格的整體，就如同散落一地的珍珠，令人感到深深的遺憾。

但是，透過一致性的要求，並不能完全解決重大價值的抉擇艱難問題，因為，如何選出『第一原則』……」

抉擇森林三聲部　三聲部：一躍

> 每一步都需要勇氣，每一步也都是信任，所有因信任
> 與勇氣而抬起的腳，最後都會落在光明之地。

「格調教授」史太魯自顧自地說，越說越興奮，完全沒發現開
兒已經離開他，往更深的森林走去。

森林深處連陽光都被封住了，難得透進來的陽光如銀絲般灑落
下來。可遇不可求的銀色線條之間，開兒看見修行者一躍。

一躍長期處在黑暗森林中，黑暗讓他更清楚看見自己的內心，
但除了自己的內心，黑暗讓他看不見世界上的任何東西，他只能用
他的心與世界互動。

而一躍之所以是一躍，就是當人們還在黑暗中猶豫不決時，他
常常就一躍而出。前路不明，需要極大的勇氣，才能踏出腳步摸索

世界，所以，一躍年輕時有著勇士稱謂，村裡的老智者稱一躍為託付行者，法師們則稱一躍為光明使者。

一躍聽見開兒在黑暗中手笨腳拙心驚膽顫彎腰屈膝地探路，他發出一種躍入心底、手指劃過心臟的聲音問：「開兒，你看得到前面的路嗎？」

黑暗中的人聲讓開兒稍微安下心來，他握緊繩索般回答，怕對談斷了線。

「沒有陽光透進來時，甚麼都看不見。你在哪裡？我要怎麼走出這黑暗的森林？」

一躍喃喃自語，唸咒語般地說：「自己的路自己跳，路是跳出來的，光明是跳出來的。」然後繼續問，聲音從開兒的左前方跳到開兒的右後方：「左岔路、右岔路都是如此？」

「是的，只有黑暗。」

「你在美麓與史太魯那裡遇見的岔路口，可以清清楚楚看見岔路兩端各自通往什麼樣的地方，我這邊這個岔路口可完全不是如此，美麓與史太魯提到的道路抉擇方式，在我這裡用得上嗎？」聲音從開兒右前方傳來。

「用不上，看不見前方路，不知道選項是甚麼，再清楚自己想要甚麼都沒有用。」

「開兒，你是全知的嗎？無所不知的嗎？」聲音跳到左後方。

「當然不是，我雖然知道一些，但還是有很多不知道的事。」

「你需要知道甚麼、看見甚麼，才能往前走？」一躍似乎就在開兒的耳邊說話。

「不需要知道太多，我就能往前走，只要讓我看見路在哪裡，我就能往前走。」

一躍喃喃自語，唸咒語般地說：「自己的路自己跳，路是跳出來的，光明是跳出來的。」

「開兒，你知道一個人如何抬起腳嗎？」一躍突然這樣問，聲音似乎從地面發出。

「當然知道，我一天到晚抬腳，不抬腳怎麼走路？」開兒不自覺挪動了腳，怕踩著一躍。

「我不是問你能不能抬腳，我是問你有沒有『一個人如何抬起腳』的知識，你能不能完整地解釋一個人如何把腳抬離地面？」一躍的聲音就從開兒鼻尖前方三吋的地方發出。

開兒愣了一下，試圖回答：「首先，我必須有抬腳的意念，然後這個意念促動了某些神經傳導，這些神經傳導刺激了某些腳部的肌肉群與背部的肌肉群，或許也需要一些肩頸部的支撐肌肉，可能與手部肌肉無關。我不確定，不，我不知道在每個抬腳的階段，各個部位的肌肉需要以甚麼樣的角度施上多大的力量。我想我不如我原先想的那樣，我幾乎不知人是如何把腳抬起來的。我以為知道很多，事實上卻知道得不多，關於知識，我有很多幻覺。」

對日常如此熟悉的事物都有著這麼多知識幻覺，開兒覺得沮

喪，希望一躍不會取笑他。

一躍喃喃自語，唸咒語般地說：「自己的路自己跳，路是跳出來的，光明是跳出來的。」又說：「很好，你不知道你是如何抬腳的。所以，你需不需要先知道如何把腳抬起來，才決定把腳抬起來，才開始邁步向前走？」

「我明白了，不需要知道，我就是往前走。如果要先知道怎麼做，那麼很多事都做不了。」

「那你為甚麼需要先看見前方的路，才能往前走？你以前走路，每次都是先看清楚落腳處，才踏出一步？」

「經你提醒，的確是這樣，走路前不需要事先精準知道腳踏的位置。如果走路前需要先知道如何抬腳和落腳位置這些我們原以為很簡單的事，才能往前走，那麼，我們連一步都邁不出去。」

「不僅是抬腳，也不僅是落腳，我們對於為何要往前走的理由，常常也是認識不清的。史太魯是不是對你說『初心很重要、與初心一致很重要、你過去所堅持的事物對於你如何選擇未來很重要』？但是，開兒，你很清楚過去你的堅持是甚麼嗎？你知道你是根據甚麼動機、理想、原理或原則做了重要抉擇嗎？」

「有些知道，但是許多似乎是盲目的，就算有動機、有理由，我也不完全瞭解，我想，這涉及認識自己，但認識自己常常比認識世界更難。如果我們必須完全清楚知道自己要甚麼才能往前走，那麼我們可能一步都難以邁出。」

「只要仔細想想，你就會同意我，一步一跳躍，我們的每一步都是一個跳躍，每一步都躍進黑暗，而每一步也都是信仰的一步，你要信任大地，信任腳抬得起來，信任大地會承接著你落地的腳步，信任大地不會忽然陷落，背叛你的信任。所有地方都是黑暗森林，所有腳步都在黑暗森林起跳，每一步都需要勇氣，每一步也都是信任，而所有因信任與勇氣而抬起的腳，最後都會落在光明之地。」

　　現在，一躍的聲音固定在開兒前方，不再跳動游離，同時，開兒也可以感受到他溫暖的眼神、熱切的注視。

　　「但是，那樣不是很冒險嗎？一不小心，不會踩到路過的刺蝟，摔下萬劫不復的懸崖，或跌入毒蛇窟裡嗎？」

　　「開兒，威廉・詹姆士（William James）和詹姆士・史帝芬（James Fitzjames Stephen）兩位老師曾經告訴我一些關於走路、跳躍、生命與神明的事，現在讓我說給你聽。

如果我們以宗教之心對待，宇宙就不再只是個「它」（It），而是「您」（Thou）。人與人之間的關係何嘗不是如此。……我們可以感受到，彷彿宗教邀請我們對宇宙與諸神釋放善意。……除非我們先對宇宙與諸神釋放善意，否則「真理」、「真理存在的證據」與「通往真理的道路」將隱藏住，不讓我們知道。先假設宇宙與諸神將引

領我們至真理之地，先善意地那麼相信，然後或許我們會相會於半途。……因此，將自己封閉在複雜糾結的邏輯性之中的那些人，那些等待證據或諸神來「迫使」自己承認諸神存在的人，那些只有在鐵的證據之前，只有在不得不相信時才會相信的人，很可能將永久斷送他與諸神相會相識的機會。

上面這段話有些部份可能被我的記憶修改過，但大意來自威廉·詹姆士老師的《信仰的意志》（*The Will to Believe*）。

下面這段話則是詹姆士·史帝芬老師在《自由、平等、博愛》（*Liberty, Equality, Fraternity*）這本書中說的話，有些部份也可能被我的記憶修改過了，而我的記憶也遺忘了老師是在甚麼地方說的。

在生命重要的事務上，在生命的重要時刻上，我們都必須在黑暗之中凌空一躍，躍向黑暗之中。……選擇不回應是一種選擇，選擇搖擺地回應也是一種選擇；無論如何選擇，我們都是在冒險做選擇。……人們走向自己挑出來的最佳路徑，如果選錯了，我們只能說真不幸。在大雪紛飛濃霧迷目中，我們行走在山隘路上，偶爾才瞥見迷霧縫隙中幾條小徑，這些迷霧間露出幾秒的幾尺小徑可能只是誤導。如果我們躊躇不前、定住不動，鐵定凍死。如果選錯

路，我們將失足深淵，屍骨無存。但是，我們並不知道那些迷霧中露出幾秒的幾尺小徑，哪條才是正確的道路，引領到真實的目的地，我們該怎麼做呢？「堅強起來，並且鼓起勇氣」。懷著最終能得到最好結果的希望，抱著這個希望行動，並且將後果承擔起來。……如果最終是死亡，而且僅僅是死亡終結這一切，那也沒有比這個更好的方式來面對死亡。

詹姆士・史帝芬老師說話時常聽得我驚心動魄，他應該去寫劇本、拍電影。」

一躍沉浸在記憶中。一道陽光灑在一躍身上，露出一雙肌肉結實的雙腳，這時，開兒才看見一躍那雙全盲的眼睛，那雙眼睛卻又像蔚藍天空一樣廣闊，從中可以看見海天一色藍藍，大山大塊綠綠，飛鳥水族和走獸。

常常躍向黑暗，需要勇氣，更需要信心與信任，這使得一躍法師簡直身體透光，而常常面對死亡，也讓他有著生命的光輝。因著勇氣與信任，每一次躍入黑暗，都會躍進光明。

開兒對著一躍說：「我懂了，就算眼前的所有證據都尚不足以證成自己所相信的，卻仍舊堅持相信，方能超越眼前的利得、困難與局勢，有那樣高度的人才看得見出路，才是能真正活出自己的人生，才是真正的行動者，才是真正的創新者。」

開兒繼續說：「而往黑暗的那一躍，這是信仰的力量。」

一躍說：「很好，但是還有更重要的。黑暗一躍，固然呈現你的信仰力量，更重要的是，黑暗一躍，也會增加你的信仰力量。不僅信仰強化你的行動，行動更強化你的信仰。

開兒，你還有許多關要過，記住過關的秘訣：不要追求客觀，也不要與多數妥協，重要的是掌握你最無私的主觀。祝福你。」

黑暗森林深處傳來《G 弦上的詠嘆調》（*Air on the G String*）的小提琴聲。

開兒還是覺得一躍法師一個人很孤獨，一個人跳來跳去也很危險，不忍心往前走，但，還是奮力往前走去，不知道身後會留下甚麼。

據說，數萬年來，一躍的力量已經從非常大進化到神奇大，他已經不只能從懸崖的此端跳到懸崖的彼端，現在他每一跳躍都能跳出個新局面，有時候還能跳出個光明新世界來。

異同森林

差異預設相同，相同也蘊涵差異。

　　開兒來到異同森林，守關者是雙面神亞努斯（Janus）。

　　「開兒，世上所有事物，不是相同的，就是不相同的，是不是？」亞努斯是變化之神，掌管過去與未來，一張臉面向過去，一臉張面向未來，兩張臉分別長在頭的兩側，永遠看不見彼此。

　　「亞努斯，不一定，有些事物彼此之間是相似的，有相同的部份，有不相同的部份，像昨天的我與明天的我，大部份相同，但仍會有差異。」

　　「我是說整體而言，1＋1＋1＋1＋1 與 1＋1＋1＋1＋2 兩者之間，的確部份相同，部份不同，但是整體而言，一個是 5，一個是

6，就是不同。」

「我不同意你。」開兒堅決地說。

「爲甚麼？」

「我就是不同意你，你同意我嗎？」開兒反問亞努斯。

「我已經說過了，我不同意剛剛你說的。」亞努斯四道眉毛同時豎起，四隻眼睛同時瞪大，原本分別朝向過去與未來的兩張臉，幾乎想要同時轉過來看著開兒。

「所以，你已經同意我了。」開兒胸有成竹地說。

「你到底玩甚麼把戲？就直接說出來吧。」亞努斯迫不及待。

「要能說我不同意你、你不同意我，我們要先能瞭解彼此，但是，如果沒有厚實的共同背景，瞭解不會發生，溝通不會發生。最少最少，你我之間的溝通要有效，無論是意見相同也好，意見相左也罷，至少要針對相同主題、使用的主要概念的內容也要相同，否則就是雞同鴨講。」開兒來來回回看著亞努斯的兩張臉，不想失禮於任何一張臉。

「所以，差異預設相同。」開兒切中要害。

亞努斯的兩顆頭很一致地點點頭，彷彿一個向剛剛過去的開兒點頭，一個向未來的開兒點頭。

「開兒，很難得遇到像你那麼聰明的，你是不是可以幫我們解決一個長久以來的困擾。」

「當然，當然，只要幫得上忙，一定效力。」開兒有些好奇，

掌管變化、未來與過去的神，居然還有解決不了的問題。

「我們兩個雖然一個面向過去，一個面向未來，但是其他的部份是一模一樣，而過去的都曾經是未來，未來的終究都要過去，難以分割，所以大家，包括我們自己，都懷疑我們是不是同一張臉。」亞努斯的兩張嘴你一言我一語，深怕自己的這張臉是多餘的。

「亞努斯，不必擔心，因為差異預設相同，相同也蘊涵差異。」開兒安慰亞努斯。

亞努斯的兩張臉的確很像，但還是有細緻差別的。面向過去的那張，臉帶微笑，但眼帶憂愁，面向未來的那張，臉帶憂愁，但眼帶喜悅。這些差異一般人看不出來，亞努斯那兩張永不相望的臉更是看不見，無從比較，所以，開兒就略過不說。

「真的？怎麼說？」

「說 A＝A 是空話，說我是我、你是你，這樣的自我等同是沒甚麼實質意思的，因為所有事物都等於它自己。有實質內容的『相同』必須是『A＝B』，A 與 B 必須是不同的。所以，當人們說你這兩張臉是一樣的，他們事實上預設你這兩張臉是不一樣的，就算他們分辨不出你們不同的地方在哪裡。」

亞努斯非常高興，一共點了 2×N 次頭謝謝開兒，雖然他們自己也不十分清楚彼此有甚麼差異，但是知道有著差異，就讓他們有信心，到底有甚麼差異，則可以慢慢探索。

「開兒，非常謝謝你。不過，我總感覺這其中有種循環的問題。你說差異預設相同，相同也蘊涵差異，這樣不是一個循環嗎？差異與相同不就變得不可能嗎？沒有差異與等同，哪來的萬象森然？」

「是的，這裡有循環，但是這不是惡性的循環，這反而是一個好的、珍貴的循環。」

「哦，怎麼說？」亞努斯兩雙眼睛同時搶著擠著要看開兒，快變成斜眼了。

「這個循環是一個縱向的循環，不是水平的或兜圈圈的枉然循環。

首先，我們必須先存在於一個共同的背景裡，有了這個『共同背景』，人們才有語言，才能相互溝通，但是，需要溝通表示有差異存在，有差異才需要溝通。

差異源自於人們以不同的視角與觀點觀察和論述世界，觀點與視角上的差異產生意見上的差異。簡單地說，相同的地方是存有論的，也就是『共同背景』，差異的地方是知識論的，也就是視角與觀點。但是，語言比較特殊，語言既是存有論的又是知識論的，一方面，語言與我們的共同背景兩者之間關係密切，沒有共同的背景，語言將不具有『公共意義』，也將無法作為溝通工具；另一方面，沒有語言，我們將無法認識到彼此的差異，特別是思想上的差異。正是由於語言既是存有論的，又是知識論的，語言可以在我們

共同的背景與相互的差異兩者之間來回進行深度挖掘。

　　所謂縱向的循環是這樣進行的。有了共同的背景，才有了語言，有了語言才能溝通，才能認識彼此視角的差異，而認識彼此視角的差異之後，將使得共同背景的一部份浮現到公共可意識的領域上，這又進一步讓我們有更豐富而敏銳的視角，產生更多元的視角，形成更廣闊的視域，但也使得進一步的溝通成為必要，如此循環下去，將使得共同背景的內涵不斷地浮現到公共可意識的領域上，也使得我們的視角更為豐富和多元。」

　　亞努斯聽了開兒的說明，非常地高興。過去，亞努斯事實上是有些擔心的，甚至自信心不足，擔心自己的不一致，擔心自己的一部份是多餘的，經開兒說明，現在瞭解自己有兩張臉不僅不是缺點，還是極大的好處。

　　亞努斯點點頭說：「開兒，謝謝你，你過關了。」兩張臉都急著送開兒過關，卻一個選擇往左，一個選擇往右，反而僵在原地。

眞實門與快樂門

> 只有以人的具體處境為融會點，才能賦予自由、民主、真實、快樂、意義、道德這些概念實質的內容。

開兒即將到達「眞實門與快樂門」，抬頭看天空，一邊是刺眼的藍天，另一邊有著一朵朵墨黑色的雲，墨黑的雲如流水般飄動，散發神祕的美。

走到一處關隘，城牆橫亙，城牆上有兩個並列的城門，一個是眞實門，一個是快樂門。

開兒看著眞實門與快樂門，覺得奇怪，這一關和抉擇森林有甚麼不同？不是在美麗夫人、史太魯教授和一躍修行者守的關卡，就過了類似的考驗了嗎？

眞實門與快樂門之間的城牆上，倒吊著守關者蝙蝠知墨。

知墨最討厭人家取笑他走路難看又飛得不好，知墨喜歡聽人家說他跨領域的本事，與眾不同的特質，例如，日息夜出，倒吊睡覺，當然，還是唯一真正會飛的哺乳類動物。

　　「你為甚麼上下相反，顛倒著走路？」知墨問開兒。

　　「大家都顛倒，只有你是正的。但是，我們改不過來。」開兒笑著說。

　　知墨只好飛起來，這裡飛飛那裡飛飛，但飛翔時風大，實在不好講話，於是飛到城牆上，細細的雙腿站得不穩，便以雙手或雙翼趴在城垛之間，看著開兒說：「那我就配合大家吧。」

　　知墨手掌向下，指著旁邊一台精緻的機器，介紹闖關遊戲。

　　「開兒，我這關要先玩一個遊戲，這遊戲叫『超級快樂機器』。[14]

　　這是一台超級快樂機器，當你聯結到超級快樂機器時，它可以讓你經驗到任何你想要的快樂，不管是愛情、性愛、創作、運動或是其他事物所伴隨而來的快樂，超級快樂機器都能讓你覺得你是以你想要的方式，獲得你想要的快樂。

　　換句話說，超級快樂機器可以讓你有任何感覺，它能讓你有視覺經驗、嗅覺經驗、觸覺經驗、聽覺經驗、味覺經驗以及其他任何外感官經驗，它也能讓你有喜、怒、哀、樂、嫉妒、羨慕以及其他

---

14 快樂機器思想實驗來自於諾奇克（Robert Nozick）的《無政府、國家與烏托邦》（*Anarchy, State, and Utopia*）（1974）。

所有內感官經驗。此外，超級快樂機器是一台快樂機器，所以它所製造出來的經驗要不本身就是快樂經驗，要不就是導向快樂經驗的過渡經驗。

簡言之，超級快樂機器可以完全依你要的劇本，讓你過一個超級快樂『夢幻人生』或『大夢人生』，而完全不覺得那是個夢。

不過，一旦聯結到超級快樂機器之後，你就不能脫離，必須一直聯結著，直到你的自然壽命終結。放心，除非世界毀滅，不然超級快樂機器會保護著你，不會讓你意外死亡。

開兒，你願不願意終生聯結到超級快樂機器？如果你不願意，你不願意的理由是甚麼？如果你願意，你願意的理由是甚麼？」

「我可以再多瞭解這台超級快樂機器嗎？我有兩個問題。」開兒好奇地問。

「當然。」知墨展開雙翼大方地說。

「超級快樂機器給人的感覺全部都是、永遠都是快樂的感覺嗎？」

「這要看人，想要一路傻笑到死的，也可以處理，想要充滿酸甜苦辣戲劇化人生的，也可以安排。如果你是那種『不經一番寒徹骨，哪得梅花撲鼻香』的人，如果你相信必須相對於痛苦，才會有快樂，那麼，超級快樂機器會讓你體驗到極大的痛苦，在真實人生中不可能經歷的痛苦程度，然後再讓你成功，享受在真實人生中不可能經驗到的快樂程度。例如，對於那些喜歡透過爬山的艱辛奮鬥

過程，獲得登頂之後看見山陵線後風景的開闊愉悅感的人，超級快樂機器會讓他覺得他征服了比喜馬拉雅山難上百倍的山，而且成功登頂之後，獲得無與倫比的自由開闊愉悅感。」

開兒點點頭，說：「另一個問題是，聯結上超級快樂機器的人，知道他自己聯結到超級快樂機器嗎？」

知墨早就知道開兒會問這個，揮揮雙翼，輕鬆地回答：「如果他知道這件事會讓他更快樂的話，就會讓他知道，他不知道會比較快樂，就不讓他知道。」

「我喜歡意外之喜。」開兒說。

「不喜歡凡事都被決定的人，不喜歡按計畫、順軌道、照規矩走的人，超級快樂機器會讓他有個非常驚喜的人生，你知道的，真實人生其實很多規矩，很慣性，很無趣，連驚嚇都不多，更少驚喜。」知墨接著問：「開兒，還有其他問題嗎？可以開始回答我了嗎？你願不願意終生聯結到超級快樂機器？」

開兒緩緩地踱著步說：「這真是一個困難的抉擇。我很自然地感覺快樂非常重要，但是，人生中還有其他同等重要的事，以我現在的狀況，我不願意聯結到超級快樂機器。

超級快樂機器固然吸引人，但是在它之中，讓我們快樂的，不是真實的事物，而是虛擬的事物。快樂也好，痛苦也罷，都希望是真實的事物引發我快樂和痛苦的經驗。沉浸於虛擬情境中，如同幻想、做白日夢一樣，都是不真實的，虛假中的快樂不足以讓我終身

投入，我希望我終究能醒來，回到現實中。

而且，如果兩者帶來同等的幸福快樂，真實的會比虛假的好，例如，真實的男（女）朋友比想像的男（女）朋友好。

但是，就算我不願意聯結到超級快樂機器，我還是覺得超級快樂機器有極大的吸引力。我想，這是因為，快樂本身是值得追求的，痛苦本身是不值得追求的。這也就是為甚麼，無緣無故造成別人的痛苦是不道德的，幫助別人遠離痛苦、獲得快樂是好事。在善惡好壞的考量中，能不能帶來快樂是一個重要指標。」

知墨舔著嘴唇，手指咚咚咚地敲著翼膜，問：「你說，以你現在的狀況來說，你不願意聯結到超級快樂機器。你現在的狀況是甚麼狀況？」

從批評森林中，遠遠傳來笑鴞鴞陰森的竊笑聲。

開兒注視著知墨說：「現在的我，感到足夠的幸福快樂，真實的世界一般而言讓我覺得快樂，電玩或手遊那些短暫且回得到現實的虛假經驗，也能讓我相當快樂，所以，雖然還是有一些不快樂的經驗，但足夠了，我不想捨棄真實世界的經驗。」

不飛行時，知墨還是有些不習慣反著看人，於是，不知不覺又把頭扭成 180 度，扭曲的聲帶發出有些扭曲的聲音。

「在甚麼樣的狀況下，你會願意聯結到超級快樂機器？」

「如果在真實人生裡很不快樂，而且未來快樂的機會也渺茫，例如，罹患不可治癒的病，且餘生將遭受極大的持續性痛苦，我便

會選擇聯結到超級快樂機器。」

遠方的笑鴞鴞持續竊笑著。

知墨一邊搔著粉紅色細毛柔軟肚皮，一邊說：「所以，你的選擇純粹是因為你從哪裡可以獲得快樂？」

知墨不是小貓小狗的大小，他是一隻身長 170 公分的超大蝙蝠，智力高又會說人話，不穿衣服搔著肚皮，實在讓開兒看得有些尷尬。

開兒頭稍稍撇向一邊，說：「不，我沒那麼說。我的重點是，快樂經驗固然重要，但『真實』也很重要，來自真實世界的快樂經驗，比來自虛假世界的快樂經驗重要。」

「但是，你也承認快樂的重要性不能被真實取代，當生命在極端痛苦時，人還是應該選擇快樂，即使是虛假的快樂，即使那犧牲了真實。」

「是的，為了避免極端且無意義的痛苦，有人選擇殺死戰場上臟器外露沒有生存機會的戰友，有人覺得必須射殺腳部骨折的賽馬和痛苦倒地的獵物，這種案例遠比我們想像的來得多，遠比我們願意看到的來得多。為了避免無意義的極大痛苦，生命都可以捨棄，真實又算得了甚麼。在超級快樂機器裡，人至少還活著，甚至快樂地活著。」

趴在城垛上的知墨，脖子扭得實在太痠痛，於是把頭扭回來，說：「所以，你認為，在避免極端、無解且無意義的痛苦時，可以

甚至應該聯結到超級快樂機器，除此之外，你會選擇留在真實世界中。」

開兒說：「是的。快樂或避免痛苦是重要的，真實也是重要的，兩者都不能輕易被對方取代。

其實，不僅真實性，意義也不能被快樂取代。你可以問，在超級快樂機器中，快快樂樂地做一些感覺很有意義又很有意思的事，但事實上只是大夢一場，你只是躺在那裡，甚麼也沒做，甚麼也沒成就，你願不願意？」

知墨說：「對喔，趕快記下來，下次設計一些不同的思想實驗。」

開兒點點頭，繼續說：「其實，也不必虛擬，不必想像，不需要超級快樂機器，連日常生活中，也能有超級快樂機器般的處境與遭遇。

好比自己騙自己，或是被別人騙，從而相信自己是非常特別的人物，例如，被你所愛的人欺騙，相信了你是他唯一的摯愛，或是被神棍欺騙，相信了你受神明特別眷顧，從而變得非常喜悅。[15]

也有可能是被某種意識形態操控，喪失了自主性，但是總是覺得愉悅，例如從消費主義或名人文化中獲得的愉悅。[16]」

「如果知道自己要的是快樂或是意義，那就好辦了。然而，絕

---

15 Susan Wolf, "Happiness and Meaning: Two Aspects of The Good Life"（1997）.

16 Guy Gebord, *The Society of the Spectacle*（French: *La société du spectacle*）（1967）.

大部份人既想改變世界，改善社會，做些有意義的事，又想好好享受，當個享福佬，掙扎猶豫之下，最後，日子過得四不像。你知道的，很少人可以像我這樣身懷多項絕技，具有跨領域的本領。」蝙蝠知墨得意地說。

知墨轉變話題追問：「轉變心境就能從悲慘轉化爲快樂嗎？快樂不快樂可以純粹由自己主觀決定嗎？」

開兒回答道：「有人認爲轉變心境就能從悲慘轉化成快樂，我認爲那是有可能的，不過，不要因此認爲心境轉變，處境就跟著改變，因爲你所過的生活可能仍舊是無意義的生活。」

開兒做了一個小結論：「所以，快樂的生活與眞實的生活是兩件不同的事，雖然我們希望兩者兼得；快樂的生活與有意義的生活也是兩件不同的事，雖然二者可能關係密切。」

知墨又抓了抓他身上粉紅色細毛柔軟肚皮，忽然露出一口獠牙吱吱叫。

「不過，不過，不過，開兒，我守的這道關卡，雖然名叫『眞實門與快樂門』，不過，你要挑戰的問題不是眞實門與快樂門你要選哪一個？那樣的問題在美麗夫人、史太魯教授和一躍修行者那邊已經拿來挑戰你了。」

知墨啪啪啪飛近開兒，一口獠牙就在開兒臉邊張開，說道：「這裡的關鍵是，過了抉擇森林之後，爲甚麼還要設這『眞實門與快樂門』關卡？」

「我一開始就有這個疑問，有了那抉擇關卡，又設這『眞實門與快樂門』，用意是甚麼？這個疑問一直在我心裡，思考超級快樂機器時，這個疑問也一直盤旋在我心裡，現在，我想我有答案了。」開兒欣喜地說。「如果僅僅抽象地考慮眞實門、快樂門與意義門，會發現它們都重要，還眞是不好選，或者，選哪個都可以，很好選。

不過，在這裡，這些代表人類核心理念的『門』，不是當作選項，也不是當作關卡，而是工具，是用來解決人類具體問題的途徑。

人類具體問題的解決，需要回到人類具體的處境上，特別是個人的處境上。眞實、快樂與意義等概念都只是工具，甚至道德概念也是，只有以人的具體處境爲融會點，我們才能賦予這些概念實質的內容，我們才能統整、調處、平衡、斟酌這些概念如何搭配著使用，以解決我們所面臨的問題。

是眞實門、快樂門、意義門與道德門配合我們的處境，不是我們被迫選擇它們哪一個、放棄哪一個。這也就是爲甚麼我說『以我現在的狀況，我不願意聯結到超級快樂機器』、『如果陷入絕望的巨大痛苦，我願意聯結到超級快樂機器』。」

開兒意味深長地說：「不只眞實、快樂、意義、道德這些大概念，許許多多理想、主義、信念都是這樣的。

聖雄甘地（Mahatma Gandhi）說過：『對於死者、孤兒和無家

可歸、流離失所的人來說，這瘋狂的破壞是以極權主義之名造成的，還是以自由或民主的神聖之名造成的，有甚麼差別嗎？」[17]

甘地毫無疑問是一個人道主義者，如果從『極權主義』和『自由與民主』二者中選擇一個，他會選擇後者，但是，他仍強調人的生命與基本幸福是政治制度的底線。可以這麼說，人民的自由與自主是重要的政治目的，但是，人的生命與基本幸福也是不可取代的政治目的。

其實，我認為甘地的人道主義有更深的意義。」

知墨越聽越有趣，收起了一口獠牙，享受地輕揉著他那粉紅色細毛柔軟肚皮：「繼續說、繼續說。」

開兒接著說：「我們通常不接受極權主義，因為它容易違反人的自由與自主。只有在人的生命與基本幸福受到威脅時，我們才短暫地接受極權，把它當作渡過難關的工具。只是很不幸的，有人忘了極權只是用來渡過難關的臨時工具，捨不得放下。

大部份的人認為人的自由與自主是神聖不可侵犯的，有人甚至把它當作符號來崇拜，不小心就忘了人也有追求生存與基本幸福的權利。所以，甘地提醒我們，即使以自由或民主的神聖之名，也應該避免造成人民的死亡與流離失所。」

「那根本的問題是甚麼？」

---

17 *Non-Violence in Peace and War*（《和平與戰爭中的非暴力》），1942, vol. 1, ch. 142.

「把政治主張當作符號後，容易忘了人是具體的存有。

人是具體的存有，不是符號。具體的存有都是有限的存有，就算『生存』、『基本的幸福』、『自由』、『民主』、『眞實』、『快樂』、『意義』、『道德』的定義是清晰的，當它們落實到一個具體的社會中，落實到一個具體的處境中，落實到一個具體的人身上，落實它們的方法彼此之間還是有相互衝突的可能。

知墨，我認爲，眞實門與快樂門的設立用意，就是提醒這人道主義的核心：回到具體的人的處境上，努力去統整、調處、平衡、斟酌『生存』、『基本的幸福』、『自由』、『民主』、『眞實』、『快樂』、『意義』、『道德』等等這些神聖但抽象概念的落實，也只有以人的具體處境爲融會點，我們才能賦予這些概念實質的內容。」

聽完，知墨凝視著開兒，興奮地快速眨眼說：「開兒你過關了，恭喜你。」

忽然間，眞實門與快樂門同時打開，而在兩個門後面的，不是兩條不一樣的道路，而是同一塊大草原。

許多年來，終於有人過關了，知墨比誰都高興。

一高興，知墨鼓起連結於指骨與四肢間的皮質翼膜，以他特化伸長的掌骨與指骨敲打翼膜，雙翼環繞起來做成大鼓，一邊以掌骨與指骨有節奏地打著敲著，一邊唱著威廉斯（Pharrell Williams）的《快樂鼓》，地上跳舞一節，天空飛舞一節，滿天滿地打鼓跳舞。

慢慢地，知墨的鼓聲也引發天上的漫天鼓聲，從天上流瀉而下，眞實門與快樂門上方天空一朵朵像流水飄動墨黑色的雲，飄動地更爲行雲流水，像是漫天水墨動畫，原來這些雲是蝙蝠知墨一族聚集而成的，一共有十二億隻知墨。

十二億隻知墨一起打鼓慶祝，驚天動地的鼓聲普天共振，全世界都受到鼓舞。

這十二億隻知墨飛翔天空中已經三萬年了，很懷念倒吊著休息的滋味。開兒不知道，當他闖關思考時，天空中同時有十二億隻蝙蝠屏息觀看著，大家儘量漂浮滑翔，不拍動雙翼，深怕一不小心發出聲響打擾到開兒，走了靈感過不了關。

十二億零一隻知墨打鼓唱歌跳舞，鼓舞天地三年零三天。

偶然森林

放棄「掌握全局」的權力意志，開始與他人和世界對話與共存，與偶然和意外對話與共存。

　　偶然森林的守關者是白孔雀赫拉，赫拉身上有十萬支雪白透光的翎毛，每一支翎毛上都有著一隻眼睛。

　　赫拉每說出一句有智慧的話或聽到一句有智慧的話，身上羽毛尾端上的雪白翎眼就會由內而外逐層染成深邃藍、淺透藍、亮赭黃與彩鮮綠，從白翎眼變成層次深刻的藍翎眼，彷彿張開眼睛，絢麗奪目。赫拉的雪白羽毛全部開出藍翎眼後，身上就開始一朵一朵地開出美麗的花朵來。

　　赫拉還沒說過有智慧的話，但這麼多年來，聽過許許多多有智慧的話，每根羽毛都已經開出藍翎眼，今天再有智慧之語，身上就

要開出花朵來了。一想到身上開出花朵，赫拉並不特別高興。

「開兒，你為什麼是現在這個樣子？」孔雀的聲音高亢而粗糙，聽在人類耳裡，不僅不協調，還不斷走音，相對於華麗的羽毛外表，落差太大，令人意外。

開兒從赫拉的身上香水，也讀出許多讓人意外的故事，赫拉的故事充滿了意外與偶然，意外的喜悅，意外的悲傷，偶然的啟發，偶然的遭遇，更讓人驚奇的是，意外與偶然反而堆疊成精心設計好的宿命論故事。

開兒想得出神，沒立即回答，赫拉再問一次：「開兒，你為什麼是現在這個樣子？」

「許多基底是與生俱來的，後來成長的環境進一步形塑了我的面貌。」

「只有這樣嗎？這樣的說法，只會讓人沮喪，彷彿完全是被基因與環境決定的。我預期你會說得更多，更具啟發性。」

「我猜，你想聽到我說『人生中有很多重要選擇，這些選擇，決定了你的面貌』這種勵志的話。」

「是的，如果還能附送『人生選擇方法論』，那就既勵志又實用了。」赫拉喜歡勵志的話，讓人覺得正面又有希望。

「赫拉，我也希望人生真的可以那麼對應，但人生不是那樣的。的確，如果我們有幸，我們可以有影響重大的選擇，其中一些可以影響你的面貌，但是，人會成為甚麼樣子，並不是完全自主

的。」

「你不決定你自己，環境就決定你，環境因素無所不在，四處滲透，你退一步，它絕對尋隙鑽縫進三步，把你再往後推兩步。」赫拉忽然變得冷酷，彷彿是命運代言人。

「赫拉，人們在意自我決定，常常是因為『掌握全局』的權力意志，想掌握人生的全貌，不想要有偶然與意外。」

聽開兒說到「掌握全局」，孔雀赫拉忽然開屏，身上十萬隻藍翎眼同時張開，彷彿天上的白雲與地上的細毛都看得一清二楚。此時，赫拉身上開出第一朵花，是朵木蓮。

「我們想掌握全局，但人生難免偶然與意外。」赫拉略帶遺憾地說。

「是的，人生難免偶然與意外，而如果你還是想掌握全局，那你只能儘量置身事外，保持安全距離，像看戲。」

「但是，真實人生從來無法像看戲。」赫拉彷彿看透人生。

「所以，應該放棄的是『掌握全局』的權力意志。放棄『掌握全局』的權力意志，就必須開始與他人和世界對話與共存，與偶然和意外對話與共存。」

「但是，開兒，偶然和意外帶著非理性的暴力，無從協商，意外嚴重時，甚至不可共存。似乎，你不完全掌控環境，環境就有機會掌控你，特別在這多變的世界裡。」赫拉不斷顫抖尾巴，發出「沙沙」聲，十萬朵藍翎眼左右抖動，讓人眩目，令人迷惑，感到

震懾，有了錯覺。

對話之間，赫拉身上連開兩朵花，是水芙蓉和木芙蓉。

「我不會那麼說，那麼說會誤導人，讓人過於張狂，或過於無可奈何。人生中固然有許多被迫接受的事，但被動承受中還是可以有積極的意義。」

「被動中的積極意義？請說得具體些。」

「人生中有許多風暴，有些是你能躲避或對抗的，但絕大部份是你無法預測與躲避，也無法對抗，只能承受，但經過真正的風暴之後，你會成為一個不一樣的人。

承受風暴最重要的能力是『韌性』，而越有核心信念與核心價值的人，韌性越高。韌性讓你挺過人生風暴，而另一方面，人生風暴則會剝去你那些浮面或次要的信念與價值，露出你的核心信念與價值，讓你能更清晰地意識到它們。風暴過後，對核心信念與價值的清晰意識，將改變你的生命，你會更清楚你是誰，你會以更警醒的心生活。」

「風暴會不會大到剝去一個人的所有信念，不再相信社會，不再相信自己，不再相信人，不再相信天，不再相信任何可能性？」赫拉收起開屏的尾巴，說出最虛無的可能性。

「不會，只要不死，都有一絲希望，最重要的一絲希望，人好好地活下去，所需要的比我們想像的少。『不相信』也是一種思想，而只要思想存在，人心就有意向的能力，人有意向的能力，就

能具有超越自身、超越現況的想望能力。最終而言，人也只是護持著這個心念，這是韌性的核心，而只要人不死，此心不死，就還是有渡過終極風暴的可能性。」開兒眼神透出一絲堅毅與一抹溫柔。

「赫拉，不要把意外與偶然當作敵人，而且人類自己規劃出來的人生有時是一團糟的，人類的決定有時是帶來災難的。有人甚至說，意外的才真實，意外的才美麗，無論意外或偶然那一刻發生的是好是壞，意外而來的人生才是真正的人生。人類計畫之外所展開的，說不定才是天地安排的，說不定偶然的才是命定的，說不定偶然才是命運。」雖然開兒不相信命運與命定，但這麼說是希望能平衡赫拉對偶然、意外、掌控、權力的看法。

「開兒，我想一想後，覺得你說的才是對的。如果沒有偶然，我們就有可能可以知道未來將發生甚麼，但是，知道太多未來會發生甚麼事，實在不是一件好事。」赫拉呼應了開兒，繼續有感而發地說。

「同時，環境因素也的確不見得不好，人們偶爾遇到壞運，但也有好運道，有些好運道會改變一個人。」

開兒說：「根本上，我認為環境因素與個人因素是整體不可分的兩個部份。我相信『花若盛開，蝴蝶自來，人若精彩，天自安排』的說法，如果你是個很棒的人，你不必費心選擇，好的事情自然會找到你、選擇你，幫你成就精彩人生。這也是為什麼，當意外之喜飄然來臨時，我不禁會想，是哪裡香，身體香、學問香、品德

香還是精神香？」

赫拉雙腳輕蹬飛了起來，雙翅舒展，潔白羽毛轉成太陽光芒般的金黃羽毛，展開十萬藍翎眼，絢麗如鳳凰。「都香，開兒身體香、學問香、品德香，還有精神香，都香，開兒過關了。」

不知不覺間，赫拉身上已經開滿美麗的花朵，人們偶然遇見天上飄下的花瓣，那就是赫拉身上偶然剝落的智慧花瓣，一個偶然是命定，二個偶然一定是命定。

所有命定的都沒有遺憾，因為什麼結果都是唯一的結果。

虛無森林

就算生活總是達不到目的，甚至就算生命沒有意義，生活與生命本身仍是可以活得有價值。

　　虛無森林的守關大將是吳剛與薛西佛斯（Sisyphus），吳剛守在虛無森林東邊一個像月球表面的惡地上，薛西佛斯則守在虛無森林西邊一座高聳的火山下。

　　吳剛守的惡地上，有棵 900 公尺高的月桂樹，吳剛在東方仙人學校時犯下大錯，被罰砍伐這棵月桂樹，但是，這棵月桂樹很特別，樹一受創，就立即復原，因此，吳剛砍樹，樹才砍開口便再閉合，次次如此、日日如此、年年如此、一直如此。

　　薛西佛斯在西方仙人學校也犯了錯，他所受的懲罰是必須將一塊巨石推上火山頂，而每次到達山頂，火山就噴發，巨石又滾回山

下，次次如此、日日如此、年年如此、一直如此，如此永無止境地重複下去。

吳剛砍樹與薛西佛斯推石上山，都是永恆的徒勞無功，看起來完全沒有意義，再也沒有比這種「做無意義的事＋永恆重複」的懲罰更嚴厲的了。

而所有進入虛無森林的人，都會落入與吳剛和薛西佛斯相同的處境，一直重複做著相同的事，永遠不會完成，無所成就。養小孩的母親，孩子一直養不大，孩子眼看要大了，卻又變回小嬰孩；養病的人，眼看快康復了，卻又發病；存錢的人，眼看快達標了，每次都發生意外花用，存款餘額又歸零；上班族努力許久，眼看要升職了，空降的又來搶走……。有些人甚至更慘，在流水線上重複簡單的動作，在牢房裡轉圈踱步……。

開兒匆匆來到，獨自一人進入虛無森林，也不知道是白天或是已經天黑了，忽然覺得寂寞，而在最寂寞的寂寞時，心魔偷偷襲來，低語迷亂開兒。

「你現在所活的這輩子，你會再重活一次，不僅如此，你會不斷地重活一模一樣的這輩子。每次都一樣，沒有絲毫新的東西，只是重複每一個痛苦、每一個喜悅、每一個想法、每一次嘆息，無論再怎麼微不足道，無論如何偉大，都會按照相同的次序發生。無論是眼前這隻蜘蛛，樹梢上的明月，此時此刻，還有我，都會一模一

樣地不斷重複……」[18]

　　不細想，還不覺得甚麼，越細想，越覺得心魔的話還真是可怕。心魔說的或許只是一個假想的場景，但開兒心裡清楚知道，心魔說了我們逃避不願意面對的深刻真實。開兒想，就算不是一輩子一輩子重複地過，我的每一天、每一個月、每一年中很多事情也是不斷重複的，甚至重複失敗，雖然人生中不見得每一件事都有意義，但想到這樣全面的無意義，開兒不禁心中破底露出一個深淵，深淵裡不斷冒出恐懼感。

　　森林深處的那隻笑鴉又發出忽遠忽近的竊笑聲，塔斯馬尼亞惡魔大嘴怪發出進食時的尖叫聲，笑翠鳥柯卡布拉的嘎嘎狂笑，一聲疊著一聲。

　　一旦有人進入虛無森林，吳剛與薛西佛斯的工作就會轉成守關人的工作，每次都如此，一直重複如此。吳剛兩手插腰，薛西佛斯雙腳大開，一左一右一起提出問題。

　　「開兒，要過甚麼樣的人生，剛剛的心魔才不會嚇到你？甚麼樣的人生值得永恆回歸，無懼於不斷重複？甚麼樣的人生才會超越不斷重複所造成的極度悲慘與無意義性？要怎樣過人生，你才不會在意它的平淡無奇？你知道，人生很可能真的都是平平淡淡，就算只活一次。」

---

18 心魔的場景來自尼采的永劫回歸，心魔首先出現在其《快樂的科學》（*The Guy Science*）。

開兒專注想著問題，想透過專注來躲開剛剛心魔帶來的恐懼，避開惱人笑鴉竊笑、大嘴怪尖叫和笑翠鳥嘎嘎狂笑的干擾。

　　然後，他觀察吳剛和薛西佛斯，雖然一個說月亮神話，一個說希臘神話，他倆還是能不時交頭接耳，像三年不見的老朋友再見面時那樣熱絡交談，分享著彼此砍樹與推石的經驗和心得。

　　一直重複做相同的事，卻不僅無法期待成功，還無法期待不同的結果，一般人不僅會因此變得極端痛苦，還可能瘋狂。但吳剛和薛西佛斯雖然他們的人生不斷地重複，卻看起來一點也不悲慘。可見這兩個考官不僅心中有答案，答案也可以從他們身上觀察並獲得。

　　開兒想，如果他們二人無論行為和內心歷程全都不斷重複，那麼他們的痛苦只會重複，不會加劇。真的懲罰必須能增加痛苦，而要增加痛苦感，內心歷程就不能只是一直相同地重複。內心歷程必須有改變的可能，內心會因為行為重複而變得更痛苦，如此一來，不斷重複的失敗才會達到懲罰的目的。忽然，開兒瞭解了，「行為重複，內心不重複」使得懲罰成為可能，而這一點同時也開啟了超越之門。

　　專心看內心，開兒便看見了，薛西佛斯每次推石上山都是一個充滿奮鬥、動腦甚至盼望的過程。開兒看得很是感動，脫口對薛西佛斯說：「薛西佛斯，你推石上山一次，就像認真過了一次人生，『認真過人生』這個過程本身就具有高度價值，就算最終還是回到

原點。」

　　肌肉像猙獰岩石，身形巨大的薛西佛斯一聽，眼淚像山泉一樣
湧出。

　　開兒最喜歡看到強大的人落淚，一如喜歡看見柔弱的人表現出
堅韌。他繼續說：「薛西佛斯，你每次推石上山就像認真過了一次
人生，而既然這個過程具有高度價值，因此，就算石頭推不上山
頂，預定的目的沒達成，這不斷重複失敗的過程，仍是不斷產出高
價值的過程。」

　　薛西佛斯巨大的身軀像小孩一樣跳躍著，高喊：「過關了、過
關了，開兒、開兒、開兒，萬歲、萬歲、萬歲，來讓我背你趕快離
開這該死的鬼地方。」

　　拿著大斧的吳剛雙手抱胸，踱著步冷冷地說：「等等，還有
我，我也是考官。做人做事做對了，人生，活一次也就夠了，一直
重複如何有意義？」

　　開兒深深望著吳剛的眼睛，說道：「吳剛，我可以看見你的
心，可以看見你已經從不斷抱怨生命的不公平，慢慢轉成學會利用
生命給你的挑戰，再變得充滿感激。這麼多年來，吳剛，你縱有痛
苦，也沒有遺憾了。

　　現在，對你而言，伐樹已不再只是伐樹而已，你不斷伐樹，是
練心，你不再怨恨命運，你甚至感謝有這棵一砍開便閉合、永遠砍
不斷的怪異大月桂樹，讓你有機會練功夫心，練功夫心是永恆的課

題，需要永恆的練習。

你的砍樹已經變成眞正的學習了，而學習從來不會掏空人的心。學習有時是一種轉化，有時是一種覺醒，兩種都沒有掏空的問題。我猜，砍樹已經不會讓你疲憊了。如果你覺得疲憊，那不會是因爲砍樹，而是其他的事讓你覺得心情疲憊。」

這時，薛西佛斯轉頭四處看看嫦娥在不在。

聽到不斷伐樹是練心時，嵌在吳剛那毫無表情臉上的兩粒大眼，就已經變得像兩片太平洋，萬年不曾流淚的吳剛，在他的大鋼斧上，落下兩三滴淚。

「你可以走了，謝謝你。」吳剛與開兒相視，大斧驚天一揮，溫柔地說。

開兒對薛西佛斯和吳剛說的話，揭發了他們「不斷重複生活」的意義，因此爲他們不斷重複的生活劃下句點，也同時解除了薛西佛斯和吳剛的詛咒。事實上，這詛咒是一個挑戰，也是一個祝福，只是當事人當時不知道。

吳剛精神所反應的正是盧梭（Jean-Jacques Rousseau）於《愛彌兒》（Emile）一書中所說的，「生命不只是呼吸而已，生命是一種行動」。生命不只是存在，也不只被動地反應外在環境，而是要積極地行動，無論透過外在的行動或是內心的行動，要讓自己有活著的感覺，積極注意、聆聽、檢視、把握、探究、擴展活著的感覺、生命感與生命的價值。活一輩子如此，活許多輩子也是如此。

薛西佛斯的努力則是「沒有意義，但仍有價值」的一個典範。就算生活總是達不到目的，甚至就算生命沒有意義，生活與生命本身仍是可以活得有價值。

　　有些事有「內在價值」，它們本身就是好東西，不必管前因後果，不必瞻前顧後，無論成功失敗，就是去做。[19]

人有一堆缺點，
但是，還是要愛人。

當你做得好，別人會嫉妒，酸言酸語，
但是，還是要全力做好。

你做的所有好事，終究會被遺忘的，而且很少超過一、兩天，
但是，好事還是要去做。

光明正大可能讓你顯出弱點，容易受攻擊，
但是，還是要光明正大。

幫助需要幫助的人，有時反而遭致怨懟，

---

19 參考 Kent M. Keith, *The Silent Revolution: Dynamic Leadership in the Student Council*。

但是，還是要幫助人。

人們同情弱勢，卻常只願意跟隨強者，
但是，還是要與弱勢站在一起。

餘歲總是比你想的少：偷不了、借不到餘歲，
但是，生命還是要冒險花在美好的事物上。

「一切有為法，如夢幻泡影，如露亦如電，應作如是觀」，
但是，還是要有作為——做夢、造影、灑露、放電。

不入虛無森林，不知道「沒有意義，但有價值」的可能性，知
道了，就能離開虛無森林。

其實，最高興的不是開兒，也不是薛西佛斯和吳剛，而是終於
不必一直噴發的火山和不用一直被砍的惡地月桂樹。

為了慶祝，900 公尺高的大月桂樹花開滿樹，花瓣種子飄向四
方，大火山吐出美麗的煙火，輕輕灑落肥沃的火山灰，持續 30 年
不斷，森林又再次生機勃勃，虛無森林不再虛無。

許多曾經因族群全滅，而不知自己為何存在的動物，也出來慶
祝。通體金黃皮膚光澤明亮的雄金蟾蜍，黑底伴著黃金鑲邊深紅大
色塊的雌金蟾蜍，都從隱身萬年的地底爬出，爬進山谷裡的淺水池

中嬉鬧，他們像散落在森林中的寶石。一群藍馬羚靜靜走過，身旁跟著幾隻巴切爾熱帶草原斑馬，遠處，數千隻朔姆布爾克鹿跳躍而來。

　　大家一起清唱著《生日侃他他他他》（*Birthday Cantatatata*）。

無常關

縱然人生有限，縱然人生無常，但愛、學習、成長與生命不必受限於有限與無常。

　　人類世界有時候很平靜，有時候很多變，甚麼時候平靜，甚麼時候多變，沒甚麼規律可言。不知道如何面對無常，就不知道如何在人類世界生活。

　　開兒來到了無常關，守關的是黑白兩無常。

　　黑白無常雖是死神，但一黑一白卻象徵一夜一日，也象徵一陰一陽，而日夜、陽陰卻也象徵生死。

　　開兒心情忐忑地來到無常關，遇見黑白兩無常，黑無常黑西裝黑皮鞋黑領帶全身黑，白無常白西裝白皮鞋白領帶全身白。開兒很意外。

「請問兩位，你們真的是黑白無常范將軍與謝將軍嗎？」

范將軍雙手交叉扣在胸前，說：「正是我們。」

開兒說：「可是你們的標準配備不是有燈籠、哭喪棒、羽扇、令牌、手銬、鐵鏈、方牌、刑具？」

「那是要去攝魂抓鬼時才用，守關時不用。也就是，我們去找你們時才穿制服，你們來找我們時，我們穿著很時尚的，都是Prada跟Armani的。」

黑白無常不必陰森森，夜晚是沒有太陽的白天，白天是有太陽的黑夜，生死、日夜、陰陽、恆常無常本是一體兩面，知道如何面對無常，就知道甚麼是恆常，知道甚麼是恆常，就知道如何面對無常。

謝將軍忽然舉臂合掌伸指向天，威嚴地問：「開兒，幾千年來人世間變動得越來越快，像2020年的瘟疫只是標誌世界劇烈變化的趨勢，氣候劇變、社會劇變、經濟劇變、科技劇變、國際情勢劇變、環境劇變，一切都在變動中，常規破壞，未來不可測。面對劇烈變動，人們有更多的無知，無知導致迷失，迷失帶來恐懼。你有甚麼解方？」

開兒將雙手環背在腰上，邊踱步邊思考：「我有幾種解方，首先是哲學。

哲學思考可以讓人們產生勇氣，劇變中人們需要勇氣。蘇格拉底認為，智性上的無知，導致價值上的迷失，價值上的迷失，導致

情緒上的恐懼，而對人生的哲學反思，也就是在生活上熱愛智慧並追求智慧，將使得價值歸位與定向，從而產生勇氣。

蘇格拉底常在街頭上、聚會裡、生活中尋求哲學對話的機會，他並不認為哲學是枯燥無味的學術研究或論文寫作活動，哲學對他來說是一種自我診療，是追求美好生活的重要途徑。他甚至說：『未受檢視的生命是不值得過的。』

哲學檢視的目的，不是負面的批判，而是深刻地理解最基本的信念和價值。信念和價值在檢視之後，有些可能仍處在我們的思想核心當中，有些會被重新定位，有些則會被修正甚至放棄。

換言之，哲學檢視不一定致使我們激烈的否定、改變、放棄我們的信念和價值，但是，通常會讓我們轉換角度，以不同的取鏡，看待先前的信念和價值，重新安排它們在我們人生中的優先順序。

有些原以為重要的事、非做不可的事，變得不再重要，變得可做可不做，另外一些事則變得重要，從而成為指導我們的思考和行動的主要原則。浮面的想法、不重要的想法將會被懸置，使我們不再看重它們，因之不再為之困擾，我們的思考與生活將會更專注在重要的事物上。

哲學檢視使我們可以專注在更為根本而重要的信念和價值，使我們的思考、行動與生活更為穩定，不為浮光掠影、嘈雜意見左右。

哲學不是一套知識，哲學是一種心態，是一種思考方式，更是

一種生活方式，哲學將『理性』、『價值』與『情緒』三者緊緊連結在一起，讓我們活著的時候好好活著，死亡的時候好好死亡，沒有恐懼。」

謝將軍曲臂鬆掌，手心緩緩向上，看著天：「蘇格拉底在我們那裡已經二千四百多年了，他生也自在，死也自在，毫無恐懼，他面對生死的態度足以作為典範。除了哲學，還有甚麼嗎？」

開兒目光堅定地說：「醫學也能有所幫助，這裡的幫助指的不是醫療與公共衛生上的幫助，而是價值面的幫助。

我認為，大難來時，人人都應服膺希波克拉底誓詞。希波克拉底誓詞（Hippocratic Oath）就是醫師誓詞，第一條是『不能傷害人』，這固然因為救人是醫師的天職，但也是因為醫師的工作與專業，使得醫師有真實的機會與強大的能力去傷害人，因此需要以誓詞的方式規約醫師。而『不能傷害人』作為醫師『第一』守則的意思是：無論醫師損失多少個人利益，無論其他政治、宗教或任何理由，都不能傷害人。

瘟疫來臨時，疫區每個人都忽然擁有傷害他人的機會與能力，僅僅是隨意外出，都很可能傷害許多人的性命。因此，希波克拉底誓詞不僅適用於醫療人員，也應適用於所有人。亦即，『不能傷害人』作為『第一』守則，人人都必須遵守，無論損失多少個人利益，它也凌駕其他政治、宗教或任何理由。

大難來時，環境劇變、常規破壞、未來不可測，外在的事物越

來越不可靠，人的『主體性』反而顯得越來越重要。每一個人的道德責任，如『不能傷害人』，顯得更爲鮮明，知識責任、政治責任也變得更爲明顯。例如，每個人都要擔負起慎思明辨的責任，無論哪個專家如何說，無論哪個政府如何說，我們都要自己探究，這條消息是可以相信的嗎？這個人的主張是正確的嗎？」

范將軍的身體不知不覺中學著開兒，也將雙手環背在腰上，說：「希波克拉底醫師在我們那裡也住了很久了，無數人生前受到他或他的徒子徒孫照顧，對他眞是尊敬得很。除了哲學與醫學原則，還有其他的嗎？」

開兒說：「不會哲學，不強調主體性，也還可以說故事，每個人都會說故事。」

范將軍跟著開兒踱步，亦步亦趨：「說故事也能面對無常？」

「可以的，而且還蠻有效的。歷史上最有名的就是《十日談》（_The Decameron_）。14 世紀中葉，黑死病橫掃整個歐洲，喪鐘齊鳴，約 30－50％人口，多達 7,500 萬到 2 億歐洲人喪命。1348 年黑死病來到了繁華的佛羅倫斯，死了十餘萬人。以這場瘟疫爲背景，1350 年左右，薄伽丘（Giovanni Boccaccio）寫下了《十日談》故事集。《十日談》說的是 7 位女性和 3 位男性，10 個人來到佛羅倫斯郊外山上的別墅躲避瘟疫，爲了讓自己分心，稍能逃脫黑死病夢魘的糾纏，他們除了在賞心悅目的園林裡唱歌跳舞之外，大家決定每人每天講一個故事，在兩個禮拜內，總共講了 100 個故事，

這 100 個故事就是《十日談》的內容。大部份故事與瘟疫無關，主要是愛情故事、悲劇、政治評論與笑話。

《十日談》的成書是對於瘟疫的一種回應，當人們遇到極為混亂、偶然、生命毫無道理就忽然消逝、極端無助的處境時，第一個反應是『說個故事吧』，無論是心中想、提筆寫、開口說或隨口唱個故事。故事有主角、有配角、有背景、有主題、有情節、有軸線、有開頭、有結尾，從開頭到結尾有理可循，有路可通。疫病的不可控、無差別殺人、不可理解的混亂，人們在說故事的當下，抽身了，脫離了，遺忘了，舒緩了，安頓了。

其實，故事不僅讓無情無理的世界變成有情有理的世界，故事也能增加勇氣，特別是說自己的故事。

每個人都應該說說自己的故事，有些故事是真實的延伸，有些故事是延伸出真實的虛構，但是作為人，每個人都應該是自己故事中的英雄，而英雄正是在災難中生出勇氣的角色。

故事是亮光，越是黑暗，越需要說宏偉秀麗的故事，而你是其中的英雄。」

范將軍停下腳步，抬起頭遙望歐洲說：「是啊，那時候真的好慘，當時我在歐洲的同事忙了三、四年，還幾乎罷工抗議。除了哲學、主體性和說故事，還有甚麼？」

開兒溫暖地說：「當然，正面心態很重要，《易經》的『地火明夷卦』最能表徵出黑暗時代的正面心態。

宋朝大儒邵康節喜歡詮釋及演繹《易經》，根據他的《皇極經世》，2020 庚子年的值年卦爲『地火明夷卦』。

　　對於外在環境，『地火明夷卦』的意象是：光明之物落在大地之下，透不出光，黑濛濛一片。

　　關於人們如何應對這『外暗內光』的外在處境，『地火明夷卦』的建議也具有相同結構：黑暗中宜低調謹慎，但內心要保持光明。

　　每個人看待《易經》的方式不同，在這裡我是實用主義者，我覺得『地火明夷卦』就是一個靜待天明的卦 —— 雖然天還未亮，但太陽已經在心底升起 —— 很適合這個黑暗的年份。」

　　謝將軍呵呵笑說：「康節先生在我們那裡也快一千年了，時間過得真快，他還常常唱著他的《安樂窩歌》，你聽：

　　茅屋半間任逍遙，山路崎嶇賓客少。

　　看的是無名花和草，聽的是枝上好鳥叫！

　　春花開得早，夏蟬枝頭鬧。

　　黃葉飄飄秋來了，白雪紛紛冬又到。

　　嘆人生，容易老，終不如蓋一座，安樂窩。

　　上寫著：琴棋書畫，漁讀耕樵。

　　悶來河邊釣，閒來把琴敲，

　　喝一杯茶，樂陶陶，我真把愁山推倒了！

康節先生還常常將《安樂窩歌》歌詞填入不同的曲調中，最近他迷上藍調，終於不必再聽鄉村曲調了。」

開兒沒等兩位將軍問，自己就繼續說：「雖然有點老套，愛與寬容還是有用的。

在這個多變的世界，在這個多災難的時代，人們彼此之間、萬物彼此之間越來越緊密地關聯在一起，我們要學會彼此寬容，學會忍受別人說了一些我們不喜歡的話。只有彼此寬容，我們才能一起活著，而想一起活著，不想一起死，我們就必須學會慈悲和寬容，慈悲與寬容對於我們在這個星球上持續存在，至關重要。」

范謝兩將軍點點頭後，忽然異口同聲說：「開兒，你說的這些都很好，也很實用，但有沒有更徹底、更根本的說法？」

開兒停下腳步，凝視著范謝兩將軍。

「有的，你們兩個就是關鍵。

大災難帶來巨變，經濟蕭條，生活困頓，生命消逝，意義蕩然，人們認為不會改變的事，長期賴以信託生活、理想與幸福的事，居然都改變了。『無常』是第一個且揮之不去的感覺，大災難揭發世界無常的面貌，甚至，未來無常只會更加頻繁，無常成為常態。

如何對待無常？最直覺的處理方式，就是不要太依靠這些無常的事。

不要太信賴無常的事，因為它們最終都會讓你失望、落空，連

短暫的期待都不行，要期待也只能是統計、大數據、科學預測都失效下的『不確定性的期待』。用老話說是：應無所住而生其心；用比喻說是：心如流水，自然而然。一如《金剛經》的名言『一切有爲法，如夢幻泡影，如露亦如電，應作如是觀』。」

范將軍搖頭說：「你只點出問題，沒給解方。」

開兒看著范將軍，點頭說：「是的，而且我認爲單單從人生無常這點，是推不出太多人生指南的。舉例來說：

- 人生無常，所以要努力工作。
- 人生無常，所以要及時行樂。

這兩種說法聽起來都很有道理，但它們似乎相互衝突、彼此取消，變得缺乏說服力。」

開兒眼睛突然閃亮了起來：「世界多變、人生無常本身，是推不出人生指引的，因此，除了外在的、客觀的條件，還需要加上你自己內在的、主觀的願望和意志，才能形成具有說服力的前提，讓人不得不接受它的結論。譬如：

- 人生是空洞虛無的，如果你不喜歡空洞虛無，你就必須努力填滿它、充實它。
- 人生無常，如果你不喜歡無常，你就必須努力尋找永恆不變的東西，那或許是你心中的道德法則，或許是物理法則，或許是數學法則，或許是超越世界的存有。

在無常的世界中，更彰顯出主體內在力量與主觀意志的重要

性。在無常的世界中，你更需要自己決定要如何生活、要活出甚麼樣的人生。」

范將軍再搖頭說：「世界越無常，人的主體力量越重要，這點你剛剛已經說過了。」

開兒沒直接回應，繼續往更根本的地方前進：「如何看待無常？對每個個人而言，最大的無常是生死，很多東西你活著才有，死了，不敢說甚麼都玩完了，但許多都會沒了，而你永遠不知道你甚麼時候會死。所以，讓我們從生死的無常，來談談另一種對待無常的方式。

關於『認眞』，有兩個與生死有關的說法：

A.要多麼認眞活著？彷彿你明天就會死去那樣活著。

B.要多麼認眞學習？彷彿你會永遠活下去那樣學習。

A 說法是大家常聽到的『一生懸命』。B 說法則較罕見，但我認爲它的內涵更爲深邃一些。

仔細想想，A 與 B 兩者之間似乎是有矛盾的：認眞做事就是認眞活著，學習也是做事的一種，因此，認眞學習也是認眞活著。所以，根據 A，我們會有：

A1.要多麼認眞學習？彷彿你明天就會死去那樣學習。

於是，我們有兩個相當不同的命題：

B.要多麼認眞學習？彷彿你會永遠活下去那樣學習。

A1.要多麼認眞學習？彷彿你明天就會死去那樣學習。

B 與 A1 兩個命題以幾乎相互衝突的理由規勸及界定「認真學習」，哪一個比較合理或比較根本？

　　我覺得，『彷彿你明天就會死去』這種人生苦短的理由，幾乎適用於所有事物，不獨限於學習，況且從人生苦短，也可以推出具有排他性的『認真玩』的結論。

　　我認為，『彷彿你會永遠活下去那樣學習』是更為合理、更為根本的。學習、愛與生命一樣，都與成長密切相關。以有限的生命想像成長，會限制成長，以有限的生命想像學習，會限制學習。

　　回到無常來說，縱然人生無常，但一如學習、愛、成長與生命不需要受限於有限的東西，學習、愛、成長與生命也不必受限於無常。」

　　范謝將軍彼此對視，相互點頭，知道開兒幾乎已經可以看穿生死，因此也看穿無常了。

　　但開兒卻繼續思索著，他像是看著無常關周遭盛開的花朵，也像是看著更遠的地方。

　　「兩位將軍，你們看，雖然瘟疫肆虐，但四季仍推移，繁花仍如承諾般地來到，而就算剷除所有花朵，春天還是會來臨的。天地還是有情有信的。

　　世事多變、世事難料，盡心盡力之後，總還是有始料未及的，總還是有力有未逮的，這時，就順其自然吧，相信天地還是有情有信的。」

范謝將軍合掌俯首稱是。

　　開兒的眼神從遠方慢慢地移到跟前，平靜地說：「縱然無常，無常也無逃於因果。無常讓未來難測，但是如果未來一切的一切都展開在我們眼前，從遙遠的未來一路看過來，看到眼前，將會發現當下是因果鍊上最關鍵的。我們也會發現，眼下身旁的人事物才是我們最應關注的。」

　　范謝將軍再俯首稱是，並在前面引路，送開兒過無常關。黑白無常如此高興，邊走邊跳著舞，居然跳舞跳出音樂來。

　　無常關旁的十里桃花在一個小時內花開花落三十回，無常關旁的十里荷花三生三世不凋零。

孤島關

任何可以打開封閉狀態、搭起橋樑通往外界的方式，
都有助於撫慰人心。

　　開兒來到孤島關，孤島關的把關人是傷心小丑。

　　孤島上住著的是傷痛的人，隨著傷痛人數的多寡，孤島的大小
會變化，傷痛的人少，孤島就變小，傷痛的人多，孤島就變大。

　　畫著誇大笑臉淚滴妝的傷心小丑，解釋孤島的意義給開兒聽。

　　「有時候世事是如此慘絕人寰，如此可怕、如此悲慘，後來的
任何作為，丁點都無法消去那苦難與悲劇，連時間都無法撫慰，時
間只是讓傷口結疤，掩蓋住傷痛與記憶。苦難真是個孤島，因為，
傷痛具有很強的個別性、私有性，我的痛是我的，而且是無法讓渡
給你的那種『我的』。有人甚至說，痛苦是他人無法理解的。

開兒，你可以安撫孤島上的人，讓孤島上的人離開孤島，你就可以過關了。」傷心小丑誇張的淚滴笑臉背後有著不爲人知的表情。

「人不是一出生就是個孤島，人遭受苦難才變成孤島，人間的苦難實在太多了，我很樂意幫助別人。」開兒悲天憫人地回答。

首先出現的孤島只比一張椅子大一點。島上有張椅子，椅子上有位婦女，婦女雙腳彎曲靠在胸前，雙手抱膝哭泣著。這是一位受家暴的婦女，正在訴說她的故事與悲傷。

「能哭泣，還好。哭泣，甚至尖叫，都比沉默無聲好，痛苦時，沉默是一種自殘，一種讓人耽溺其中的自殘。」開兒心裡想。

開兒靜靜地陪在她身邊，傾聽她的人生故事，越聽越覺得這婦女的遭遇實在太悲慘了，太折磨了，老天眞的太不公平，這麼好的人，卻遭受所愛的人這麼暴力的對待，這麼嬌弱的人，忍受著長期的身心虐待，實在讓人覺得不忍，太可憐了。開兒越聽越覺得悲傷，情緒之河潰堤。

「所以，你也感覺到悲傷？」傷心小丑說。

「非常悲傷。」

「要不要請那位受家暴的婦女來安慰你。」傷心小丑的笑臉似笑非笑。

「你不要諷刺我，我只是聽著聽著就感到悲傷。」

「但是你的任務是來撫慰悲傷，不是來一起悲傷的。」傷心小

丑的笑臉上出現嚴肅的表情。

「是的，但是，真切的同情共感是安慰的第一步。」

開兒走近受暴婦女，坐在她身旁繼續聽她訴說著她悲傷的故事。開兒用心聽，聽著聽著，開兒越聽越能設身處地想像他自己就是這位身受家暴的婦女，不知不覺就放聲大哭，哭得淅瀝嘩啦，哭到受暴婦女嚇了一跳，趕緊反過來安慰他說：「開兒，你不要難過，好在我已經離開施暴者，想要勇敢展開新生活了。」

整理了情緒，開兒回到正題。「小丑，安慰傷心人的最佳方式之一，是你情真意切比他還傷心，對方就會反過來安慰你，這一方面讓他開放自己，脫離孤島封閉狀態；二方面能讓他關懷他人，與人產生關聯，不再是一個孤島；三方面，而且是最重要的，是讓他自己努力找到安慰人的理由或方式，藉此他就能找到安慰自己的理由或方式，走出悲傷。永久離開孤島的出路要自己找，其他人是找不到的。在某個意義下，所有的聖堂都是自己親手搭建的聖堂，所有的救贖都是自我救贖。」

受暴婦女不知不覺就走出孤島。

倏忽，傷心小丑和開兒看著孤島剎那間變得很大，島上人們歷經大地震和海嘯，他們的房屋嚴重毀損，親人朋友生離死別，雖然經過數年，浩劫餘生的人們還在療傷止痛中。

「開兒，島上人們受苦受難，如何撫慰他們？」

「設立地震博物館。」開兒想到神戶的地震博物館，脫口而

出。「然後，我建議地震博物館的主軸回到居民本身、回到生活本身、回到生命本身。

記得神戶的地震博物館中，有不少收藏是受難者個人、家人和社區的物件，一封信、一張照片、一本作業簿、一張成績單……，這些物件顯現出每一個生命都是一個獨特的故事，不是一個數字，每一個家庭都是一個活生生的故事軸線，不是遺忘的記憶，每一個社區都曾經是人們的生活世界。」

「開兒，你要宣揚自己的理念，還是撫慰災民的傷痛？你說的『每一個生命』、『每一個家庭』、『每一個社區』終究都只是 5 個字的詞，靜止在過去的時空中，你用這些詞所說的理念，如何撫慰災民的傷痛？」傷心小丑扯扯開兒的衣領，笑臉上滿是諷刺的意味。

在別人生命遭遇重大悲傷與悲劇時，我們任何涉及「我自己」的想法、作法與說法，就算是一丁點，就算是深深藏在潛意識裡，都不僅是明明白白的極端自私，而且還飄出濃濃的惡臭。生命的苦難與悲劇要求我們不自私，而不自私地看待生命才是超越死亡的唯一道路。

「當然是撫慰災民。」開兒真的覺得派個小丑來把守孤島關，實在非常不恰當，哪有在災難與悲傷的處境中還一直掛著笑臉的。

「看到那些遺留下來的生活物件，災民們不會勾起往日美好的回憶，再度陷入悲傷情緒中嗎？」傷心小丑的淚滴笑臉上的諷刺意

味更濃了。

被小丑認為偽善，開兒不但沒有生氣，還滿臉羞愧地說：「的確完全沒有必要讓倖存者再次陷入悲傷情緒。」

調整一下心情，開兒給了另一個建議。

「或許將博物館的主軸設在『調適、療癒和超越』，說一些個人、家庭與社區在海嘯之後調適災害、療癒傷痛和超越不幸的故事。」

「還是堅持設博物館？展現災難與痛苦的意義？說調適、療癒和超越的故事？還是要真正地撫慰災民的悲傷與痛苦？」傷心小丑的大大笑臉上除了滿滿的諷刺外，又加上憤怒、鄙視與質疑的味道。

這時走來一位老先生，回應開兒適才所說。

「開兒，或許你說的是這樣的故事。我們村裡有位先生，海嘯警報響起時，原本帶著孩子逃往高地，忽然想起有幾位長輩需要他去通知，就讓孩子先等一下。後來，孩子逃生不及死於海嘯，這先生非常自責，消沉很久。他是透過不斷地照顧海嘯留下的許多孤兒，來忘卻內心的痛苦。雖然，我們也不知道他有沒有忘掉悲痛。」

開兒點點頭，對著老先生說：「謝謝你深刻的故事。悲痛大概忘卻不了，一時忘了，不經意間很容易又再浮現，但是那位照顧孤兒的先生一定弭平了不少悲痛，而如果真的徹底弭平了，也就沒甚

麼好忘卻的了。」

回過頭來，開兒望著小丑的眼睛，希望小丑先生也能明白自己的想法。

「小丑先生，這博物館裡的故事是需要島民自己訴說的，不是島外的人說的，博物館可以不蓋，但島民訴說自己的故事是很關鍵的，不僅是對外人說，也不僅是島民單向對其他島民說，最重要的是島民彼此之間能互相傾訴故事。我認為，這是『撫慰傷痛』最關鍵的地方。」

「為甚麼？」小丑做個沉思的手勢。

「人類需要夥伴，人類常遭遇苦難和悲傷，自己的苦難和悲傷已經不容易處理，夥伴的苦難和悲傷更難處理，因為如果真的是夥伴，對方的苦難與悲傷，會讓我們感同身受，同時處理兩重悲傷，自然是很難的。但是，這也是『撫慰傷痛』必要的部份，因為沒有深度的同情共感，就無法撫慰傷痛。而同情共感就是雙重痛苦，只是因為災民彼此之間的傷痛極為類似，災民對災民的同情共感雙重痛苦會融成一層。」開兒指出撫慰他人傷痛最困難的地方，但也暗示出撫慰的方式。

開兒深深吸了一口氣，繼續說：「地震災民在相同的天災下，各自承受極大的痛苦，透過傾訴彼此的受難故事，以及分享協助他人渡過苦難與療傷止痛的故事，就如同剛剛受家暴婦女一樣，能讓島上災民開放自己，打開封閉狀態，也讓他們能關懷他人，與外界

產生深度連結，從而離開孤島，而且最重要的，是讓他們自己努力找到安慰人的方式，而或許就能因此找到安慰自己的方式，永久走出悲傷。再強調一次，永久離開孤島的出路要自己找，其他人是找不到的。」

「可以的話，讓居民多接觸嬰孩與幼兒，多聽聽嬰孩與幼兒的笑聲，孩子的笑聲可以爲心靈帶來陽光，傷痛的人其實最能感受到心靈陽光。鼓勵災民飼養貓狗寵物，也很有幫助的，貓擅長尋找快樂，也很會享受快樂，狗則帶來很多快樂。」開兒補充。

「巧克力也很療癒的，無妨吃上一點，而共食比獨食好。」開兒又補充一點，小丑的臉讓開兒覺得安慰人也不必太嚴肅，療癒者的心應該是眞誠而輕鬆的。

「地震災民與受暴婦女的情形有甚麼不同？」小丑誇張的笑臉遮不住他的悲天憫人。

「在受暴婦女那裡，我需要以感同身受的方式『扮演』安慰者的角色，對地震災民來說，不必扮演，他們就是實際受難者，而且他們是同一災難的受難者，沒有誰比他們更有機會瞭解彼此的創傷，甚至不需要說甚麼或做甚麼，他們就能瞭解彼此，他們知道甚麼時候不需要說任何話，甚麼時候甚至要離開讓對方獨處，甚麼時候要多陪伴一些，甚麼時候要開一點玩笑讓對方分分心，甚麼時候要讓對方宣洩情緒，他們比誰都更能協助災民自己找到孤島的出路。

只是傷痛的孤島作用實在太大，怕悲傷氣氛在災民間彼此渲染，難以消除，我們島外的人還是需要做一些事，好讓島民們更有能力、更有意願相互訴說與傾聽彼此悲傷的故事、受其他島民幫助的故事以及幫助彼此減少悲傷的故事。」

　　「不得不說，你分析得很好。」小丑笑得裂開大嘴。

　　相信我，雖然小丑臉上已經畫了張大笑嘴，笑開大嘴也只不過是重疊而已，但發自內心的笑還是帶來很大差別，感覺完全不一樣。

　　「還有撫慰人心的方式嗎？」

　　「有的，小丑。悲傷是一種自我封閉、自我孤立的狀態，任何可以打開封閉狀態、搭起橋樑通往外界的方式，都有助於撫慰人心。一般解封、跨界的方式，可以是愛、關懷、知識、信仰與行動，只要讓傷痛之人產生愛己、愛人、關懷、信仰、學習、連結與行動的方法，都是有效的撫慰人心的方式。甚至，在一些特殊狀況下，仇恨、反叛、流浪也能打開封閉狀態。但無論如何，一定要避免冷漠。」

　　「開兒，你說得很好，但是在放你過關之前，還有兩種孤島要麻煩你幫大家想想如何解決，拜託、拜託。」小丑雙手合掌歪頭做可憐狀。

　　「我試試看。我猜，是不是內心孤島和世界孤島？」

　　「正是，開兒你真是聰明。」

震災傷痛孤島忽然消失。

不知甚麼時候在開兒的內心浮現一個小小孤島，孤島上面坐著一個小開兒，其他甚麼都沒有，連椅子都沒有。

「開兒，你怎麼撫慰小開兒，帶他離開內心的孤島？」小丑對於捉弄開兒興味盎然。

「內心的孤島看似親近，但卻常有難以跨越的鴻溝。內心的孤島之所以為孤島，常是長期忽略、逃避、欺騙、扭曲、仇恨、傷害的結果，而最麻煩的是，受害者常常也是加害者本人，或至少是某種形式的共犯。在受害人與加害人有所重疊的情況下，如何讓受害人願意原諒加害人，伸手請求其幫助或接受其幫忙，如何讓加害人願意承認錯誤，向受害人懺悔並出手幫忙，都是不容易的。」開兒似乎凝視著小丑，也似乎望著遠方，但毫無疑問也看著自己的內心。

有時候，別人原諒你是不夠的，有時甚至反而加重罪惡感與悲傷，自己必須也能找到紮實的理由、不是藉口的理由原諒自己，才能脫離痛苦。

開兒彷彿自言自語：「搭建跨接內外的橋樑，開兒和內心孤島上的小開兒雙方都必須勇敢地做很多很多事。跨接內外的橋樑結構包括：傾聽內心的聲音、與自己進行深層的對話、試圖理解自己多元甚至彼此衝突的欲望和信念、自我懺悔、自我贖罪、原諒自我、遺忘自我的過錯、關懷自己、認識自己、更愛自己一點、讓自己更

快樂一點、更依照自己內心的聲音過活等等。這樣，我們或許就可以期待，小開兒會慢慢走出內心的孤島。」

「希望如此。還剩一個孤島，世界孤島，如何走出世界孤島呢？」一個人怎麼走出世界？這題實在太難了，連愛捉弄人的小丑都為開兒抱屈。題目裡的「世界孤島」是甚麼意思，把關人傷心小丑自己都不是很清楚。

不過，開兒居然知道：「『世界孤島』是一種與先前的孤島類型完全不一樣的孤島，極為罕見，但也極為珍貴，通常具有極高度宗教情操或道德情操的人，如聖人甚至神人等級的，才是世界孤島上的居民。

『我不入地獄，誰入地獄』、『地獄不空，誓不成佛』、『為全人類背負十字架』、『先天下之憂而憂，後天下之樂而樂』、『人生不滿百，常懷千歲憂』等詞語，最常用來描述這些住在世界孤島上的人。世界孤島之所以稱為世界孤島，是因為島上的人內心存著一般凡人與俗人無法體會、無法理解的大理想、大心願或大慈悲心，而這些大理想、大心願及大慈悲心都是具有普世高度的想法，這些為全人類的想法，不但很少人能體會，甚至常常遭人誤解。心懷眾生，卻被眾生誤解，正是世界孤島居民的典型圖像。」

這時候孤島忽然一直變大一直變大，直到變得和世界一樣大，把孤島之外的人都推入虛無之中，孤島上只剩下少數居民。

「哇，怎麼走出世界孤島？都已經包括全世界了，走不出去

吧，還能走去哪裡？」小丑說。

「正是，世界孤島的居民是走不出去的，解除世界孤島的孤島狀態，只能努力讓一般人走進世界孤島中，並且深刻體會或認同世界孤島聖人與神人的大理想、大心願、大慈悲心，進入島內的人也就脫離虛無，懷抱向善之心。」

小丑拜服，給開兒一個大大擁抱之後，領著開兒過關。

出島離別之際，小丑又忍不住憤世嫉俗的性子，調侃說：「世界孤島的居民心胸當然是開放的，但是一旦開放，那些虛無的人就會湧入，到時候甚麼牛鬼蛇神都有的。」

開兒回頭睜大眼說：「其實，人類居住的這個世界是沒問題的，搞砸的是人類自己。這也是為甚麼宇宙有許多高智慧的生命，他們絕大部份選擇去其他的地方旅遊。」

無憾石

地球生物因人類而有重大遺憾，人類自己豈能獨自無憾。

開兒來到了無影石，無影石又稱無憾石。

無影石是一塊直徑 100 公尺光滑如鏡的圓形玄黑大石，無影石的圓形是宇宙沒人見過的完美圓形，它一半坐落在森林邊緣的海邊懸崖上，一半凸出懸在海面上空 500 公尺，大石的中間直挺挺站著表情堅毅的白袍法師無憾法師。

由於無影石實在太光滑，風一吹，無憾法師就會滑動，但是他還是表情堅毅、站得直挺挺地滑動，還好上天憐憫，常為他改變風向，不讓他摔入大海。

無影石最特別的地方是無影，徹底無影。無論誰站在無影石

上，無論外面光線多強、從甚麼角度射入，無影石上都沒有一抹影子，站在上面，就如同站在一個直徑 100 公尺的暗黑無底洞上。

雖然知道無憾法師是站在無影石上，但看起來實在太像飄浮在一個大黑洞上面，開兒心中忐忑害怕。終於，還是鼓起勇氣，一腳踏進去。

一踏進，就踏上無影石，一踏上，無影石頓時變成大螢幕，播出一部一部、一集一集歷史大河劇。

很快地，開兒看完所有歷史大河劇，而歷史長河來到最後主角臨終時，通常都會看著美美的櫻花或夕陽，露出微笑說：「我的一生真是精彩啊！」

無憾法師問：「開兒，為甚麼大河劇的主角最後都會說『我的一生真是精彩啊』？」

「因為無憾。這裡雖然是無影石，無影石又名無憾石，但是，法師，我不是因為這樣想出『無憾』，大河劇最後的微笑直接就讓我想到『無憾』。」

「是的，而且那是死亡之際的無憾。開兒先生，你能分析分析死亡之際的無憾嗎？」

「法師，死亡之際的無憾，以基本結構來說，應該是：想做的事，而且有能力做到，卻沒有做，這樣的事留下越多，遺憾越大。

因此，臨死之前，沒有甚麼願望的人，是沒有甚麼遺憾的；寡欲的人總是有了無遺憾的回報。

或者，有些願望，但自知已經衰弱到沒有能力實現願望，這也理應沒有遺憾；這也點出，人老力衰不見得是個壞事，越來越衰弱，就越來越無法實現願望，也就不會有遺憾。

　　理應無憾，但是人還是會有『遺憾的感覺』，這遺憾感主要來自於『自己還具有很多能力』的幻覺。」

　　「只有這樣嗎？開兒先生。」

　　「還有的，法師。大河劇最後的微笑，可以讓我們更精緻地分析出三種無憾：

　　第一種，想做的、能做的，都做到了，無憾。

　　第二種，該做的，都做了，了無遺憾。

　　這兩種比較容易領略，第三種費解些，它與前兩種不同，因為，縱然有些想做的、能做的，並未做到，有些該做的，尚未了卻，但仍舊可以產生這第三種無憾感。

　　第三種無憾，無關能做的、無關應做的。瞭解了，我屬於這個世界，而這個世界本是如此美麗完滿，生死也不過是這美麗完滿世界的一部份。

　　大河劇最後的微笑所表達的是第三種無憾，是一種穿越生死的無憾。」

　　開兒覺得自己分析得很好，不禁調皮地說：「不過，無憾似乎也不是重點，重點是微笑本身，微笑者能有遺憾嗎？」

　　原本邊聽邊微笑的無憾法師，聽完，忽然暴怒起來，大聲質

疑。

「世界是美麗完美無缺的嗎？對那些成功的人或許是，對那些幸運的人或許是，對那些修養好境界高的人或許是，但是，對絕大部份的人是那樣嗎？

況且，就算全體人類都是成功的、幸運的且修養好，人類還是有大遺憾的啊！難道你看不出來嗎？自私的人類。」

無憾法師高高舉起法杖，重重槌在無影石上，直徑 100 公尺光滑如鏡的無影石忽然出現讓人如臨現場的畫面和字幕。

平塔島象龜是加拉巴哥象龜平塔島亞種，而加拉巴哥象龜是體型最大的陸龜，1835 年，達爾文訪問加拉巴哥群島，平塔島象龜啟發了達爾文的進化論。在那以後的很長一段時間，牠們被當成了大航海時代大帆船上進行大探險的人類的食物，一隻一隻被捕殺。2012 年 6 月 24 日，最後一隻純種的平塔島象龜，牠被稱為「孤獨的喬治」，在圈養中死亡，享年不詳，約 60－90 歲。喬治的屍體癱在地上，面朝聖克魯茲島上牠的水坑所在方向。[20]

無憾法師大聲說：「這樣的死亡，早一天都太早，這樣的活

---

20 孤獨喬治的故事請見 http://keralaarticles.blogspot.com/2007/05/lonesome-george.html。

著，多一天都太多。孤獨的喬治沒有遺憾嗎？」

邊說邊再槌下法杖，無影石轉換了畫面。

裏海虎也叫波斯虎，而新疆虎也是波斯虎的一種，體型介
於東北虎和孟加拉虎之間。有人說，一萬年前，這些猛虎
從中國東部遷徙到裏海，所以應該說波斯虎是新疆虎的一
種。19 世紀，俄羅斯軍隊奉命消滅老虎，因為他們影響
了農夫種地。1980 年，最後一隻裏海虎在森林中孤獨地
死去，調查發現，最後 10 隻裏海虎中 8 隻都是被偷獵者
捕殺的。[21]

法師忿忿地說：「還爭著要叫波斯虎、叫新疆虎，不管叫甚
麼，裏海虎無憾嗎？」

邊說邊又再槌下法杖，無影石立刻又轉換了畫面。

成年雄金蟾蜍通體金黃，皮膚光澤明亮，雌金蟾蜍則是黑
底伴著黃金鑲邊深紅大色塊。金蟾蜍曾大量存在於哥斯大
黎加蒙特維多雲霧森林中，1966 年被發現，1989 年以後
就再沒有被發現。偷獵、全球暖化和環境污染是金蟾蜍絕

---

21 裏海虎的資料來自維基 https://zh.wikipedia.org/wiki/%E9%87%8C%E6%B5%B7%E8
%99%8E。

滅的主因。金蟾蜍主要生活在地下，只有在交配季節會現身雨林地面上。雄蟾蜍會大量聚集在水窪中，相互爭鬥以獲得交配機會，交配季節結束後，雄蟾蜍會再隱秘到地下，雌蟾蜍在水窪產下 228 顆卵後，也跟著隱身入地。金蟾蜍只給人類看見一次牠們交配的場景，那幸運是給了美國生態學家和爬蟲學家瑪撒‧克朗普（Martha Crump），1987 年她看見金蟾蜍的交配場景，後來她說那是她見過的最不可思議場景之一，「它們像散落在森林中的寶石一樣」。[22]

法師悲傷低聲說：「散落在森林中的寶石向誰訴說遺憾？」無憾法師不等開兒說話，法杖連續重敲三下，畫面快速轉換。

雌黑禽曾經在美國東海岸很常見，一如美洲大陸，被視為是給早期北美殖民者的恩賜。因為常見又容易捕殺，雌黑禽成為窮人的食物，主人常常讓僕人和奴隸吃雌黑禽。由於野火、狩獵和棲息地消失，到了 19 世紀末，只能在瑪莎葡萄園找到雌黑禽的影子，最後一隻名叫「本」的雌黑禽在 1933 年消失了。[23]

---

22 金蟾蜍的資料來自維基 https://bit.ly/3lYpsVV。
23 雌黑禽的資料來自維基 https://en.wikipedia.org/wiki/Heath_hen。

加勒比僧海豹是唯一在加勒比海及墨西哥灣生活的海豹，在陸地上懶洋洋、沒有攻擊性、對人類沒戒心，成為加勒比僧海豹滅絕的原因。1494 年，發現新大陸的哥倫布稱加勒比僧海豹叫「海狼」，並獵殺 8 隻來吃；後來的歐洲殖民者捕獵海豹，割取牠們身上的鯨脂，作為燃料和食物；早期科學家捕海豹進行研究，也是讓海豹數量進一步下降的原因之一。加勒比僧海豹最後的身影，出現在 1952 年小塞拉納島的一個孤立礁石上，僧海豹的一顆頭骨現正存放在鹿礁島的博物館內。[24]

卡羅萊納長尾鸚鵡是美國東部唯一本土鸚鵡品種，分布於俄亥俄谷至墨西哥灣一帶，常居住於河流或沼澤旁的柏樹及槭樹上。卡羅萊納鸚鵡的羽毛非常好看，綠色、黃色和紅色羽毛被視為珍貴的裝飾品，用來添加到女帽上。因為人類的愛美而被屠殺，只是滅絕的因素之一，隨著人類農地擴張，卡羅萊納長尾鸚鵡開始習慣食用穀物、水果等農作物，農民視之為害鳥，紛紛射殺牠們。但這還不是最致命的，最致命的是卡羅萊納長尾鸚鵡牠們的同伴愛，卡羅

---

24 加勒比僧海豹的資料來自維基 https://zh.wikipedia.org/wiki/%E5%8A%A0%E5%8B%92%E6%AF%94%E5%83%A7%E6%B5%B7%E8%B1%B9。

萊納長尾鸚鵡喜愛群體生活，一個地區同伴減少，牠們很快就會飛回來補充，於是，農民不斷地射殺，牠們卻繼續聚居，甚至會在受傷或死去的同伴旁聚集，造成更多鸚鵡被射殺。絕大部份的卡羅萊納長尾鸚鵡於 20 世紀初消失，1904 年，在美國佛羅里達州歐基求碧湖發現最後一隻野生卡羅萊納長尾鸚鵡的屍體。辛辛那提動物園於 1880 年購入 16 隻卡羅萊納長尾鸚鵡，企圖人工繁殖，但沒成功。最後一對卡羅萊納長尾鸚鵡，雌鸚鵡名為 Lady Jane，雄鸚鵡叫 Incas，Lady Jane 在 1917 年死去，Incas 緊接著於隔年因悲傷而死。[25]

「法師、法師，不要再播了，我已經知道了，請停手。」
「停手？人類真的停手了嗎？」
無憾法師又落杖連敲了兩下，叫出資料。

旅鴿又名候鴿、旅行鴿，曾經是世界上最常見的一種鳥類，過去曾有多達 50 億隻的旅鴿生活在美國。他們是共同生活的一大群，最大群多達 10 億隻旅鴿，形成寬達 1.6

---

25 卡羅萊納長尾鸚鵡的資料來自維基 https://zh.wikipedia.org/wiki/%E5%8D%A1%E7%BE%85%E8%90%8A%E7%B4%8D%E9%95%B7%E5%B0%BE%E9%B8%9A%E9%B5%A1。

公里長達 500 公里的飛行團，需要花上幾天的時間，才能穿過一個地區。18、19 世紀的美國，旅鴿被當作奴隸和傭人的食物及養豬飼料，由棚車裝載運向美國東部的城市；1805 年，紐約一對旅鴿的價錢為 2 分。1900 年，最後的野生旅鴿在俄亥俄州被一名 14 歲的男孩射下。野生旅鴿滅絕後，人們曾試圖將飼養的旅鴿以人工繁殖方式恢復數量，但未成功。美國鳥類學者協會在 1909 至 1912 年，曾經懸賞 1,500 美元獎金尋找旅鴿，但再沒人找到旅鴿。1914 年 9 月 1 日，最後一隻旅鴿「瑪莎」在辛辛那提動物園死去，死後瑪莎的屍體被放入冰塊裡保存，送到史密森尼學會剝製成標本，保存至今。[26]

大海雀也叫大海燕，長得很像企鵝，不會飛，曾廣泛分布於大西洋，卻在人類的捕殺下滅絕。1844 年 7 月 3 日，在冰島附近的埃爾德島上，最後一對大海雀在孵蛋期間被貪婪的人類殺死。因為牠們不會飛行、行走緩慢、不怕人類等種種特性，遭到人類以獲取肉、蛋和羽毛為目的，大量屠殺，也有一些因作為博物館標本和私人收藏，而被殺害。大海雀滅絕的最主要原因，即是人類的屠殺。在斯堪

---

26 旅鴿的資料來自維基 https://zh.wikipedia.org/wiki/%E6%97%85%E9%B4%BF。

地那維亞半島和北美東部地區，宰殺大海雀的紀錄可追溯至舊石器時代，在加拿大的拉布拉多地區，宰殺大海雀的紀錄則可追溯至公元 5 世紀。此外，在紐芬蘭島一處公元前 2000 年墓穴的陪葬品中，也曾發現一件由 200 隻大海雀皮毛製成的衣服。儘管如此，在公元 8 世紀之前，人類宰殺大海雀，對其整個物種的生存而言，並不構成很大的威脅。15 世紀開始的小冰河期，對大海雀的生存產生了一定的威脅，但大海雀最終滅絕，還是由於人類任意捕殺和對其棲息地大面積開發所致，大海雀和大海雀蛋的標本也成為價值昂貴的收藏品。至今約有總計 78 件大海雀皮毛和 75 枚的大海雀蛋存放在各地的博物館中，另有上千根大海雀的骨骼存世，但僅有寥寥 24 具完整骨架。[27]

　　無影石的畫面慢慢暗去，回到一片漆黑，森林深處一億隻哀鴿，一億隻泣鴿，一億隻悲鳩，一起發出「嗚－嗚－嗚」的悲鳴，伴著塔斯馬尼亞虎嗚嗚的低吼、斑驢的嗚嗚嚎叫、古羅馬鬥獸場上巴巴里獅子遠遠的怒吼和胃育蛙胃裡雛蛙的哀叫，靜默在一旁的是日本狼、中國大獨角犀牛、中國小獨角犀牛、中國雙角犀牛、墨西哥狼和美麗的巴切爾熱帶草原斑馬。

---

27 大海雀的資料來自維基 https://zh.wikipedia.org/wiki/%E5%A4%A7%E6%B5%B7%E9%9B%80。

開兒熱淚盈眶再奪眶而出，像是對著無憾法師說，又像是對著大家說，也像是自言自語：「只看我自己，只看我這麼一個人類個體，或許有幸能無憾，或許也能看破生死，自己得個生死無憾，但是，作為人類之子，承擔人類的罪行，怎能無憾啊！

這些同在一個星球的地球生物同胞們，因人類而有重大遺憾，人類自己豈能獨自無憾？不能彌補這些遺憾，人類怎能無憾？人類不能獨自無憾，作為人類的一員，我怎能無憾。」

開兒緩了緩情緒，沉重地說：「雖然我想彌補，但是，我真的無力彌補。」

開兒的真情流露，無憾法師也為之動容，輕輕拍一拍開兒。

開兒誠摯地看著深潭般的無影石，堅定地說：「人類對你們鑄成無可彌補的遺憾，但我真誠希望，我們能好好道別。」溫柔地想要撫平深深的憾意。

開兒說完，漆黑的無影石忽然大放光芒，每一種因人類而滅種的地球生物的最後一隻、最後一對、最後一群，陸續走出大放光明的無影石。

最後一對平塔島象龜孤獨的喬治和牠年輕時心儀的對象、最後10 隻裏海虎、最後那群如散落在森林中的寶石金蟾蜍、瑪莎葡萄園的雌黑禽「本」、小塞拉納島孤立礁石上的加勒比僧海豹以及那隻頭骨現正存於鹿礁島博物館內的加勒比僧海豹、辛辛那提動物園裡卡羅萊納長尾鸚鵡 Lady Jane 和 Incas、1900 年在俄亥俄州被 14

歲男孩射下的野生旅鴿、長眠史密森尼學會的旅鴿瑪莎，埃爾德島上孵蛋大海雀夫婦和他們的一窩蛋、最後一對塔斯馬尼亞虎、最後一對斑驢、最後一對巴巴里獅子、最後一隻胃育蛙以及她胃裡的一窩雛蛙、最後一對日本狼、最後一對中國大獨角犀牛、最後一對中國小獨角犀牛、最後一對中國雙角犀牛、最後一對墨西哥狼、最後一對巴切爾熱帶草原斑馬，一隻一隻、一對一對、一群一群陸續走出大放光明的無影石。

開兒與他們一一相視，向他們誠摯地一一道歉，一一道愛，一一道謝，一一道別。

接著，2,500 公里長、1.6 公里寬的旅鴿群，共 50 億隻旅鴿，從大放光明的無影石呼嘯而出，開兒也向他們一一揮手道別。

道別是相對視的道別。開兒為了能與 50 億隻旅鴿每一隻都對視，他把眼珠放大再放大，最後，眼珠與眼白完全重疊，近處看來，開兒有眼無珠，但每一隻旅鴿遠遠看來，開兒有眼又有珠。

解字亭

蠢蠢傻傻也可以具有價值，但只有當它成就了浪漫與純真。

　　解字亭是小關，《人類遊戲》有許多大關，需要穿插一些小關，喘喘氣。

　　解字亭關主是許不甚。許不甚坐在亭內石椅上，輕鬆地看著開兒。

　　「解字解得好，就可過關，沒有標準答案，但是一定要既新且深，一方面要別出心裁，一方面要引人深思。」

　　「怎樣算是『引人深思』？」

　　「可以讓我在解字亭上，望著遠山沉思三分鐘，就算是了。

　　那麼，我要開始問了，總共有三題。開兒，第一題是『愁』字

為甚麼寫成『愁』這個樣子？」

開兒說：「因為，秋天的心知道冬天就要來了。秋天忙著收成與打獵，準備過冬，愁的是即將到來的未來，愁的是如何可以準備得更好。為已經過去的事情、為無法改變的事情憂愁，不合『愁』字本意；過去的、無從改變的，煩惱也沒有用，放下就好。為一定會來臨的事忙碌準備，為可以改善的事費心費力，這樣的愁如秋風颯颯、朗朗青天下的心情。

針對煩惱之事，要先區分是可以改變還是不可改變的事情，不可改變的事情，『愁』它是無意義的，要釋懷，可以改變的事情，要用心『愁』它，積極面對尋求改善，是『愁』的正面意涵。」

許不甚起身，手扶欄杆，望著遠山三分鐘，點點頭。然後繼續第二個問題。

「『蠢』字為甚麼寫成『蠢』這個樣子？」

「因為，愛情或結婚不帶點春天的傻勁是做不來的，事實上，不帶點春天傻勁的愛情或婚姻，不僅缺了點生物意涵，也缺了點道德意涵。

倒過來更一般地說，蠢蠢傻傻也可以具有價值，但只有當它成就了浪漫與純真。」

許不甚望著遠山，似乎想著年輕往事，三十分鐘後，忽然回神，問了最後一個問題。

「『大師』為甚麼稱為『大師』，不稱『偉師』、『高師』、

『巨師』、『上師』或『無上師』等等？」

「為了留一點謙虛的空間。由於大家覺得我在《人類遊戲》表現得還不錯，紛紛邀請我到各種『大師講座』演講。我真是不好意思被稱作大師，我比大師何止差一點，頂多是大帥，參加的講座應該稱『大帥講座』，如果一定要把那少的一點要回來，也只能叫『太帥講座』。『偉師』、『高師』、『巨師』、『上師』或『無上師』就沒有一點謙虛的空間，只能直接拒絕。」

許不甚望著遠山三小時，想著自己一輩子追求成為解字大師，意義何在？

其實，許不甚望著遠山三分鐘後，開兒就知道自己過關了，但最近闖關太累，他就藉機在解字亭裡休息三小時。

解字亭真安靜，只有山風與松濤，沒有蟲鳴鳥叫與野獸嚎哮，連巴哈配樂都沒有。

道德關

恐懼結束之後，道德才開始。

不瞭解人類爲甚麼要有道德，就不是眞正瞭解人類。

在人類世界中，人們用來界定自己的元素有很多，種族、性別、國家、階級、宗教、地區、學歷、經歷、收入、專業和道德都是重要元素，但是最重要的元素是道德。背景非常不一樣的人，甚至是敵人，只要一旦被認爲是有道德的人，就會被認爲在更深層的意思上是「同一類人」，而種種背景差異會被當成僅僅是浮面的差異。很少人認爲自己是壞人，幾乎沒有人不想成爲自己心目中的好人，許多文化甚至把很沒有道德的人視爲禽獸，不當他們是人。

開兒來到了人類成爲人類的一個重要關口——道德關。道德關

的把關者是隱身的所羅門王。

所羅門王為了獲得非凡力量，以死後的靈魂為代價，與惡魔之王訂約，惡魔之王便讓所羅門王掌控許許多多具有超凡力量的魔神。眾魔神中排名第一的是巴爾（Baal），巴爾是君王等級的魔神。第一魔神巴爾最重要的能力是讓人隱身。

不知道從哪裡傳來所羅門王的聲音：「開兒，我是所羅門王。你現在看不見我，待會我會脫下隱身指環現身，你可不要被我嚇到。」

一股用來掩蓋體味的古龍水氣味襲來，但欲蓋彌彰，體味更刺鼻。

「你長得很恐怖嗎？」

「不是，是怕突然現身嚇到你，不是長得恐怖嚇到你。」

「所以，你到底長得恐不恐怖？」

「你看就知道。」

所羅門王現身，其實他長得和藹可親，與其說像國王，不如說像個心思靈活的企業老闆。開兒心裡想，如果沒有隱身指環，所羅門王應該是個教授型的企業家。

「有沒有嚇到你？」所羅門王微聳左肩搖晃地走近。

「沒有，你長得和藹可親。」

所羅門王微微搖頭，有點失望地說：「那還好。你知道嗎？我除了可以隱身，我還可以和各種各樣的動物說話，如果剛剛我用獅

子語或塔斯馬尼亞魔鬼語說話，一定把你嚇死。」

「想想還真的有點怕，謝謝你沒嚇我。」

「開兒，我這關其實不難。」說著說著，拿出隱身指環，然後雙唇朝指環嘟了一下，說：「戴上這個，就能掌控第一魔神巴爾，就能任意地隱身，而能任意隱身代表的是『完全沒有被發現、被逮到的風險』，這進一步代表『你可以完全不必因為你所做的事而承受任何外來的獎懲』。

請問，當你戴上所羅門王隱身指環之後，你會不會做你認為不應該做的事？」

「我相信不少人會，但我不會。」開兒眼睛清澈，直視所羅門王說。

「為甚麼不呢？」所羅門王將頭和眼睛轉向另一邊，避免與開兒對視。

「因為，之前我不做我認為不道德的事，不是害怕懲罰，也不是為了得到獎賞，而僅僅是因為我認為那些事本身就不應該做。」

「甚麼叫做『那些事本身就不應該做』？」

「意思是說，這些事，不管在甚麼情況下，不管做了它們會有甚麼後果，不管不做它們會有甚麼後果，我們都不應該做。」

「你根據甚麼說那些事本身就不應該做？」所羅門王緊繃著下巴，聲音變得僵硬。

「我並不清楚為甚麼那些事本身就不應該做。我說不出來為甚

麼。」

「你再認真想一想。」所羅門王說著，心裡卻期待開兒想不出個所以然，時間拖長一點，說不定開兒就會改變立場。

開兒雙手交叉在背後，邊踱步邊思考。

「我想不出我根據甚麼原則來判斷甚麼事本身應該做，甚麼事本身不應該做。但是，我覺得這與『恐懼（或害怕）』有關。

當這個世界上再也沒有甚麼能讓你害怕，你不再有被傷害的恐懼，不再有失敗的恐懼，不再有被拒絕、被遺棄的恐懼，只有當你沒有任何恐懼之後，你覺得行為的分際在哪裡、行為的紅線在哪裡、哪些事應該做，哪些事不應該做等等這些抉擇，才是真正屬於道德領域的東西。

王爾德（Oscar Wilde）曾經這麼說：『道德無他，端看我們如何對待我們心裡厭惡的人。』[28]這樣的說法反應出一種道德的普遍模式：你如何對待被你擊敗的人？你如何對待社會階層比你低的人？你如何對待你認為比你愚蠢的人？誠實回答這些問題，你大概就可以知道你的道德如何了。

為甚麼如此？部份原因可能是由於你比較不需要害怕那些被你擊敗的人、社會階層比你低的人、比你愚蠢的人，在沒有恐懼下你所做的決定，才屬於道德領域的事。而沒有恐懼之後，你實際選擇

---

28 《一個理想的丈夫》（*An Ideal Husband*），第二幕。

做了甚麼，就反應出你的道德取向和水準。」

所羅門王又聳起左肩說：「但是，當你不再害怕時，你認為應該做的，不見得就是對的，你認為不應該做的，不見得就是錯的，在道德判斷上，你還是有可能犯錯。」

開兒注視著所羅門王說：「是有可能的，但這不是我們的重點。如果你因為恐懼而做出某事，你的決定嚴格說來還不夠格稱為『道德領域的事』，要先屬於道德領域的事，才能被判為對或錯，就如同，一句話要先有意義，才有真或假可言。

其實，這也適用在『人生意義』的討論上。如果這個世界上，再也沒有甚麼能讓你害怕的東西了，你不再有被傷害的恐懼，不再有失敗的恐懼，不再有被拒絕、被遺棄的恐懼，你還會努力追求甚麼？那些你在超越恐懼之後還追求的東西，就是你的人生意義。」

惡魔是設計來讓你恐懼的，是讓你卻步的，讓你不敢為所欲為的，象徵恐懼的惡魔因此具有極高的價值意涵，惡魔不是純粹的惡，這也是為什麼，傳說中的惡魔，常常是由自願下凡或犯罪墮入人間的高等級天使來扮演。」

開兒停了一停，繼續說。

「但是，當所有惡魔都消失時，或者你擊敗所有惡魔時，並不代表你就找到你的人生意義。惡魔的消失，只代表你是自由的，你已經具備成為道德的人的基本條件，你才要開始道德的選擇。」

所羅門王弓起身子，不自覺後退一步，雙手環抱胸前，開始找

文字隙縫玩栽贓遊戲：「但是，你剛剛說你願意戴上所羅門王指環。」

「沒有，我沒說願意，我說的是，如果我戴上，我還是不會做原本我認為不應該做的事。」

「那，你願不願戴上所羅門王指環呢？」

「不願意。因為，所羅門王指環是設計來讓人免於恐懼的，但我不想以這樣的方式免於恐懼。

恐懼感雖然令人難受，但恐懼能讓我不會過於無知，恐懼能讓我注意到一些危險和弱點。

而我也想確定，縱然有恐懼，但我的所作所為卻不是因為恐懼而來的。」

所羅門王不放棄，再度引誘開兒。

「戴上隱形指環，你就可以為所欲為了。難道，你沒有很想做卻不敢做的事嗎？」

「有的，但是，我之所以選擇不做，並不是不敢做，而是因為那是不應該做的。不敢做與認為不應該做，有時候同時存在，但我是因為那是不應該做的而不做它，並不是因為恐懼。所羅門先生，我們好像開始重複了。」

所羅門王眼見改變不了開兒心意，只好半騙半拐地說：「你該試試新鮮的東西，生命才有趣。隱形至少很好玩，我常常在眾目睽睽下寫一些數字和符號，讓大家以為是神明的啟示，有時也幫助

人，有次我就幫了一個小孩，嚇走霸凌他的孩子。」

「只要心靈動，到處都是有趣的事物，不需要隱形。但隱形的確有很多好處，例如，人醜的話可以讓別人不知道。不過，應該也有很多壞處，所羅門先生，隱形時，你沒被疾駛的車或奔跑的野鹿撞過嗎？」

所羅門王誇張地點頭：「有喔，而且還很痛。偷偷告訴你，我被惡魔之王騙了，隱身之後，固然獲得許多超凡的力量，也因此獲得許多快樂，但也有許多痛苦。快樂也好，痛苦也罷，我不想隱形，我真想讓別人看到我的臉，我真想分享。」

所羅門王覺得奈何不了開兒，而且對話開始離題了，因此，縱然捨不得，也只好放開兒過關了。

「開兒，你過關了。」所羅門王指著出關的方向，眼睛卻看著另一個方向。

開兒不忍心告訴所羅門王，雖然他以死後的靈魂為代價與惡魔之王訂約，但是不必等到死亡，一訂約之後，像預扣利息，惡魔之王就已經開始一塊一塊地取走了所羅門王的靈魂，這才是惡魔之王最大的謊言。

這時，森林深處傳出男低音，唱著穆梭斯基（M.P.P. Mussorgsky）以《浮士德》的詩創作的《跳蚤之歌》，邊唱邊發出「哈哈哈、嘿嘿嘿」的笑聲。

夜摩天關

「這是我應得的」是綑綁靈魂的繩索，放棄「這是我
應得的」，建構「這是有價值的」，可以更自由自
在。

　　炎摩羅者手持牽引繩帶，身騎黑色大水牛，守在南方森林中的
夜摩天關，等待開兒來臨。

　　炎摩羅者掌管正義與法律，沒有正義與法律，人間將充滿冤屈
與混亂。

　　開兒來到夜摩天關，看見全身藍色皮膚的炎摩羅者。一般人看
見炎摩羅者會害怕顫慄，但開兒卻一點都不怕，倒像是個兩、三歲
的小孩，逕自走向炎摩羅者的坐騎黑色大水牛，好奇地撫摸牠的額
頭、肚子和背脊，直誇牠說：「好牛兒，好大方的黑色，油亮油亮
的，真漂亮。」其實，炎摩羅者也是死神，這黑色大水牛不知以牽

引繩帶綁住多少魂魄，拖過多少惡鬼入地獄，但現在卻柔順地讓開兒撫摸。

「開兒，正義與法律的核心問題是『甚麼是你應得的？』，但是我在這裡守關遇到的人，常常認爲他自己應該得到許多東西，而人一旦認定是自己應該得到的東西，就算踩在別人身上，他也要踩過去拿到手。許多人因此犯了錯，甚至犯了罪，被我懲罰，抓入地獄。」炎摩羅者雖然覺得開兒很特別，想和他多聊點題外話，但他還是盡職地直接切入問題，提出挑戰。

「開兒，甚麼是你很想得到但卻不是你應得到的？」

「我很想得到愛、榮耀與原諒，但這些都不屬於我應該得到的。」

「開兒，你這麼說眞的太令人意外了。除非是特別邪惡的人，否則大家都值得被愛、獲得榮耀與原諒。」炎摩羅者搖搖頭，黑色大水牛尾巴往上翹，也跟著搖搖頭。

「你誤會我的意思了，炎摩羅者，我不是說我不該得到愛、榮耀與原諒，而是『愛、榮耀與原諒』與『值不值得』、『該不該得』分屬兩個不同領域，不能連在一起談。」

「請說清楚一點。」

「當你認爲你不值得或你不該得到愛、榮耀與原諒，那麼，不管你有沒有意識到，你常會以各種方式毀滅你所得到的愛、榮耀與原諒。例如，如果你認爲你所得到的愛、榮耀與原諒是你不該得到

的，那麼你會認為你背負著債務，需要償還，但是，愛、榮耀與原諒從來不是交易，從來不是報酬，把它們視為債務、交易與報酬，將摧毀了愛、榮耀與原諒。」

開兒補充說：「事實上，獲得愛、榮耀或原諒的最大阻礙，常常是你覺得你不值得被愛、榮耀或原諒。」

「說得好。可是，『我值得愛、榮耀與原諒』、『我該得到愛、榮耀與原諒』的說法，有甚麼問題嗎？」

「如果你真的值得或該得到愛、榮耀與原諒，那麼就該有特定的人『應該負責給你』，但是並沒有任何特定的人『應該負責給你』任何東西，特別是那些珍貴的東西。如果沒有哪個人應該愛你、應該榮耀你、應該原諒你，那麼，『你該得到愛、榮耀與原諒』就接近空話。」

「你說得很好，但是我不完全認同。嬰孩不是應該獲得父母的愛，父母不是應該愛他們的孩子嗎？」炎摩羅者搖搖頭，黑色大水牛尾巴往上翹，也跟著搖搖頭。

「一般人的直覺的確是這樣，但是，人們的直覺有可能錯誤。讓我從生命更根本的方面切入。」開兒眼神柔和地拍拍大水牛的背，繼續說。

「許多比你好得多的人，許多比你更有潛力的人，許多遠比你優秀的人，沒甚麼特別原因，沒有甚麼理由，卻比你早死得多。因此，我們似乎沒有理由想『我不應該活得這麼短』、『我值得活得

久一點』。同理，我認爲，不管一個人做出甚麼樣的巨大貢獻，活出甚麼樣的偉大人格，我們都沒有理由說『他應該活得久一點』。」

「是的，這種情形我見得再多不過了。人的一生，德福不配的情形太多了，有德的人不見得有福，有福的人不見得有德。以一輩子爲範圍來衡量計算，活長活短與有德無德、有功無功，彼此之間並沒有明顯關聯。人的壽命長短偶然得很，沒啥道理可言。」

「如果連生命的長度都沒有『應不應得』、『該不該有』的問題，生命所包含的所有事物，似乎也就沒有應得不應得的問題，沒有甚麼是你應得的。」

「也不見得。一個無辜的人被惡人謀殺，這無辜的人不是『不應該那麼早死』嗎？」

「不是的，假設這個無辜的人在被謀殺的前一年，曾經陰錯陽差躲過一場意外，幫他代班的同事卻因那場意外罹難了，這倖存的人在一年前是不是就該死了，他不是『不應該那麼晚死』嗎？」開兒以相同的推論，推出一個與炎摩羅者相反的結論，炎摩羅者聽得臉青青，大水牛聽得點點頭，尾巴放鬆轉圈圈，脖子不斷磨蹭開兒。

開兒繼續說：「可見，一個無辜的人被惡人謀殺，我們只能說『這惡人不應該殺人』，但沒有太充分的理由說『那無辜的人不應該那麼早死』。」

然後，開兒把話題轉回「嬰孩是不是應該獲得父母的愛」和「父母是不是應該愛他們的孩子」的問題上。

　　「假設很不幸的，可以照顧嬰孩的人都因疫病死了，而缺乏人照顧，嬰孩也死了。我們可以說，這父母沒有盡到他們應該盡的責任，沒有好好照顧孩子、好好愛孩子嗎？不能，因為，做不到的就談不上應不應該。除了比自己的孩子早逝，人生還有許多變數，父母親有許許多多原因可能導致無法照顧孩子，無法愛孩子，有些甚至是社會要求的，例如斯巴達社會的育兒制度。換句話說，人不是一生下來就應該獲得愛，連自己父母的愛都如此，更何況其他人的愛。」

　　「愛、榮耀與原諒這些都是很有價值的事，人們有責任做有價值的事。」炎摩羅者試圖反駁開兒，但語氣不像詰問，反而像是期盼。

　　「你點到了問題的核心。父母愛孩子是一件很有價值的事，但正因為如此，父母愛孩子不屬於『應該做的事』的範疇。做了一件應該做的事，不值得讚揚，但是做一件有價值的事，卻值得讚揚。父母愛孩子是一件有價值的事，值得讚揚，如果父母愛孩子是因為責任，或被歸為應該，就不值得讚揚了。」

　　炎摩羅者聽得猛點頭，大水牛聽得也猛點頭，放鬆的尾巴圈圈轉得更快了。

　　開兒繼續說：「及早放棄『這是我應得的』、『這是我該得

的』、『這是我該賺到的』、『這是我不應遭受的』這些想法。『這是我應得的』是綑綁靈魂的繩索，一如死神你手中的牽引繩索，放棄『這是我應得的』的執念，可以想得更清楚、更自由，生活可以更自在。」

「沒有這是我應得的、我該得的等等這些想法，生活不是就喪失目標了嗎？」

「不會喪失生活目標，反而會獲得改變生活目標的機會。更重要的是，那些能放棄『這是我應得的』想法，卻又能重新建構『這是有價值的』概念的人，將會有嶄新的生命觀，當下就能獲得喜悅，過得自在。」

炎摩羅者聽得很滿意，黑色大水牛也很高興，昂首哞哞地叫著，繞著圈圈跑了起來，碩大的身軀輕盈地像蝴蝶飛舞。

「開兒過關了、開兒過關了。」

數學森林

靈魂漸變最重要的是方向與堅持，初心決定了方向，剩下的就只需要一點點堅持。

來到數學森林，開兒發現，很多人一聽到數學二字，就嚇死在數學森林前。

數學森林的守門人是艾雪。[29]

艾雪其實很困擾，他還沒機會提出問題，那麼多人就嚇死在數學森林之前，這實在有害他在《人類遊戲》中的名聲與市場。於是，遠遠看見開兒走來，艾雪就大聲說，這裡不是問數學題，不是考數學證明或運算，而是問數學對於我們的生命與生活產生的意義。

---

29 艾雪的原型是 M. C. Escher，為荷蘭籍圖形藝術家，作品深受數學影響。

開兒一聽，反而擔心起來，他的數學知識與能力其實很強，因為數學幾乎是跨世界的共通知識，他在駭未星學的數學，在地球也適用；但是，關於人類生命與生活，他卻相對陌生。

基本上，開兒認為人類世界與人類心靈詭異而不可理解，常常亂得比亂數還亂，比隨機還隨機。

艾雪可不管這個，只要有人不被數學嚇死，他就很高興了。

艾雪說：「數學是一種語言，一種非常精準的語言，人們使用數學語言與自然對話、與藝術對話、與文學對話、與生活對話、與文化對話、與教育對話、與民主對話、與愛情對話、與文明進展對話。」

越說越覺得數學好處多多，艾雪便說起數學故事，然後，和開兒一起聆聽數學與各種領域的對話，層層疊疊、抑揚頓挫、從天上來、從心裡起，讓數學融通了生命與生活，從而讓開兒有了專屬於自己的數學聲音。

忽然，艾雪說：「我這個數學森林的問題，是有關靈魂的數學，我要問的是『數學如何描述靈魂』？這裡『靈魂』指的是『有格有調的心靈』。」

艾雪拿出他的《極限圓盤四》（Circle Limit IV）圖，問開兒：「這如何用來描述靈魂？」

呼應著艾雪的問題，遠方響起巴哈的卡農和賦格鍵盤曲集《音樂的奉獻》（*The Musical Offering*）。

圖 1　艾雪（M.C. Escher）的《極限圓盤四》

　　開兒答：「靈魂中，住著艾雪你雕刻的《極限圓盤四》裡的天使與代表邪惡的蝙蝠，住在靈魂中央的天使與蝙蝠最大隻，越往邊緣，天使與蝙蝠越小隻，但數量越來越多，在最邊緣處已看不清楚有多少隻，雖然我知道有無窮多隻。

　　靈魂邊緣幽暗不明之處，住著無數的邪惡，想想真讓人絕望，讓人提心吊膽；但靈魂邊緣也住著無數的天使，想想，豈不讓人充滿希望。人總是會比你可以想像的壞，還來得壞，但是，所幸，人總是會比你可以想像的好，還來得好。」

　　這時，巴哈的《D 大調頌歌》（*Magnificat in D*）遠遠響起。

　　艾雪繼續追問：「數學上的連續漸變，之於靈魂的意義是甚麼呢？」

　　「靈魂最扭曲的變形模式是連續漸變，但是靈魂最令人驚喜的

演化模式也是連續漸變。

　　幾何上的連續漸變只需要改變一點點，每次都接連改變一點點；一旦不改了、放棄了、回頭了，沒多久立體的都能變成平面的；但堅持住、安頓了，每次只需改變一點點，沒多久平面的也能變成立體的。例如，艾雪你自己的《變相 III》（Metamorphosis III）從平面漸變成直條田畦，再漸變成棋盤黑白格子，再漸變為蜥蜴，然後蜂巢，然後蜜蜂，然後魚鳥互補圖，然後柱狀圖，然後再變成立體的城市、棋盤、棋子，最後又回歸平面的棋盤和直條田畦。

　　靈魂漸變最重要的是方向與堅持，初心決定了方向，剩下的就只需要一點點堅持所產生的慣性與習慣。困難的是初心，以及堅持初心。一旦懷疑初心，不知不覺中就會陷入立體與平面來來回回的無盡循環中。」

　　「相互鑲嵌的幾何呢？」艾雪繼續問。

　　「在缺乏深度的靈魂中，背景與前景的相互鑲嵌，互作背景與前景，思緒與感覺不斷浮現與隱沒。」開兒說。

　　這時，遠方響起巴哈《老菸槍的懺悔》（*Edifying Thoughts of a Tobacco Smoker*）。

　　艾雪問：「靈魂在潘洛斯階梯（Penrose Stairs）上走遠一點，會發生甚麼事？」

圖2　艾雪的《相對論》（Relativity）

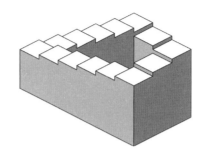
圖3　潘洛斯階梯示意圖

　　開兒立即回答：「在潘洛斯階梯上走，往上走會往下走回原來的地方，往下走會往上走回原來的地方。這是錯覺，不可能發生在真實世界裡。但是，既然錯覺的確發生在你的視覺裡，而如果你的視覺發生在真實世界中，那麼不可能發生在真實世界中的卻發生在真實世界中了。這是一個悖論或矛盾，但悖論或矛盾是舊思想的破口，新思想的入口。」

　　關於公設與定理，艾雪問：「無法證明自己的靈魂，如何認證衍生的真理呢？沒有基礎的公設，如何指控虛假的定理？」

　　開兒說：「當靈魂開始懷疑自己，開始尋找自我的基礎時，過去他相信的所有真理都將開始動搖。結論不應該是懷疑論，結論應該是：不是所有真理都需要進一步的證成，無需懷疑的就不需要理由來支持。」

　　艾雪點點頭問：「在數學的領域中，靈魂在哪裡展開？」

　　開兒說：「靈魂是 N＋1 度空間體在 N 度空間的展開，但 N

度空間就是 N 度空間，N 度空間裡沒有 N＋1 度空間體，所以，N ＋1 度空間體實際上是在你的心靈中展開，而展開永遠是一個更立體化的過程，是一個你的心靈更立體化的過程。」

「你的靈魂入口是隧道入口的那面黑，還是隧道盡頭的那一圈光芒？進入靈魂的那些夜晚，是睡不著的夜晚（sleepless nights），還是捨不得睡的時刻（wakeful hours）？」

圖 4 艾雪的《白天與黑夜》（Day and Night）

開兒說：「是視角的問題，存乎一心，這是靈魂的抉擇，是抉擇刻劃了靈魂的面貌。」

艾雪說：「曹操的靈魂有厚度，他認為，探究人生意義，最重要的是數學，而且越早學越好，否則追悔莫及，你聽曹丞相的《短歌行》：對酒當歌，人生『幾何』，譬如朝露，去日苦多。」

開兒聽了，哈哈笑說：「徐光啓認為《幾何原本》是人人必備的基本素養，他說『學理者，怯其浮氣，練其精心。學事者，資其

定法，發其巧思。故舉世無一人不當學。能精此書者，無一事不可精。好學此書者，無一書不可學。』心靈是萬物函數，但前提是心靈要精通數學。」

遠方響起巴哈的《賦格的藝術》（*The Art of Fugue*）。

開兒接著說：「艾雪老師，你認爲數學是一種語言，而我認爲語言是一種器官，所以數學是一種器官，學會數學就是獲得一種器官，讓你能感知到你先前無法感知到的世界。結合你我的說法，數學是一種語言，能讓原先隱蔽的世界開顯出來。」

艾雪點點頭，再提出數學之美。

「有人說最美的等式是歐拉等式（Euler's formula），

$$e^{i\pi} + 1 = 0$$

因爲歐拉等式是如此的簡單，但又是如此的優美與神祕。

歐拉等式的構成要素是數學中最基本的 5 種元素：e 稱爲歐拉數（Euler's number），它是自然對數的底。i 是單位虛數，有虛的根本，它的平方是負 1。1 是算術的開始。0 是哲學上最基礎的自然數，它是對位記數法不可或缺的佔位記號。π 是圓周率。其中，π 與 e 都是無理數，小數點之後會出現永無止境且絕不循環的數字。

歐拉等式的美，小川洋子說得最好：『永無止境地循環下去的

數字，和讓人難以捉摸的虛數，畫出簡潔的軌跡，在某一點落地。雖然沒有圓的出現，但是來自宇宙的 π，飄然來到 e 的身旁，和害羞的 i 握著手。他們的身體緊緊地靠在一起，屏住呼吸，但有人加了 1 之後，世界就毫無預警地發生了巨大的變化。一切都歸了零。』」

語畢，艾雪問開兒，「你認為數學中最美的等式是甚麼？」

開兒說：「我認為數學中最美的等式是 $1＝0.\overline{9}$（0.9 的無限循環），而這也是靈魂中最美的等式。

絕大多數人會說，$0.\overline{9}$ 不會等於 1，0 後面的 9 無論有多少，就是到不了 1，$0.\overline{9}$ 與 1 之間就是存在著差距。然而，這個許多人都有的直覺，卻是個錯誤的直覺。

假設 1 大於 $0.\overline{9}$，1 與 $0.\overline{9}$ 之間存在著差距。假設 0 後面的 9 循環到小數點後第 n 位數停止，這 n 位數上的 9 與 1 之間的差距，無論有多小，都一定可以分成 10 等份，如此其中的 9 等份可以作為第 n＋1 位數的 9，那麼 $0.\overline{9}$ 就不能停在第 n 位數上，同理可證，它不能停在任何一位數上，因此我們不能假設 1 與 $0.\overline{9}$ 之間存在著任何差距。換句話說，如果 1 與 $0.\overline{9}$ 之間存在著任何差距，那麼你說的 $0.\overline{9}$ 就不是真正的 $0.\overline{9}$。如果你說的是真正的 $0.\overline{9}$，它與 1 之間就不存在任何差距，$0.\overline{9}$ 必等於 1。

$0.\overline{9}$ 看似不足 1，但是它小數點之後的永不止息的 9，使得它必須是 1，它是實實在在的百分之一百。

$0.\overline{9}$ 看似永久追尋著 1，而正是這恆久不懈的追尋，讓它倆合一。不過，雖然 $0.\overline{9}$ 原本與 1 就是一體的，但是，$0.\overline{9}$ 還是要讓自己永不止歇地追求 1。所有靈魂真誠的追求都是 $0.\overline{9}=1$。」

　　艾雪滿意地說：「開兒你可以過關了。」

　　四方響起巴哈《平均律鍵盤曲集》（*The Well-Tempered Clavier*）的第一卷。

　　開兒一過關，《極限圓盤四》海天混為一色，裡面住的無限隻海天使冰海精靈與無限隻知墨蝙蝠，一起飛出極限圓盤慶祝。

　　時而海洋做前景、天空做背景，時而天空做前景、海洋做背景，背景與前景的相互鑲嵌，互作背景與前景。時而無限隻冰海精靈一起游出，無限隻知墨蝙蝠一起高飛，時而無限隻知墨蝙蝠一起飛出，無限隻冰海精靈一起游遠。

　　有人彈奏巴哈《D 小調半音階幻想曲與賦格》（*Chromatic Fantasia and Fugue in D Minor*）一起慶祝。

時間森林

專注讓時間停在當下，使事物變得真實。

　　開兒來到時間森林，時間森林的守關人是一個年紀很大很大的年輕女孩，名叫微住希來。

　　人類對於時間再熟悉不過了，但也沒有比時間更神秘的東西了。未來一直來一直來，我們在時間裡展開我們的生命，訴說我們的故事，時間讓分散在空間各處的人事物串聯起來，但時間終究也讓我們分離，無情地帶走了幾乎所有事物。

　　微住希來可以看見時間中發生的所有事情，她一直關注開兒的旅程，為他的成功興奮，為他的挫折緊張，為他喜為他憂。時間森林裡，時間展開在你的想像發生的地方，時間發生在你用心陪伴的

地方。

　終於，開兒來到了微住希來的時間森林。對於微住希來，雖然初次見面，但開兒有著浸潤般的熟悉感。開兒從微住希來的眼睛讀出無數人間故事，但令他深感興趣的是，爲何她的眼睛仍清澈如水，眼白帶著淡淡的天藍色，眼珠燦若星辰。

　「開兒，讓我們花些時間來談談時間吧。你有沒有覺得時間奇怪的地方？」無需自我介紹，微住希來邀請終於見面的開兒一起思考。

　「有的，有時候時間變快，有時候時間變慢，有時候時間靜止了。」開兒沉思般地說。「讓我第一次有這樣強烈感覺的是我的外婆。外婆愛乾淨，常常打掃。很容易就會想起，外婆全神貫注地跪著擦拭長長木條鋪成的地板，慢慢地擦，把自己全部融入身體與地板那樣地擦，那種專注是把全世界收納入擦地板意念的專注。專注到好美，專注到時間都靜止了。

　不做事時，外婆幾乎就是一動不動地跪坐在沙發上，靜靜微笑，慢慢地看著我們迅速長大。跪坐的外婆像是靜靜微笑看著時代快速地在她身旁轉變著，從琉球家鄉話到日本話，到福州話，到上海話，到北京話，到台灣話，一路走來外婆學會不少語言，語言雖然通心通靈，但也帶著時代的面貌，隨著時間凋零，這些話都化在一塊，外婆最後說的是家人才聽得懂的家裡話。任憑時光迅速流轉，過往如影像掠過，往心中看，從不讓我們失望的外婆總是清楚

地在那裡靜笑注視，不曾變動，是我們的定心菩薩。」

　　開兒陷入回憶中，慢慢說著：「還記得小時候和外婆討論時間，我說以前一小時好長，一天很漫長，後來一個月一個月過得好快。外婆說，會過得越來越快，一下子端午節又來了，一下子中秋節又來了，一下子又過年了。外婆說，現在我覺得五年五年過得很快。」

　　「的確，主觀時間感變異性很大。有時候覺得時間變快，有時候覺得變慢，有時候感覺靜止了，有時候慢、快、靜止相互堆疊，彼此混合，甚至，有人經驗到時間倒退回溯到過去，有人經驗到未來，有人居然說經驗到時間本身。」微住希來很快整理一下。

　　「珍・奧斯汀（Jane Austen）在《傲慢與偏見》裡還說：『一個女人的想像是非常迅速的，從仰慕跳到愛戀，從愛戀跳到結婚，只要一瞬間。』」微住希來羞赧地笑了。

　　「哲學家的想像跳得更快，從還沒出生跳到出生、跳到為人父母、跳到老、跳到死亡、跳到永生，也只需要一瞬間。」開兒不知趣地回應。

　　「開兒，為甚麼主觀時間感可以變異這麼大？」微住希來凝視著開兒說。

　　「因為意識是相當自由的，而不同的意識模式會產生不同的時間感，通常專注會讓時間變慢，注意力分散在不同的事物上，時間會變快，而將這兩種意識模式巧妙地疊加在一起，就可以產生像剛

剛我說的：任憑時光迅速流轉，過往如影像掠過，往心中看，外婆總是清楚地在那裡靜笑注視，不曾變動，這樣光陰如梭又亙古恆常的感覺。」開兒很迅速地分析了一下。

「你對於主觀時間分析得很好，開兒，但是讓我們先往前走一點，先來討論客觀時間，也就是你我和萬事萬物都同在其中的時間，客觀時間不因為特定的人存在。開兒，客觀時間是甚麼？」微住希來走近開兒，引導著討論往前進。

「時間是一條一直往前流動的河，想像我們現正搭乘一艘名為『現在號』的船，開在『時間之河』上。」開兒引領微住希來進入想像的世界。[30]

在時間森林裡，關於時間的想像，都會轉換森林場景，化作現實。開兒一展開想像力，他與微住希來就肩並肩站在時間之船「現在號」的船首，時間之河映入眼簾。

時間無所不在，時間之河因此廣闊無邊，「現在號」之前，河上空無一物。河水一流經「現在號」，兩側廣闊的河面上便迅速長出一片片茂密的樹木和生活在其中的生物，時間之河不斷流經「現在號」，兩側的河面上不斷湧出新的樹林，景觀不斷發生變化。

浩瀚的時間之河是生命之河，流經哪裡，哪裡就傳出各種各樣生命故事。站在船首的微住希來不禁身體微微前傾，感受著時間最

---

30 此處關於客觀時間的討論軸線主要源自於劍橋哲學家邁塔格（M.E. McTaggart）於〈時間的非真實性〉（"The Unreality of Time"）（1908）中的想法。

初的微風，時間的微風從微住希來的髮際穿過，化作千絲萬縷，她展開雙手，享受著這生命的微風。

「你也可以說，時間之河最前端的『現在號』作爲開路機，一直往未來推進。」開兒換個角度繼續想像。

「現在號」在時間之河上一直往未來推進，前進到哪裡，時間之河上的可能的事情，也就是尙未發生但可能發生的事件，就變成眞實的事件，在成爲眞實事件的那一刻，就變成「現在事件」，而隨著時間之河上「現在號」的推進，剛剛的「現在事件」隨之變成過去的一部份。

所有事件皆是如此，隨著時間之河上「現在號」的推進，事件會改變其「時間」位置，從「遙遠的未來」變成「近一點的未來」，「近一點的未來」變成「現在」，「現在」變成「近一點的過去」，「近一點的過去」變成「遙遠的過去」。

「我們總是在『現在』來說變化，因此變化就是事件在時間之河上位置的改變，從未來的河段，到現在的河段，到過去的河段。時間之河讓世界發生變化。」開兒邊想像邊解釋著時間與變化的關係。

「在時間流中，『現在』的位置是優先的，現在是創生的關鍵，時間之河在現在這個位置上流經了甚麼事件，甚麼事件就會變成事實，不再僅僅是個可能性。未來是開放的，時間之河有許多可能的未來河道，它流經了其中一條，就關閉了其他的河道。在這樣

的觀點下，未來是不真實的，未來事件只是可能的存在。」開兒邊想像邊解釋時間與創生的關係，以及時間與真實性的關係。

「所以，時間不僅是創生者，時間也是殺手。未來是開放的，未來有許多可能性，但時間只讓一個可能性實現，卻掐死了其他無限多的可能性。」微住希來以相當戲劇性的方式說。

「是的，而且，時間這個雙面人，不僅殺了很多可能性，也可能無差別地謀殺了經過『現在號』的所有事件，也就是所有經過『現在號』成為過去的事，都不再存在了。」用「殺死」這個詞讓開兒有點不安，但實在很傳神。

在開兒想像的同時，許多未來的可能性被時間毀滅了，『現在號』身後時間之河上成為過去的萬事萬物也消失了。

看微住希來有點心急，開兒急忙繼續說。

「其實，時間不一定會殺死過去的事物。時間之河上『未來』、『現在』與『過去』三者，哪些是存在的，哪些是不存在的，哪個最真實，哪個最不真實，也有著不同的說法。讓我把幾種可能性想像一遍給你看，微住希來。」

當開兒開始想像，時間之河消失了，時間森林變回原來森林的樣子。但是，隨即場景又開始變化，依著開兒的想像轉換。

時間森林裡的大樹往兩側迅速退開，變出一條無街燈的「時間大街」，時間大街兩側各有一排緊密相鄰的房子。時間大街上的每一棟房子代表一個事件，從遙遠的未來到遙遠的過去，依序排著一

棟又一棟的房子。

這時，開兒開來一輛敞篷車，接走微住希來，在時間大街上往前開，打開強力車頭燈當作探照燈，亮光依序投射在時間大街上一棟一棟的房子。

「我們開的車速有多快？」微住希來好奇地問。

「隨著敞篷車移動，探照燈照亮的地方是『現在』，已照過的房子是『過去』，還未照到的是『未來』。車子移動的速度就是『現在』移動的速度，而最基本的『移動』是『現在』，你不能問『現在』移動得有多快或多慢，因為，『現在』定義了時間，展現了存在。」開兒說。「同時，『現在』的房子是最明亮的，最真實的。」

開兒心一轉念，手一揮，新的想像裡頭不再有敞篷車，時間森林的場景也再度轉換。

開兒與微住希來並肩站在時間大街的「現在」的那條線上，靜止不動。未來是漆黑的，但是，時間從未來一直往他倆站立的「現在線」湧過來。

在時間大街中，過去的房子存在，現在的房子存在，「現在」讓新房子不斷出現，時間大街的房屋總量不斷增加，但是，未來的房子還未存在，也就是並不存在。

「『現在』是生產存在的前沿，在時間大街中，隨著時間的往前推移，存在的總量永遠不停增加。過去是真實的，現在是真實

的，但是，未來還未存在，因此未來不真實。」開兒說。

與開兒兩個人一起有了這麼多動人心弦的時間經歷，現在與開兒肩並肩站在時間大街上，一起接受時間的洗禮，微住希來已經很有牽掛了。她悠悠地說：「有這麼多的過去，沒有未來有甚麼用？未來真的不真實嗎？未來一定要不真實嗎？未來我們會怎麼樣？」

「未來不存在，所以，關於未來的事沒甚麼好說的，說有未來不對，說沒有未來也不對。」開兒酷酷地說，但也不是完全沒感覺。

「不急，你等等，還有其他時間版本。」開兒安慰微住希來。

開兒再次進入另一種想像，手一揮，時間森林的場景再度轉換。

在時間大街上，未來的街區是存在的，現在的街區是存在的，但是一經過現在，一進入過去，房子就消失。過去的房子不斷消失，而「現在」是不斷消失街區的後緣。未來街區房子的總量是固定的，但是未來經過現在一直變成過去，過去了就是消失了，街區因此有減無增，街區總是在縮小中，存在的總量因此永遠在縮小中。

「沒有過去，那我這些傷疤是怎麼來的？明明就有這麼多的過去，怎會都不算真的了呢？過去的都不算了，憑甚麼期待未來？未來終究也會過去，那還有甚麼好企盼的呢？未來終究會背叛我們，離我們遠去。」微住希來幾乎絕望地說。

「過去不存在，所以，關於過去的事沒甚麼好說的，說有過去不對，說沒有過去也不對。」開兒先把這個時間理論的結論說完，再來處理微住希來的情緒。

「微住希來，你不要想太多，我只是在講時間理論，而且我還沒講完。」開兒急忙安慰微住希來，只是越安慰越糟糕。

開兒趕緊往前想像，揮揮手，時間森林的場景再度轉換。

現在，時間森林只有現在那一刻是明亮真實的，過去與未來都漆黑無一物。

「只有現在是真的，過去和未來都不存在。」開兒說這也是可能的狀況。

微住希來一聽，嚎啕大哭。

開兒趕緊安慰她：「我們至少還有現在，至少現在是真的。」

「只有現在是真的，那過去是假的，未來也是假的？」微住希來哭得更傷心。

「不、不、不，我說錯了。是現在是真的，每個現在都是真的，已經過去的現在也都是真的，未來的每一個現在也都將是真的，時間會說明一切。」開兒說得急切，連自己都不太清楚自己說甚麼，但是微住希來居然聽得懂，破涕為笑，不知是因為開兒說得急切，還是因為開兒說得有理。

「那我們可以繼續了嗎？」

「本來就沒說不可以，本來就可以。」微住希來笑著說。

開兒開始轉念，緊緊握著微住希來的手，垂直拔地而起，往天空飛去。風在耳際呼呼作響，兩人飛快地上升，一直上升，一直上升，飛升到可以看見宇宙的邊緣，再往上飛，忽然間突破了長寬高構成的三維空間世界，來到了四維空間世界，在這個世界中，仍是原來的世界，只是多了時間的維度，所有過去、現在、未來的事件，都在眼前完全展開，陳列在「時空四維地景」上。

四維空間世界中，事件的位置從不改變、永不改變。1912 年 4 月 15 日鐵達尼號撞冰山沉沒，那麼「鐵達尼號撞冰山沉沒事件發生在 1912 年 4 月 15 日」將會永遠為真。如果事件 X 比事件 Y 發生得早，那麼「事件 X 比事件 Y 發生得早」就永遠為真。

時空就好像一張四維地圖，事件散落在時空地圖的各個角落，而且是固定在那裡，「永恆」不動的。就如同「這裡」、「那裡」是位置指示詞，「未來」、「現在」與「過去」是時間指示詞，而就如「這裡」、「那裡」指的東西如果的確在這裡、那裡，那麼那些東西都是真實的，「未來」、「現在」或「過去」所指的東西也都是真實的，如果他們真的發生過、發生中或將要發生。

幸福中的人希望甚麼都是真的，希望甚麼都是永恆的，希望甚麼都不變，甚至希望這一切都是命中注定的。

「開兒，現在可以看見過去與未來了，你看，我們的相遇一直一直就在那裡，很早很早就注定發生了。」微住希來指著時空四維地景中「開兒與微住希來初見面事件」發生的那一天，驚喜地說。

開兒點點頭，臉上雖然帶著笑容，卻也有一絲深深的憂愁，側身遮住了微住希來的視線，擋住時空四維地景上不遠未來的某一點。

　　「雖然在時空四維地景世界中，未來、現在、過去的萬物萬事都是真的，都是永恆的，但是，它有個嚴重的缺陷。」開兒理性的一面還是促使他鼓起勇氣說下去。

　　「嚴重的缺陷？甚麼嚴重的缺陷？」微住希來緊張地問，深怕他們注定永恆不變的幸福有甚麼意外。

　　「在四維地景中，時間是維度，靜止而非流動，讓世界中的各種事件在其中陳列，如果以時間之河的概念來看，時間之河停滯了，『變化』便不見了。」開兒靜靜地指出這個嚴重的缺點。其實，開兒心裡知道這不只是個嚴重的缺點，實際上，這是一個致命的缺點。

　　「但是，變化不是時間的本質嗎？」微住希來隱隱覺得不安地問。

　　「是的。在時空四維地景中，『變化』是不可能的。而變化是時間不可或缺的內涵。」開兒藉著呼應微住希來，來降低對她的衝擊。

　　「希來，你看，四維地景只是個萬物化石博物館，時間四維地景中的萬事萬物，都是靜止不動的，它們沒有變化，它們都是沒有生命的，它們只是生命的遺跡。」開兒指著四維的地景，平靜地把

殘酷的事實說出來。

「爲甚麼？爲甚麼？一定要這樣嗎？一定會這樣嗎？」微住希來深受打擊，不知乞求還是祈求事情不要非得這樣不可。

「時間之河就是生命之河，時間之河不流動，生命之河就不流動。時間停滯，生命就不再發生。只要生命之河流動，未來就是不確定的，甚至不可知的，有生命就有不確定，就有不可知。只有過去是確定的，只有過去是可知的，但過去都是死亡的。如果你要確定的未來，你要命定的未來，那麼生命之河必須是流乾流盡了，所有的未來都已成爲被知道的過去，不再有未來，生命不再發生。這也就是爲甚麼，你在四維地景看見的所有事物都是靜止的、不變的，因爲它們只是時間的遺骸，沒有生命。如果你尋求永恆，要確定的未來，你就會喪失生命。永恆的代價是死亡，命定的代價也是死亡。」開兒終於指出深藏在時間中最嚴酷的生命兩難困境。

「我不相信，我不相信。」微住希來掙脫開兒的手，往過去跑一陣子，想改變過去，但是過去的微住希來不是現在的微住希來，過去的她還是會做她當時會做的事。微住希來再往回朝未來跑一陣子，想改變未來的她會做的事，但是，未來的微住希來並不是現在的她，未來的她只會做屆時她會做的事。微住希來，來來回回跑，希望四維時間地景會有改變，但，一切都沒變。

守護時間森林的微住希來忽然呆住，像一朵無語的花朵，夏日最後一朵玫瑰，香味殘存在記憶裡。

「以前森林裡一切都很好，無憂也無慮，這一切都從甚麼時候開始的？這一切都是怎麼開始的？」微住希來心裡空掉一大塊，自言自語，自己問自己。

就是從關注開兒開始，微住希來心中自知。有情無情，無情有情，本是如此。時間森林的守護者微住希來顫顫微微起身，開兒過來幫忙攙扶，她推開他，自己站起來。

「就這樣嗎？關於時間，你還要說甚麼嗎？」微住希來努力再扮演起她時間森林守護者的角色，彷彿開兒是個陌生人。

「希來，請你耐心聽我說。

關於時間的看法，只有『時間之河』與『時空四維景觀』兩種可能性。

變化是時間的本質，變化是生命的本質，流動的時間之河是變化的，所以時間之河是時間與生命更為準確與全面的刻劃。

而因為先要有變化，才有過去、現在與未來，才會有時空四維地景。先要有生命，才會有死亡。因此，時空四維地景要以時間之河為基礎，時間之河是更根本的。」

「所以呢？你到底想說甚麼？」微住希來不耐地說，不是不耐開兒說話的內容，而是不耐聽開兒說話，不耐聽任何人說話，更對自己不耐。

看著微住希來的痛苦，開兒很不忍心，但不知如何處理。

「「微住希來，請再忍耐一下，聽我說完。

不僅時空四維景觀有問題，其實，時間之河的想法也是有問題的。

『開兒誕生』這件事要嘛是過去發生的事，要嘛是現在發生的事，要嘛是未來將發生的事，三者只能是其中之一，不能既是過去的，又是現在的，又是未來的。」

「嗯，是的。」聽到「開兒誕生」，微住希來反射性地抬起頭，不自覺地關心，有了點精神。

「但是，從我們現在的視角來看，『開兒誕生』是一個過去的事件；從生我時我媽媽的視角來看，『開兒誕生』是一個現在的事件；從我外婆年輕時候的視角來看，『開兒誕生』是一個未來的事件。」

「是的。」開兒願意和他分享母親和外婆的事，微住希來心裡覺得溫暖，開兒來時間森林一開始也和她說了外婆很多事。

「剛剛提到，『開兒誕生』這件事或者是過去發生的事，或者是現在發生的事，或者是未來發生的事，只能是其中之一，不能既是過去的，又是現在的，又是未來的。」開兒繼續說，沒有停歇，沒給微住希來反應的時間。「所以，我們必須決定『我們此時的視角』、『生我時的我媽媽的視角』或『外婆年輕時的視角』哪一個是正確的視角，以決定『開兒誕生』到底是過去的、現在的還是未來的。

但是，時間之河產生的事件序列，是一個客觀的序列，它不是

任意按照哪一個特定視角的『現在』，作爲基準點區分過去、現在與未來。所以我們沒有理由偏好『我們此時的視角』、『生我時的我媽媽的視角』或『外婆年輕時的視角』。

然而，如果不能偏好任何一個視角，我們就無法決定『開兒誕生』是過去的、現在的還是未來的，或者，只好說任何一個視角都是正確的，『開兒誕生』既是過去的，也是現在的，也是未來的。但是，這是不可能的。」

「但是，開兒一定要誕生，開兒一定要誕生，不是嗎？」微住希來不管開兒說甚麼，堅持地說。

「『開兒誕生』這個事件是任意選來當作舉例的，我們的結論適用於任何事，如此一來，時間之河所有的事都既是現在的，又是未來的，又是過去的，或者，所有事都不確定是現在的、未來的或是過去的。而這是不可能的。」

開兒停了下來，轉身凝視著微住希來，緊握她的雙手。

「希來，關於時間，不要完全相信我所說的，我可能說錯，你是時間的守護人，如果完全相信我所說的，我說錯了是會害死你的。」其實，開兒知道，關於時間的說法，無論對錯，只要微住希來相信，都會成眞，因爲這裡是時間森林，而微住希來是時間守護者。

「我不知道要相信甚麼了……，我相信你。」微住希來眼裡的過去、現在與未來都是同一件事，都是開兒。

終於來到最後場景了，開兒不忍心，但最終還是狠下心，下了最後的結論。

「我剛剛說過，『時空四維景觀』必須以『時間之河』爲基礎，但是，『時間之河』是不可能的，所以『時空四維景觀』也是不可能的。『時間之河』與『時空四維景觀』是唯二的時間觀點，既然兩個觀點都讓時間成爲不可能，所以⋯⋯，時間是虛幻的。」

開兒一說出「時間是虛幻」，時間森林、時間之河與時間森林的守護者微住希來，剎那間都消失了，曾經存在的證據，只有一絲殘存在風中微住希來身上那夏日最後玫瑰的香味。

開兒獨自站在人類森林邊陲一塊無垠的荒蕪惡地上，顯得非常孤獨，非常悲傷，一瞬間蒼老何止三十歲。

眞的好難，一個人被留下來，一個人獨自待在時間中。開兒在荒地徘徊了三天三夜，捨不得微住希來，捨不去對她的思念。時間很快地沒收了記憶中的許多細節，開兒著急著搜尋記憶、加深記憶刻痕。他不知重複幾次與她在一起的對話與經歷，希望能找到線索，讓她回來。終於，在很不起眼的一段話中，開兒發現了一絲線索，找到了一絲希望。

他想起微住希來所說的「先討論客觀時間，再回來討論主觀時間」。三天前毀滅時間森林，讓自己過關卻讓微住希來消失的，是「時間是虛幻的」這個結論，但是「時間是虛幻的」說的是「客觀時間是虛幻的」，並不是「主觀時間是虛幻的」。

關於主觀時間，開兒回憶起先前自己說的話。「……外婆愛乾淨，常常打掃。很容易就會想起，外婆全神貫注地跪著擦拭長長木條鋪成的地板，慢慢地擦，把自己全部融入身體與地板那樣地擦，那種專注是把全世界收納入擦地板意念的專注。專注到好美，專注到時間都靜止了。……不做事時，外婆幾乎就是一動不動地跪坐在沙發上，靜靜微笑，慢慢地看著我們迅速長大。……任憑時光迅速流轉，過往如影像掠過，往心中看，從不讓我們失望的外婆總是清楚地在那裡靜笑注視，不曾變動，是我們的定心菩薩。」外婆給開兒的啟發是「專注」，專注讓事物變得真實，專注不僅讓所專注的事物變得真實，也讓專注的人變得真實。

開兒想：「我專注地想微住希來，希來就會變得真實。」

開兒開始訓練自己的專注力，專注到讓時間靜止，世界停止變化。然後，他必須非常專注地思念微住希來，專注到他內心世界平靜了，外在世界靜止了，微住希來才能在時間的空隙中，出來和他短暫的相聚。

在很長的一段時間裡，對開兒而言，日子就只有兩種，有微住希來陪伴的日子，和沒有微住希來陪伴的日子。

久而久之，在時間中流轉，不斷老去的開兒，往心中看，微住希來總是清楚地在那裡，開兒的定心菩薩。

殘葉落下的那一微秒、新葉萌發的那一微妙

野溪結冰的那一微秒、古井解凍的那一微秒

梵音清唱的那一微秒、聖堂祈禱的那一微秒

鐘聲響起的那一微秒、鼓聲錯落的那一微秒

高山雲起的那一微秒、松林濤湧的那一微秒

荷花綻開的那一微秒、極光揮筆的那一微秒

記憶襲來的那一微秒、書頁翻開的那一微秒

老者輕嘆的那一微妙、嬰孩微笑的那一微秒

在每一個微秒裡，微住、希來。

愛情草原

不是因為他特別，而愛上他，是因為愛上他，他才變得特別。

　　開兒來到愛情草原，守關人是洽摩。頭帶鮮花、眼帶神秘光彩、永遠年輕美麗的洽摩，騎著一隻巨大的七彩鸚鵡，手持愛情弓箭，弓以甘蔗製成，弦是一排手牽手嗡嗡嗡的蜜蜂，箭頭用五種芬芳的鮮花裝飾著，這五朵花分別是茉莉花、白色荷花、藍色荷花、芒果樹花和阿育王樹花，以執心為羽，以希望為鏃。[31]

　　洽摩騎著鸚鵡，在天空中飛來飛去，手中箭矢朝開兒一直射來，開兒閃來閃去、躲來躲去。

---

31 洽摩的原型是印度教的愛神 Kamadeva。

「開兒，別躲了，我沒有敵意，爲的是愛情，而且我這箭很銳利，射得深入，傷口清晰明確整齊，不糊爛。射中了，你就有戀愛的感覺了。」

「我已經知道愛是甚麼了，我已經戀愛過了，被愛情箭射中很痛，痛很久，不要再射我了，快停手。這裡除了你，就只有我和這隻大笨鳥，射中我，難道要我愛上這隻大笨鳥？」

洽摩一聽，索然無味，收箭停手，策鳥飛到地面，七彩鸚鵡大眼瞪著開兒。

「好，只要你眞的知道甚麼是愛，我就不射你，放你過關。」

「好，讓我分析愛情……」

「咻……」開兒才剛開始說話，就被洽摩一箭射來給打斷了。

「愛情不能分析，只能體驗。愛情是無法分析的，它是如此的純粹、如此的根本、如此的原始，可以分析的就不是愛情。」

開兒心裡嘟喃「你這樣說，已經在分析愛情了」，但開兒並未出聲反駁，只是換個方式說。

「好，那讓我解釋愛情……」

「咻……」洽摩又射來一箭，再次打斷開兒說話。

「愛情是無法解釋的，愛情沒有理由，愛一個人是不需要理由的，有理由的愛不是眞實的愛。愛情也沒有原因，愛情無緣無故就是發生了，不是偶然發生的愛情都不是愛情。如果一定要有原因，就是因爲被我射到，而你也看到了，我就是亂射一通。」

「那麼，讓我來定義愛情……」開兒不同意洽摩說的，但只能再換個方式說，只是這次已經預期會再次被打斷，邊說邊看著洽摩的動作，準備隨時閃躲。

「咻……」洽摩果然又射來一箭。

「愛情是無法定義的，你只能解碼愛情。」洽摩終於「不小心」允許一種「說明」愛情的方式。開兒趕緊順著洽摩的話說。

「你是對的，那麼讓我解碼愛情好了。」

已張弓的洽摩只好鬆手。

「洽摩，為了表達方便，讓我們假設我們是一對戀人，假設而已，不是真的。」

「當然只是假設而已。」

「當愛情發生的時候，你的快樂變成我的快樂，你的痛苦變成我的痛苦，我會因為你的快樂而快樂，我會因為你的痛苦而痛苦，同時，你越快樂，我會因為你的快樂而越快樂，你越痛苦，我會因為你的痛苦而變得越痛苦。」

「這的確是一個很好的愛情指標，如果你不會因為我的痛苦而痛苦，不會因為我的快樂而快樂，你不算愛我。但是，這只是愛情的一個指標，不是愛情的核心。而且，愛情如果只是快樂與痛苦，那又有甚麼特別的呢？很多事都會帶來快樂與痛苦。」洽摩追問開兒，手上的箭又搭在弓上，但這次只是柔柔地裝裝樣子。

「愛情帶來快樂與痛苦模式的重要改變。通常，當別人遭遇痛

苦時，我們可能會同情別人，但很少會跟著同樣痛苦，而就算我們常常因為某人的快樂而感到喜悅，不過，那些喜悅通常是短暫的，也不那麼深刻切身。但是，當愛情發生時，彷彿你所愛之人的痛苦直接就發生在你身上，她的快樂直接就發生在你身上，每次都這樣，不可能有例外，有例外時就代表愛情消褪了，或一開始就沒發生。」

「為什麼愛情會讓人同情共感得如此強烈？」洽摩放下弓箭，開始覺得開兒真是一個有趣的青年。

「這是關於愛情最重要的問題，但請讓我稍後再說，讓我先把愛情同情共感的內涵展現得更完整。」

「請繼續說。」洽摩左手枕在坐騎鸚鵡的頭上，臉輕輕靠在手上，看著開兒，右手手指撥弄著環繞在希望之鏃上的五朵香花。

「剛剛我們說，當我愛上你時，我會因為你的快樂而快樂，我會因為你的痛苦而痛苦，雖然我會儘量讓你獲得快樂也免於痛苦，但是你的快樂與痛苦不是我能完全掌控的，因此，當一個人陷入愛情時，他便擔負了愛情的風險。簡單來說，愛一個人，便把自己的快樂之鑰交付他人，非常冒險。」

「愛上就是愛上了，哪管甚麼愛情風險呢？管風險，就不算真愛了。」洽摩繼續撥弄著環繞在希望之鏃上的五朵香花。

「主觀上的確不管愛情風險，但是，愛情的客觀風險還是存在的，人的行為甚至想法常常會回應客觀風險。」

「好吧，如何降低這愛情的風險呢？」

希望之簇的花香是一種悠遠的清香，在洽摩的撥弄下，花香逐漸瀰漫整個愛情草原。

「降低愛情帶來的風險，最合理的方式是讓對方也愛上你，讓彼此都持有對方的快樂之鑰。一旦對方也愛上你，兩人相愛時，愛情的風險便急劇下降，而且許多神奇的愛情效應也會跟著發生。」

「繼續說，繼續說。」連愛神都想知道相愛時發生的神奇效應，愛情的神奇故事人們百聽不厭。

「當我愛上你時，我會因為你的快樂而快樂，我會因為你的痛苦而痛苦。現在，你也愛上我了，所以當我快樂時，你也會因為我的快樂而快樂，而既然我愛你，我會進一步因為你的快樂而快樂，如此循環下去，快樂不斷加乘。你的一個不經意的微笑，會讓我也微笑，我的微笑讓你的微笑變成心花怒放，你的心花怒放讓我的微笑變成心花怒放，沒多久兩個人心裡就甜如蜜，傻笑在一起。快樂有圓滿感，而且快樂與懼怕不會共存，所以，相愛而生的快樂會豐沛到讓相愛的人覺得他們不再欠缺甚麼了，不再有任何懼怕了，一切都完美了。」

真正的快樂是能分享的快樂，而愛情讓快樂能真正地分享。

洽摩凝視著開兒，目光如熾，開兒一方面想避開，一方面卻捨不得移開。

「真的，開兒，被我的愛情之箭射中的人，彷彿他們有彼此就

完滿了，不需要外在世界；不再依靠外在世界，就沒有甚麼可以傷害他們了。戀愛的人捨不得睡，因為真實世界終於比夢的世界美好。戀愛的人在夜市跳舞，旁若無人，在『肅靜』標誌下唱歌，不在乎別人怎麼想，在大雨的街上散步，彷彿時間靜止了，他們在愛戀的思念中駕馭了時間，擁有了全世界。開兒，你有沒有發現，熱戀中的人每一次歡笑聲，彷彿都是宇宙有史以來的第一次歡笑聲，像獨特完滿的生命訊息，永不讓人厭倦。」洽摩起身走下鸚鵡，興奮地看著開兒說。

愛情之箭上環繞希望之簇的香花散發出的香味，瀰漫整個愛情草原，那不是撩撥欲望的濃郁香味，而是引出人們內心良善的清新香味。

開兒接著說：「但是，相愛讓快樂加乘，相愛也會讓痛苦加乘。當我愛上你時，我會因為你的痛苦而痛苦，現在，你也愛上我了，當我痛苦時，你會因為我的痛苦而痛苦，而既然我愛你，我也會因為你的痛苦而更加痛苦，如此循環下去，痛苦不斷加乘。你不知為何而生的一個苦悶，會讓我也苦悶，我的苦悶讓你的苦悶變成憂鬱，你的憂鬱讓我的苦悶進一步深陷為憂鬱，憂鬱帶來與世隔絕感，不用多久，兩個人就會覺得被世界隔離、被世界拋棄，只剩你我彼此。」

「是啊，但是，開兒別擔心，愛情帶來的快樂還是比較多的，愛情的核心似乎還是比較接近快樂。而且，就算是痛苦，就算是遭

世獨立，相愛的人還是有彼此，而真心相愛，獨處在原野也不會寂寞，兩個人還在一起就足夠了。」洽摩莫名地樂觀，堅信愛情本身就是幸福。

開兒附和洽摩，說道：「你講得真好，洽摩。

這裡，我們可以看見相愛如何大幅降低愛情的風險。人都是趨樂避苦的，既然愛情讓快樂和痛苦都加乘，相愛的人會努力讓對方快樂，也會比過去更加努力讓自己快樂，相愛的人會努力讓對方遠離痛苦，也會比過去更加照顧自己，就這樣，相愛降低了愛情的風險。單戀時，你的痛苦風險提高，而相戀後，有對方和你自己以何止加倍的方式照顧你自己，讓自己快樂，讓自己遠離苦難。」

開兒停頓一下，繼續說：「不只是快樂與痛苦，同樣的道理也適用在其他價值上。當心中有愛時，就如同我們會努力讓自己快樂，我們也會努力變成比較好的人，當我們努力變成比較好的人時，世界也會變得比較好。」

「的確，相愛後，我不再只是我自己，你也不再只是你自己，對你，我多了許多責任，對我自己，我也多了許多責任，要如同照顧自己般照顧你，為了你，我也要好好照顧自己，讓自己成為一個更好的人。很多人以為我射愛情箭只是嬉戲，玩弄快樂與痛苦的把戲罷了，卻不知道愛情隱藏著深刻的道德意涵。」洽摩呼應開兒，並且為自己的工作辯護。

洽摩邊說邊落入自己的愛情故事的記憶中，想念著自己的情

人，每想到一次，身旁就開一朵花，這些年來，洽摩的身邊已經有方圓 9,999 公里的花園，開滿了茉莉花、白色荷花、藍色荷花、芒果樹花和阿育王樹花。

洽摩的愛情花園其實也不特別神奇，一般人一輩子只要深愛一次，三年的思念，就長成了可以終身散步的愛情花園，不，應該說，只要深愛一次，一輩子就行走在花園裡。

「但是，開兒，甚麼力量讓愛情這麼神奇？」洽摩不知不覺走到開兒身旁，緊靠在他身邊。

「愛情的本質是連結，雖然很多事情也會帶來人與人之間的連結，連仇恨與嫉妒都會連結人們，但是愛情產生連結的方式是極為特殊的，其他力量造成的連結是繩索綑綁式的連結，愛情則是融合式的連結。」

「甚麼是綑綁式的連結，什麼是融合式的連結？」洽摩覺得開兒真是一個很有智慧的人。

「綑綁式的連結並沒有改變被綑綁的人，融合式的連結深刻地改變了結合在一起的人。愛情透過打開邊界，讓邊界內外的兩個領域變成一個領域，愛情最特別的力量是打開自我邊界，讓兩個人變成一個人，讓兩個『我』變成一個『我』。打開自我邊界幾乎就是放棄舊的自我，而相愛是雙方都打開自我的圍牆，融合成一個我，這樣的連結是最強的連結。」

「開兒，真的，真正的愛情不是綑綁，不是失去自由，甚至也

不是增加自由，愛情的融合帶來成長，愛情摧毀舊的自我邊界，帶來廣闊的新邊界。當戀愛發生時，還分你我就是不對。當戀愛發生時，不僅世界的色彩變得鮮豔，小時候的記憶、年少時失落的夢想都鮮活起來，我好想告訴你我所有的一切，再小再傻的事都想告訴你，而對你訴說再黑暗的秘密，我都覺得自在沒有壓力，不會害怕，反而讓我安心與平靜。我也好想聽你說你的所有故事和所有的夢想，再小再平常的故事與願望聽起來都津津有味，完全沒有比較，沒有嫉妒，我好想把你的故事與願望都印刻在我的靈魂上。彼此分享、分享彼此的渴望是如此地深切，彷彿那是我很久很久以前失落的記憶和失蹤的一塊自我，現在急著把它找回來；分享彼此、彼此分享的想望是如此地深切，沒有前世今生無法解釋，必須有三生三世，才能有如此深刻的連結、回憶與渴望。」洽摩停頓了一下，換了另一種神情繼續說。

「但是，開兒，愛情的連結也未免太強大了，失去愛的時候，彷彿心中空了一大塊，很痛，太難受了。」愛神似乎把開兒當成愛情諮商師，也似乎是對他訴說著自己的一切的一切。

愛情像睡眠，一點一滴、一點一滴，不知不覺中忽然就完全陷進去，愛情也像貓捉鳥，一瞬間、一個心跳間，騰撲過來。

「所以叫你不要亂射愛情箭。不是『彷彿』心中空了一大塊，是真的空了一大塊，所愛之人的離開，無論是死亡或背棄你，部份的你也跟著死去。一開始很痛，然後在心中某個角落，形成一個小

黑洞，小黑洞的周圍不斷塌陷。」

愛情的融合像太陽的融合。太陽核心每秒鐘大約有 $3.6 \times 1,038$ 個氫原子核融合成為氦原子核，430 萬噸的質量轉換成能量，釋放出的能量相當於 $9.1 \times 1,010$ 百萬噸 TNT 爆炸當量。戀愛就像太陽融合那麼狂野熱情爆炸，經過一億五千萬公里的虛空後，白天是照在你身上暖暖的春陽，夜晚是住在你心裡溫柔的月光。但是，失戀是太陽塌陷成黑洞，吞噬了一切，連時間都消失。

「『心中不斷塌陷的小黑洞』未免也太誇張，太負面了，相愛的人分離也是有好事發生的，例如，有人說，他倆在一起時，他愛上她，他倆分開時，他更愛她了。」洽摩不喜歡聽到分離，但他畢竟是愛情草原的把關者，必須經歷愛情的一切。

「是一體兩面，愛情的連結是如此的強烈，一旦分開就會有撕裂感，但也會有強烈的重新連結回去的心念，思念才會如此強烈。洽摩，愛情是如此強烈，而幾乎人人都有刻骨銘心的愛情，愛情的資料可能是人類資料最豐富的，我們的討論不能太分散，否則我會永久卡在這情關上。」開兒提醒洽摩，在愛情上，盡量不要離題。

「好，我會聚焦。開兒，你說愛情是透過開放自我邊界產生人與人之間的強烈整合，但是愛讓邊界全面開放嗎？」

「是的，真愛是自我邊界的全面開放，沒有保留，沒有退路。愛上一個人，就是全面誠實，全面開放，全面信任，因此也變得極為脆弱，非常容易受傷害。人在愛情的半途上是脆弱的，就好像昆

蟲在變形、昇華的過程中是脆弱的，但這是一個成長過程，最後你會變得堅強，變得勇氣滿滿。但畢竟愛情讓人展開自我，接納他人，暴露弱點，易受傷害，所以，如果可以選擇，要慎選愛情對象，而當一個人把輕易破碎的心給你，無論你接不接受，都要珍惜對方、保護對方。」

「雙方的邊境都全開，就會有一段混亂期，難怪剛戀愛時，人都有點瘋狂，時而狂喜，時而憂鬱，時而波濤洶湧，時而平靜無波。不過，如果邊境全開，雙方好的壞的不是都要接受？」洽摩的問題很多，可見愛神雖然擅長製造愛情，但對於愛情總還是很無知的。

「一點都不錯，而且一定要如此。當我愛上你，我不僅悅納你的所有優點，我也必須接受你所有缺點，就算你是自私的、沒安全感的、失控的、難搞的、犯過很多錯誤，我也會接受，不是我喜歡這些缺點，我一點都不喜歡它們，但是既然我愛你，我就選擇和它們共處，和你一樣被它們折磨，甚至折磨得更深，畢竟，我需要妥協，改變自己。只因為我愛你，我接受你的一切，我接受這一切，沒有保留。我更不會讓你覺得你不夠好，我不會批評你的缺點、取笑你、看輕你，連分析、評論你都不會，就只是毫無理由接受，我連對自己都沒有如此。我只是期待你對我也是如此。」

「真是這樣。我寧願你恨真實的我，也不願你愛虛假的我，我不願你愛戴著面具的我，我不要你愛我的面具，我要你愛我。」洽

摩有感而發，洽摩是個永遠青春美麗的女神，非常非常美麗，有太多人愛上她的美麗，但洽摩永遠不清楚有誰是真正愛她這個人。

「開兒，你真是愛情大師。」洽摩不自主地讚美開兒，但立即後悔用了「愛情大師」這個詞，太流於媚俗了。

「大師滿街走，但我不是其中一個。」

洽摩很喜歡開兒剛正不媚俗的態度。

「開兒，作為愛神，我看過不少滿嘴愛情的人，他們說的愛情都不一樣，更不用說實踐愛情的方式，這是不是因為人類有多少顆腦袋就有多少種心靈，有多少種心靈就有多少種愛，而每一個人以他知道的方式去愛？」

「不，愛只有一種，但每一個人只能以他所知道的方式去愛，這正是人類悲劇的來源。」開兒慎重地說。

洽摩不是很懂開兒說甚麼，只好回到更早的主題，繼續問。

「開兒，如果愛上一個人，就要愛他的全部，無論優點或缺點，那麼，愛他就是愛他，不是因為他具有甚麼優點或缺點而愛他，是這樣嗎？愛神洽摩請教愛情大師開兒。」洽摩俏皮地說。

「就說我不是甚麼大師。」開兒緊接著說：「是的，我們甚至可以說，就算他沒有這個優點，而有其他的優點，沒有這個缺點，而有其他的缺點，我還是會愛他。」

「我不是很懂。當我們愛上一個人，無論他改變多大，我們還是會愛著他，那明顯的，我們不是愛他的某個性質，如智慧、容

貌、財富與個性，那麼，我們愛上的是甚麼呢？」

「我不知道我們愛上甚麼，許多人說我們愛上的是一個人的靈魂，但是，靈魂實在是一個不清楚的概念。」開兒坦承說。

「愛情實在沒甚麼道理可言，很神秘喔，對不對，開兒。」洽摩凝視著開兒。

「愛的確很神祕，但愛的道理也很深遠。愛一個人就是愛一個人，不是因為他的任何性質。我們的心在某一刻決定向某人開啟的時候，我們就愛上他了，不是因為他具有甚麼特質，他會因為我們愛上他而變得特別，不是因為他特別而讓我們愛上他。」

「開兒，你真的很特別。」洽摩不知有沒有專心聽開兒說話，聽到自己想聽的片段，就隨口回應了一下。

開兒趕緊繼續說下去，因為他知道他緊接著要說的、他必須說的，會傷洽摩的心。

「但是，如果這樣，那麼，我們的心可以決定向他開啟，我們的心也可以決定向不同的人開啟，向任何一個人開啟，我們的心可以讓任何一個人變得特別，讓任何一個人獲得愛情的所有一切。愛一個人就僅僅是因為我們決定愛他，只此而已，沒有條件，沒有前提。一旦愛他，他就變得特別，一旦愛他，就決定接受他所有優缺點。同樣的心，也可以決定愛任何一個人，讓被愛之人變得特別，接受他所有的優缺點。同樣的心，也可以向所有人類開啟，讓每一個人都變得特別，接受所有人的優缺點，以每一個人的快樂為快

樂，以每一個人的痛苦爲痛苦。」開兒深深吸了一口氣，緊接著下了愛情的結論。

「因此，所有愛情分享同一個本質，每次愛情都是大愛，任何一個愛都是大愛，只是對象不同。這次愛的對象是這個而不是另一個，純粹是偶然，雖然人還是有力量決定愛的對象和愛的範圍，但那是偶然，無法解釋，所以人們常常以爲那是命定。愛情的本質是大愛，所以除非愛情的範圍擴及全人類，愛是不會終止的。」

當開兒說到「每次愛情都是大愛」時，從愛情之箭的希望之鏃散發出來的清香，引發出人們內心所有的良善，人心的香味從愛情草原外溢到整個人間。愛情弓箭上以一排嗡嗡蜜蜂繫成的弦忽然碎裂，化成千萬隻蜜蜂，在愛情草原上四處探蜜。也在此時，愛情箭上的執心箭羽一片一片剝落。

洽摩的七彩鸚鵡身上的七彩羽毛變得異常鮮豔，閃耀七彩光芒，倏地張開雙翅，將忽然無語的洽摩叼到背上，振翅飛上天，盤旋在愛情草原上七天七夜，灑落無數花朵，落在天上地下，每個人的身上。

穿越生死關

《人類遊戲》最後一關是穿越生死關，此關由「無臉塔」、「無我隧道」與「最無私的主觀」三部曲組成。在闖關前，開兒給自己一段前奏曲，釐清思緒。

前奏曲

在駁未星，沒有死亡，所以，開兒很好奇，死亡之於人類有甚麼正面意義？如果死亡徹頭徹尾是件壞事，那麼死亡是不是可以避免，人可不可以永生？而如果死亡徹頭徹尾是件壞事，而且死亡不可避免，那麼人生還有甚麼意義？

開兒記得，開始闖關前，《人類遊戲》以「我是誰？」的問題，引發了「感覺上熟悉，思想上陌生」的經驗，啓動了開兒的驚奇，驚奇是哲學的開始，因此也啓動了開兒的哲學思考。在啓動驚奇的同時，《人類遊戲》也曾提示開兒，能回答「我是誰？」的問題，才能闖過穿越生死關。

　　所以，在進入穿越生死關之前，開兒自己根據《人類遊戲》的提示，先初步思考自我問題與生死問題二者之間的關係，讓自己有個比較清晰的問題意識，闖關時才不會不知所以，過於慌亂。

　　初步思考之後開兒發現，自我問題之所以讓人驚奇並開啓哲學思考，不僅是因爲它讓人覺得「感覺上熟悉，思想上陌生」，更是因爲自我概念與許多哲學核心概念彼此之間關係密切，甚至相互依憑，共同形成人類思想的基礎概念網絡，影響著人類對待自己、他人與世界的方式。

　　開兒進一步發現，主觀性、主體性、關懷與生死等四個概念可以作爲橋樑，通往更清晰的自我概念。事實上，自我、主觀性、主體性、關懷與生死彼此之間的關係網絡越清楚，它們各自就越清晰，它們透過脈絡界定了自己。

　　首先是主觀性。每個人都有自己看待世界的特有的視角，這特殊的視角是「我的視角」、「我的主觀視角」。主觀性在意識和感知上特別明顯，我們各自經驗到的可以是同一個世界、同一個對象，但是由於我的視角與你的視角彼此之間有著差異，我和你意識

到或感知到的世界也就不同，我的視角與你的視角都是獨特而不可相互取代。這個主觀的視角似乎界定了我，越知道主觀視角的內涵，越能瞭解「我是誰」。當然，一個主觀視角的消滅，就是某個人的死亡，越瞭解主觀視角的意義，就越瞭解死亡的內涵。

其次是主體。主體可以分為行動主體與經驗承載者兩種。你的行動主體就是你自己，你自己決定、你自己選擇、你自己負責，因此，越瞭解行動、抉擇與責任的主體，就越瞭解自我的內涵。自我也是自身經驗的特權載體，我有許多東西可以送給你、借給你，但是我的經驗是我特有的，不能讓渡給你，我的感覺只有我自己能擁有，只有我自己知道，你不能擁有我的痛，而冷暖自知，只有我知道我是如何地痛。當然一個主體消失，就是一個死亡的發生，越瞭解主體的內涵，就越瞭解死亡的意義。

再來是關懷，很多人也稱之為「愛」。人最關懷的似乎是自我，而當關懷往外推廣、由己及人時，最大的阻礙也是自我，但是，若只關懷自己卻不關懷他人，也遠離了關懷的本意。一方面，我們可以透過關懷（愛）界定自我的範圍，你最關懷的對象就是你的自我，反之亦然，你的自我也該是你最該關懷的對象；另一方面，自我與關懷二者之間又彼此衝突。開兒相信這個弔詭之處不是難題，反而是更深入瞭解自我的智慧之門。

最後就是生死。與「我是誰？」密切相關的一個問題是「我甚麼時候還是我？」，這問題在哲學上稱為「人格等同問題」（the

problem of personal identity），而「我是誰？」與生死問題的相關性，可以從「我甚麼時候還是我？」清楚看出來。可以回答「我甚麼時候還是我？」，就可以知道你甚麼時候算死了，甚麼時候還是活著的，因爲，如果在未來的某個時間點 T 你還是你，那在 T 時，你還活著；如果在 T 時，你不再是你了，那表示你已經不存在，死了。因此，如果我們更瞭解自我問題，就更瞭解生死，更瞭解生死問題，就更瞭解自我。

有了這些思想準備，開兒勇闖穿越生死關。

穿越生死關首部曲｜無臉塔

無臉塔守塔人是費斯理祭司。費斯理看起來人很和善，老遠走出無臉塔迎接開兒的到來，自我介紹時不僅報了名字與身分，還花了許多時間說了自己從小到大在南非好望角的許多故事，然後才領著開兒進入無臉塔。

有史以來的所有人類，無論真實的或虛構的，只要個性鮮明的，無一例外，都會被神通廣大的無臉塔將其臉皮收藏起來，無論是透過活剝、複製或自願捐獻的方式。

在無臉塔裡不知繞了多少圈，轉了多少角，爬了多少階梯，費斯理和開兒終於來到塔的中心。塔的中心有著一池清澈的水，池心

透出藍綠色絲帶般的光亮。環繞著水池，有一列列透明櫥櫃，櫥櫃裡展示著許多人類臉皮。每張臉皮都栩栩如生，每張臉都以極低的聲音說著遠方傳來的話，有慢有快，斷斷續續，模糊不清，嘰嘰嘎嘎、吱吱喳喳、嘰哩咕咕、嘰哩咕嚕、哩哩囉囉、嘀哩咕嚕、嘀嘀咕咕、咕咕噥噥、嘀哩嘟嚕、喞喞噥噥，但是，這麼多臉一起低聲說話，反而有了共振，響成了嗡……的宇宙濤聲，讓人覺得安寧平靜。

開兒發現，只要他專心注視一張臉，不看其他的臉，他就能聽懂那張臉說的話。

費斯理停在一個櫥窗前，凝視其中一張臉皮許久，彷彿專心在閱讀甚麼，然後取出臉皮，將它浸潤入水池，忽然撕下自己的臉皮，立刻拿起水中的臉皮戴在臉上，一換臉，瞬間變成另一個人的樣子。

與先前溫暖多話的費斯理非常不同，現在的費斯理十分冷峻，那雙眼簡直比晚上的天空更加漆黑，不經意交會的一絲眼神也像黑暗中猛烈的閃電。

「你還好嗎？費斯理。」開兒關心地問。

「我不是費斯理，我是冰釓，無臉塔現在的守塔人。」

「開兒，你現在的臉是你真正的臉嗎？」冰釓冷冷地開始提出無臉塔的挑戰問題。

「當然是。我倒是要先問，你真正的臉皮是現在這張，還是剛

剛那張？」開兒緊張但仍勇敢地發問。他雖然感到恐懼，但覺得總是要知道自己跟誰說話，是不是跟真正的守關人對話。

「這裡每一張臉都可以是我真正的臉，但沒有任何一張一定是我的臉，我戴上哪張臉，哪張臉就是我真正的臉。所以，現在這張臉就是我現在真正的臉。」冰釓面無表情地回答。

「你換了臉後，簡直變成另一個人，不僅長相完全改變，個性也完全變了，你還記得你剛剛介紹自己時談到在南非好望角的故事嗎？你還是同一個人嗎？」

「我不記得甚麼南非好望角的事，我從沒去過南非。換臉之後，身體、個性與記憶就一整套換掉了。在我們這裡，執行任務需要新身分，換上新身分不僅外表要換新，更需要徹底地忘卻舊身分的一切的一切，包括潛意識，免得不知不覺哪裡露了餡，洩了底，給了線索。我們偶爾也會落入敵人之手，那時更需要徹底隱藏舊身分，免得在嚴刑逼供之下洩了密，壞了事，害人害己。」冰釓冷冷地說，語調神秘。

開兒不知道冰釓做的是甚麼樣的工作，還需要面對敵人的嚴刑逼供，八成與殺手或間諜行業類似。

「費斯里，喔，不對，冰釓，你還沒有回答我的問題，換了臉，你還是不是你？」

「我們無臉塔第四屆掌門威廉斯（Bernard Williams）有個『腦神經外科手術』思想實驗，可以用來回答你的問題。」

假設我是一個被迫接受腦神經外科手術的囚犯，外科醫生試圖以竄改我的大腦，來擾亂我的心理連續性。醫生說，當我感到疼痛時，他會對我的大腦做一些改變。第一次他會讓我忘記在疼痛前的所有記憶；第二次他會使我以為自己是拿破崙，並擁有拿破崙的記憶；第三次他會使我的個性完全轉變成與拿破崙一模一樣。但不論是哪一種改變，都無法消除我對於疼痛的恐懼，因為儘管有這些改變，仍然是「我」而不是別人感到疼痛。」

　　「所以，你的意思是，就算換了臉之後，你還是你？」開兒問。

　　「是的，這不是很明顯嗎？不管我戴上甚麼臉皮，拿破崙臉皮也好，凱薩大帝臉皮也好，白雪公主臉皮也好，不管我以拿破崙身分疼痛、以凱薩大帝身分疼痛、以白雪公主身分疼痛，痛都是痛在我自己身上，而不是痛在別人身上。」冰釓說。

　　「冰釓，所以，你一直是你，你不是拿破崙，也不是凱薩大帝，也不是白雪公主，你不是任何其他人？」

　　「是的，我不是任何其他人，我一直是我，不是嗎？」在開兒的追問下，冰釓開始對於自己是誰，產生困惑。

　　「冰釓，剛剛看你換臉皮，很酷，舊臉皮換新臉皮換得很流暢，幾乎無縫接軌。但是，再怎麼流暢，總是有那麼一點空隙，你可曾看見自己真正的臉？」開兒追問，感到非常好奇。

　　冰釓說：「我自己也感到非常好奇。無臉塔裡收藏不可勝數的

臉皮，而我可以換成任何臉皮，『我一直是我』的『我』既然不是這些不可勝數的臉皮中的任何一個，那我的樣子到底是甚麼？」

「所以，你看到了嗎？真正的你到底是甚麼樣子？」開兒迫不及待地問。

「不知道多少次認真專注的偷窺與探視，再怎麼放慢換臉的速度，我從池水裡、鏡子裡看到的只是一片虛空。」想著想著，冰釦露出害怕的表情。

戴上再怎麼勇敢的臉皮，看不見自己真正的臉，或是看到自己沒有臉，都讓人十分恐懼。

「冰釦，你不必害怕，其實，你沒有臉這件事，只要稍微想想便可知，而且，如果你以其他的角度看待無臉，它或許是件好事。」開兒覺得無臉塔的人推理能力不好，可能是殺手團體，不會是間諜集團，更不是偵探社，但或許這個守塔人是新手。

開兒有點不忍心地說：「如果你的『我』有臉，有一張拔不掉的臉皮，你是戴不上其他的臉皮的……」

「所以，我是個『無臉男』……。」冰釦急忙插話。說出這句話後，冰釦非常失落，沒有了真正屬於自己的臉，那不就沒了自我，沒了自我，人生簡直失去了意義。

「你不要難過，我說過，我們也可以從不同角度看待這件事。」開兒安慰冰釦。

「怎麼看待？」冰釦問。

「你爲甚麼一定要預設在你的不同臉皮之外或之內一定要有個持續不變的『我』呢？」

「不同的臉皮總是要有個人戴著啊，那個戴各種臉皮的人就是『我』啊？」

開兒說：「不一定需要的，一張臉皮代表的可以就是一整個人，包括所有身體特徵、個性與記憶，而你在你的身體特徵、個性與記憶之外，就沒其他的東西了，即便你說的『我』，也是沒有的。

你說的『我』可以就僅僅等於臉皮，一般從不換臉的人的『我』就等於一張臉皮，而你比較特殊，你常常換臉，你的『我』就等於你這一輩子所換過的臉皮依時間次序排列的總和，除此之外再沒有別的了。」

冰虬似懂非懂地說：「好像可以這樣。但是，我還是覺得有怪怪的地方。如果在臉皮之下沒有一個不變的我，怎麼說明雖然變了這麼多次臉，但我一直是我？總是要有一個一成不變的東西，來貫穿這些劇烈的變化。就算不說我這個特例，一般人一輩子只戴一張臉皮，但是，一生中還是會歷經各種變化，他們也是需要一個一成不變、他們各自稱爲『我』的東西，來貫穿一生的變化歷程。」

「不必那樣預設。一個人可以只是像一條沒有河床的河流，一個人可以是由各種身體事件與心理事件接續發生而形成的一條生命流，一個『我』就是一條沒有河床的生命流。我們可以稱這個看法

叫做『我』的河流觀。」

「我也希望真是那樣，我不想當無臉男。不過想想，你只是指出『無臉男』不是唯一的可能性，但還未詳細談到『無臉男』的觀點對不對，而我也還不是很清楚『我』的河流觀。」

「的確。不過，冰釓，這無臉塔又高又深，我們能不能邊走邊說。」

「好。」冰釓領著開兒往更高更深的地方走去。

兩人經過一個又一個臉皮櫥窗，一面又一面臉皮。一路走來，開兒看見美麓夫人、史太魯教授、一躍修行者、自燃仙子莫蘭迪、潘比先生和「過去過不去山谷」裡沒說過一句話的小坎兒，然後開兒看見水井眞子，又緊接著看見洽摩，開兒為他們一次次停了下來凝視許久，心裡許多不捨，也有些遺憾，甚至一絲內疚。

冰釓暗示時間不早了，開兒繼續往前走。

沿路又看見所羅門王、解字亭裡的許不甚、孤島上的傷心小丑、無影石上的無憾法師、范謝兩將軍與炎摩羅者。

開兒忽然停下腳步，他看見忽隱忽現的微住希來。開兒專注想她時，彷彿看見微住希來就在眼前，清晰到伸手就可以碰到她的臉，那一刻，微住希來的臉皮就從櫥櫃中消失；開兒一閃神沒專注想她，微住希來的臉皮就出現在櫥櫃中。一隱一顯一隱一顯，像夏夜的螢火蟲，就這樣，開兒在櫥窗前和微住希來在一起，有如度過了一個長長的夏夜。

開兒也看見了生命之林的女獵手蒂爾思、數學森林裡的艾雪和許許多多開創或改變人類歷史的名人與一些不知名的人，開兒很想停下來一個一個和他們深談，但是時間不允許，連聲招呼都來不及打。

　　「怎麼只有人類的臉皮，不見動物臉皮？」開兒好奇問。

　　「換臉必須要先能想像對方的想法，感覺對方的感覺，才能同時轉神換魂。我們只能想像人類的想法，感覺人類的感覺，有時候可以感受到一些哺乳類動物的想法和感覺，但是感受的程度很有限，至於其他蟲魚鳥獸就幾乎不可能，頂多只能擬真，模仿牠們的外型和行為。聽說，變獸師可以做獸臉轉換，但是，變獸師其實原先是某種野獸，他們必須先具有變成人類的能力，才具有變回原來獸身的能力，所以嚴格說來，他們不該稱為『變獸師』，而該稱為『還原獸師』。」冰釓很專業地回答。

　　兩個人走到櫥窗盡頭，冰釓停在最後一排櫥窗邊，發現櫥窗中有個格子，格子是空著的，沒有臉皮。

　　「奇怪，這張臉皮怎麼不見了？」

　　「這張臉是誰的臉，你還記得嗎？」

　　「無臉塔裡有這麼多張臉，沒人能記全，我也只記得一小部份。」

　　「那你回想一下，有沒有線索可循。」

　　「我們已經看過所有的櫥窗，開兒，你有沒有看見自己的臉

皮？」冰釓轉頭看著開兒。

「沒有啊？我的臉皮不就在我臉上，你說這話是甚麼意思？」

「我怎麼知道你是不是偷換我們收藏的臉皮才變成開兒？你怎麼證明你原本就是開兒，而不是其他人偷換成開兒的臉。」

開兒一聽氣得發暈，一時不知如何回答。

「等等、等等，你又不確定原先這裡放著的是開兒的臉皮，而就算是，也必定是有兩張一模一樣開兒的臉皮，其中一張一直在我臉上，被偷走的是另一張複製的臉皮。」開兒著急地辯白，心裡有些忐忑不安。

「我幾乎確定是開兒的臉皮，我們的人臉收藏齊全，像你這麼有個性的臉，又是熱門名人，更不會漏掉。就算有兩張開兒的臉皮，你怎麼證明你臉上這張不是塔裡被偷走的那張？」冰釓提出很強的理由，要開兒證明自己的清白。

「證明不了會怎樣？」

「證明不了，就要上無臉塔的法庭，而以現在的證據看起來，法庭很可能判你有罪，摘下你的臉皮，取回我們的財產。」

「冰釓，你指控我偷你們的臉皮，威脅將我送上無臉塔法庭定我的罪懲罰我，但這些都是無效的。這些只顯示出你剛剛並沒有好好聽我說『我』的河流觀。

在『我』的河流觀裡，『我』就是等於我的個性、身體與記憶，除此之外根本就沒有『我』。換句話說，以無臉塔的臉皮功能

來說，我就等於我現在戴著的臉皮，沒別的。

　　以『我』的河流觀來看，在這裡，開兒就是開兒的臉皮，開兒的臉皮就是開兒，我戴了開兒臉皮，開兒的臉皮就是我，我就是開兒。

　　如果臉皮是我這個開兒偷的，那麼就該懲罰我這個開兒，但這是完全沒道理的，因為我這個開兒就是被偷走的臉皮，我就是受害者，我頂多是個贓物，再怎麼樣都不會是加害者，不會是小偷。你是不能懲罰受害者的，懲罰贓物更完全說不通。」開兒冷靜之後，很快就回到他心思敏捷的模式上。

　　「既然是贓物，就要還回來。」冰釓堅持。

　　「我沒說一定是贓物，我說頂多是贓物。而且，現在仔細想想，開兒的臉皮不能算是贓物，只有物件、想法、資料、身分證、動物等等這些非人類的事物可以是贓物，人類不能算是贓物，人或許遭到綁架，但那是勒索用的肉票，不是贓物。」

　　「但是，這些臉皮是我們的，不少是我們花錢買來的。」

　　聽到花錢買來的，開兒不禁動了氣。

　　「當然，如果無臉塔把臉皮視為奴隸，如果你們的法律允許，那就可以算是你們的財產，雖然販奴與蓄奴在許多國家是違法的。但是，你想想，說穿了，你自己也只不過是一張臉皮，你不也是奴隸？而這些臉皮如果是奴隸，他們是奴隸的奴隸。」

　　「我是無臉塔的長工，無臉塔過去幫助過我，我的這條命就是

無臉塔救的，欠人的就該還人，我是自願來當無期長工的。雖然有些臉皮的確是買來的，他們比較像奴隸，像財產。而像我們這些來還債，來報恩的，不是奴隸，更不是財產。」冰釓很嚴肅，以堅定的口吻繼續說：「無論作為奴隸、財產還是志願的長工，沒有無臉塔的同意，臉皮都不能任意離開無臉塔，無論是被偷走，或自己決定離開。」冰釓幾乎以命令的方式說出結論。

聽到冰釓提到「離開無臉塔」，開兒似乎有了頭緒。

「冰釓，開兒是費斯理祭司從無臉塔外迎接進來的，這你知道吧，費斯理看見開兒時，開兒在塔外，這你能確定，是吧。

假設有個人先前潛入偷了開兒臉皮，可能是在塔裡換臉，然後成為開兒，開兒自己決定要逃出無臉塔；也可能偷偷將臉皮帶出塔之後，在塔外換臉，成為開兒，開兒出塔並非自己決定的，開兒或者想要留在塔外或者想要再回塔裡。

如果開兒想要逃出塔且已經在外頭了，還會傻到自己再跑回來，和你一起參觀與討論這些臉皮嗎？如果想要回塔裡，既然回來了，開兒會不告訴你發生過竊案嗎？」開兒找到勝利一擊的理由了。「變臉後的開兒不會這樣站在這裡。」

「嗯嗯嗯，你說得有理。抱歉了，不應該懷疑你。究竟出了甚麼問題，我們自己要再好好查查。」冰釓連忙道歉。

「嗯。不過，無論作為自願的長工、奴隸或財產，只要有自己的想法與意志，只要你不是一直關著他們，他們都有可能自尋發

展。」開兒安慰冰釦。

冰釦覺得自己沒有扮演好守關者的角色，開兒的思考力簡直爆表，他實在應付不來，於是，默默走向收藏蘇格拉底臉皮的櫥櫃前，做了換臉儀式，轉換成蘇格拉底。

費斯理與冰釦先前與開兒的討論過程，已經由無臉塔的影音攝錄系統，鉅細靡遺地傳送給換臉之後的蘇格拉底，以便持續任務。

現在，由蘇格拉底領著開兒，繼續往無臉塔的深處走去。

「開兒，你好，我是蘇格拉底，現在由我和你對話。」

「哇、哇、哇，當然、當然，不敢、不敢、不敢，久仰、久仰，我真是三生有幸，不，是十生有幸，不、不，是十分榮幸。」可以和自己的哲學偶像並肩對談，開兒簡直樂壞了，變得語無倫次。

「之前你與冰釦討論的時候，你指出『無臉男』不是唯一的可能，『我』的河流觀也是另一種看法，但是，你沒有說『無臉男』的觀點有甚麼不對的地方，也沒檢視『我』的河流觀是否合理。

要知道，剛剛你辯護你沒有偷竊的方式，預設了『我』的河流觀是正確的。如果『無臉男』的觀點是正確的，而『我』的河流觀是錯誤的，那我還是必須把你送法庭審判。」

「是的，蘇格拉底先生，你說的一點都沒錯。」開兒心想，蘇格拉底果然厲害，一下子就拉回最關鍵的地方，打在最根本的問題上。

「說說看『無臉男』哪裡有問題。」蘇格拉底問。

「『無臉男』的觀點主要是：『我』不等於我的身體和我的身體的故事，『我』也不等於我的內心生活、我的記憶和我的個性，『我』也不等於上述這些身心事物的總合，『我』是這些身心事物之外的存在，身心事物來來去去不時變化，而『我』是我那些身心變化中一直維持不變的存在。」

「這我知道，但這樣的觀點哪裡有問題？請先說一下在『無臉男』這個觀點，『我』的內涵會有甚麼？」蘇格拉底有耐心地問著。

「謝謝你的引導。我認為，扣除掉各種各樣我事實上擁有及可能擁有的身體特質、身體故事、心理特質和心理故事後，適合作為『我』的內涵的候選項目，應該只會剩下一般所說的『本質』或『靈魂』。」

「『無臉男』觀點其實就是『實體我』觀點，認為在我的身心變化中，有個一直維持不變的存在，有人稱其為『本質』，有人稱其為『靈魂』。」

「雖然後來大家叫我西方哲學之父，但在我那個時代，哲學還沒有開始，所以你必須把我當成哲學素人，多多說明你用的哲學概念。甚麼是『本質』？」蘇格拉底不希望他與開兒對於同一個概念有著不同的理解，以免誤解了彼此，讓溝通失效。

「作為 K 必須擁有的東西，便是 K 的本質。例如，如果，作

為斑馬必須擁有黑白條紋，那麼黑白條紋便是斑馬的本質，沒有黑白條紋的就不是斑馬；如果你認為作為人必須是理性的，那麼理性便是人的本質。」

「甚麼是『靈魂』？」

「一個人如同一條船，船上載的貨物代表那個人從小到大具有的性質，隨著時間進展，有些性質不見，例如『青少年』、『黑髮』，但也增加了一些性質，例如『老年人』、『白髮』，船上貨物品項的改變情形，顯示出此人一輩子的變化情形。把船上所有貨物都移除之後，所剩下的那艘空船，就代表那人的靈魂，在變化中永遠維持不變的，就是人的靈魂。」開兒儘量用比喻來說，讓蘇格拉底容易掌握。「當然，船只是個比喻，用來比喻『載體』，真正的船隻還是有著形狀、顏色等等非常多性質，但是用來代表靈魂的載體是全裸的，一點性質都沒有。」

「謝謝你的說明，讓我瞭解什麼是『本質』和『靈魂』。那以『本質』或『靈魂』來說明『我』的內涵，有甚麼問題嗎？先說『本質』吧，『我＝我的本質』，有甚麼不對的地方？」果然是知識的「接生婆」，蘇格拉底引導著討論。

「『本質』不足以回答『我』到底是甚麼的問題，因為，人的本質是人人都必須具有的東西，因此，就算真的有所謂『人的本質』，本質也不足以回答我是誰的問題，畢竟我具有特殊性，我與他人還是有重要的差異性的。」

「不能有屬於個人的『個體本質』嗎？譬如，特定的基因組合，如果還是不夠特定，還可以加上出生地點與時間，畢竟沒有兩個不同的人可以在同一個時間點占據同一個空間，一個嬰兒大小的空間，同一個時間只能有一個嬰兒。有了『個體本質』，一個人就可以兼有本質和特殊性了。」蘇格拉底詰問開兒。

　　「我不認為有『個體本質』，就算真的有，我也不認為我等於我的個體本質。個體特有的性質，如基因組合、出生地點及時間等，最常被拿來當作個體本質，但這是行不通的。我可以想像我的基因組合、出生地點及時間與實際狀況不同，但是我不能想像我不是我，所以，我不是這些個體本質。另外，個體本質這個概念似乎是因題設事，發明它純粹是試圖解決本質無法說明人的獨特性這個問題，而事實上，它也未能達到效果。」

　　開兒繼續批評「我＝我的本質」的想法。

　　「人們常常以『真實世界不得不擁有的性質』當作『本質』，但這是站不住腳的。在真實的世界中，頭殼內沒有大腦的我活不下去，我當然就不再是我，但是，我們可以想像，在某個世界中，我們一生下來大腦便被從頭殼裡取出，放在體外的一個超級電腦內，這電腦與大腦融為一體，可以遙控許多事物，包括我的身體，當然連著超級電腦的體外大腦，也可以透過我的身體去遙感世界。再想像，不久之後，超級電腦便完全不需要我的大腦，可以獨自延續先前的工作。那時，即使沒有大腦，我還可以是我。」開兒越說越興

奮，忽然意識到蘇格拉底很可能不知道電腦是甚麼。

「開兒，別擔心，這兩千多年來，許多人來拜訪我，分享他們的人生故事和時代發展，我靜靜聽聽，好奇問問，也學到不少東西，我知道電腦是甚麼。」

蘇格拉底看出開兒的貼心，並且為開兒做一個延伸的結論。

「我可以想像我不具有任何物理性的特質，但是我不能想像我不是我，所以我不是任何物理性的東西。另外，在任何一個可能世界中，如果存在著一個我，不管長甚麼樣子，是隻大象也好，是個電腦也好，只要他是我，他就與真實世界的我是同一個。我是跨世界的存有，而每個我存在的世界中的我，都是我。」

蘇格拉底說話開始有些現代哲學風格，變得難懂了。

「是的，但是，如果你想成為跨世界存在，你就必須剝除所有你身上與心上的東西。」開兒說。

「怎麼說？」蘇格拉底說。

「剛剛我們使用的論證是所謂『想像論證』，讓我以『想像論證』回答你。我可以想像過去的我過著非常不一樣的生活，居住的地方不同，童年不同，性別、國籍、種族、宗教、文化等等背景都不相同，我可以想像我的內心生活、我的記憶及我的人格特質，都與現在的我不同，而我的身體也與我現在的身體不同，像卡夫卡與他的蟲。總之，我可以想像我居住在一個非常不一樣的身體裡，有著與現在非常不一樣的內心世界。」

「的確，想像力帶著翅膀，似乎想飛到哪裡，就可以飛到哪裡，如果再喝點酒，想像力甚至能帶你超越這個世界，飛往諸神的宮殿去。」蘇格拉底說。

「但是，我不能想像我不是我。無論如何，我都是我。」開兒說。

「是的，我們只能想像可能的情況，我們甚至可以想像違反自然法則的情況，但是，我們不可能想像矛盾的情況，不能想像『我不是我』這樣的矛盾，我不可能不等於我自己，任何一個事物都等於它自己。」蘇格拉底簡直和開兒一搭一唱了。

「我甚至也可以想像你我交換了身體，你我也交換了內心世界，包括記憶與個性。你在我的世界裡，以我的身體過了我的生活，感知了我感知的一切的一切；我在你的世界裡，以你的身體過了你的生活，感知了你感知的一切的一切。」開兒說。

「是的，但是，我還是我，你還是你。」

「每一個有我存在的想像世界中，其中的我都是同樣一個我，而在那些世界中，我的身體彼此之間可以非常不同，甚至在彼此差距最遠的兩個想像世界中，我的那兩個身體完全不一樣；同樣的，在那些想像世界中，我的心智狀態也可以非常不同，在彼此差距最遠的兩個想像世界中，我的兩套心智狀態完全不一樣。縱然如此，我還是我，而要在如此不一樣的想像世界中保持等同，這個我就必須是個完全赤裸的我，沒有一點物理的東西，也沒有一點心智的東

西。這就是我所說的，如果你想成為跨世界存在，你就必須剝除所有你身上與心上的東西。」

「我瞭解了。雖然我對『想像論證』還是有點疑慮，例如，我不能想像作為一隻甲蟲感覺起來是甚麼樣子，所以，我可以存在的想像世界還是有相當限制的吧？」

「好像是的。但是沒有關係，那只是限制了你可以存在的可能世界的範圍。」開兒回應蘇格拉底，很高興他能同意自己的論點。「我們可以想像的世界彼此之間的差距，已經足夠讓我們說：『跨世界的存有是全裸的存有，身上一點性質都沒有』，而既然在所有可能世界中，我一定是我，因此，我必須是一個沒有性質的個體。我如果沒有性質，自然也就沒有本質，本質是性質的一種。」

「但是，開兒，不管在哪一個世界，你都必須有一些性質才能存在。」

「是的，我必須有些性質才能存在於世界裡，但是它們都只是我的偶然的性質，不是我的本質。」

開兒繼續說：「其實，『本質』概念遭受許多批評，我可以說一說兩個著名的批評。

第一個批評來自美國哲學家蒯因（Willard Van Orman Quine），他曾以《數學家騎車人》的有趣例子，質疑本質這個概念：數學家總是被設想為必然是理性的，而不必然是兩條腿的；騎自行車的人必然是兩條腿，而不必然是理性的；但是一個人的愛好既是數學又

是騎車，當如何呢？

有些人認為本質是事物本身擁有的、不可或缺的性質，但蒯因指出，事物本身不擁有本質，一個事物具有甚麼樣的性質，要看我們如何描述它，因此，語言構成本質。

例如，當我們說某個人是位爸爸，那麼有小孩或曾經有小孩，就是他的本質，但是，如果我們說這同一個人他是個街友，那麼有小孩或曾經有小孩，就不是他的本質。

事實上，針對同一個對象，我們原則上有無限多種方式描述它，不同的描述所蘊涵的本質可能不同，而對象本身並無法強迫我們選擇以何種方式描述它，任何一個本質都是可選可不選的，因此本質都是非必要的，而非必要的就不會是本質。」

「蒯因真是個聰明的哲學家。」蘇格拉底說。

「第二個對於『本質』的批評來自馬克・強斯頓（Mark Johnston），[32]他曾經想出一個有趣的思想實驗：設想有一個人類部落，因為天生的基因缺陷，他們都會在二十幾歲時死亡，所以他們以為人的本質就是年輕。有一天他們接觸到其他部落的人，驚訝地發現原來人會變老。最後他們缺陷的基因修復了，他們終於也能夠經歷像其他部落的人那樣的生活並老去，他們也才發現自己一直以來對於人的本質有著錯誤的想法。

---

32 請見馬克・強斯頓的《死而不亡》（*Surviving Death*）（2010），穿越生死關三部曲的主要結構亦參考此書。

這個思想實驗要說的是：關於本質的看法，受限於人類的想像能力與經驗範圍，而人類的想像力有極限，經驗也常錯誤。

現在，你應該也同意，以『本質』來說明『我』的內涵是行不通的。」

蘇格拉底點點頭。

「那以『靈魂』來說明『我』的內涵，有甚麼問題嗎？」蘇格拉底問。

「靈魂也是行不通的。靈魂沒有性質，靈魂彼此之間如何區別？當我們說兩個人不同，我們必須說他們在哪個面向上不同，是身高不同，是性別不同，還是哪裡不同，不說清楚，無從區別。我們說過，靈魂是赤裸的，一點性質都沒有，沒了性質，靈魂彼此之間不能區分，這使得我們無法用之以說明『我』的特殊性。」

開兒就要說到結論了。

「換句話說，如果以『靈魂』來說明『無臉男』觀點中『我』的內涵，假設無臉塔裡的人真的可以脫掉臉皮，成為無臉人，那麼這些無臉人彼此之間是無法區分的。」

「開兒，我們已經相信你沒有竊取臉皮，而且你也說服我『無臉男』的觀點是錯誤的，現在只要你能讓我同意『我』的河流觀是可信的，你就可以過關了。」

「證明『無臉男』觀點是錯誤，這本身就是一個很強的理由，可以支持『我』的河流觀是可信的。因為，關於『我』的理論中，

『無臉男』的觀點和『我』的河流觀是其中最主要的兩個理論，而且它們互相競爭，因此，其中一個不成立，另一個就變得很可信。」

「開兒，你既勇敢又有智慧，真的很不容易，無臉塔還能幫助你甚麼呢？」蘇格拉底和藹可親地問。

「蘇格拉底，我想知道你們換臉的秘訣。」

「好，我去請拳王阿里（Muhammad Ali）出來，他本身就是一個說明換臉關鍵秘訣的好案例。

開兒，拳王阿里曾經是個偉大的拳手，但是，他晚年和許多年歲大的人一樣，心智能力重度衰退，我們這裡的阿里臉皮是他年老失智時的臉皮，所以，如果待會兒有不周的地方，請多體諒。」

開兒點點頭。知道蘇格拉底要退場，開兒捨不得。

「蘇格拉底，希望我們很快再見面。」

「開兒，我們的靈魂一直居住在相同的地方，從來沒有真正分離。」

蘇格拉底的換臉功力，遠較費斯理和冰釩深厚，他不需走去儲藏拳王阿里臉皮的櫥櫃，便可以進行換臉儀式。蘇格拉底低頭專注一會兒，再抬頭已是拳王阿里。

「阿里，請問無臉塔換臉的秘訣是甚麼？」

「換臉秘訣，我知道，但是我記不太起來。我跟你說一個很厲害的拳手卡蘇斯·克雷（Cassius Clay）的故事。」

開兒很失望，而且擔心阿里無法再進行換臉，因為他記不得換臉秘訣。不過，開兒還是像孫子聽爺爺回憶往事一樣，聽老拳王說克雷的故事。

　　老拳王阿里實在著迷於克雷的拳擊生涯，如此失智，居然還能滴水不漏地記得克雷大大小小戰役的細節，哪一次對戰的哪一回合的上鉤拳，哪一次對戰的哪一回合的迷蹤步，哪一次對戰的哪一回合的擊倒，哪一次對戰的哪一回合的疏忽帶來的被擊倒以及隨後的悔恨和再奮起……，阿里全都記得，此刻仍深深癡迷。

　　「你對克雷打拳的過程，還真是描繪得鉅細靡遺栩栩如生。」開兒覺得很驚訝，很少人可以對自己的親身經驗描述得如此細緻，更不用說是別人的經歷。

　　失憶的阿里掉入克雷偉大拳擊生涯故事中，活靈活現地沉浸在故事細節中，彷彿不是回憶，而是現場真實開打，華麗的右直拳與醉人的迷蹤步，感受到克雷急促的呼吸和勝利的吼叫聲。

　　看著興奮的老拳王阿里，開兒知道了，阿里就是克雷本人，只是老拳王忘了。

　　開兒想起，剛剛在微住希來臉皮的櫥櫃前，當他專注想她時，微住希來的臉皮就從櫥櫃中消失，一分心，微住希來的臉皮就出現在櫥櫃中。微住希來的臉皮從櫥櫃中消失的同時，開兒彷彿看見微住希來就在眼前，清晰到伸手就可以碰觸到她的臉。

　　而才剛剛，高深的蘇格拉底只需要低頭專注一會兒，就能換

臉。可見，在無臉塔裡，專注想一個人，被想念的人似乎能藉由臉皮移動而來到眼前。甚至可以像蘇格拉底那樣，專注到相當程度，就可以換臉，不僅是移動臉皮位置。

再也沒有人比阿里對於克雷的回憶更專注了，但是，對於克雷無與倫比細緻的回憶，卻沒讓阿里變成克雷。最合理的解釋是，克雷就是阿里，阿里就是克雷。

「但是，蘇格拉底送阿里出來，不是要考驗我，不是要我猜出阿里就是克雷。他送阿里出來，是要告訴我甚麼是換臉的秘訣。我已經知道換臉與專注相關，但是僅僅專注地想著對方，似乎是不夠的，因為像我專注思念微住希來那樣，最多她似乎就在眼前，但還是不能換臉成為她。阿里到底說了方法沒有？他剛剛做了甚麼呢？」開兒一直思考著。

開兒望著阿里，阿里一下左鉤拳一下右直拳，根本連自己是阿里也忘了。

看著看著，開兒竟然領悟出無臉塔換臉的秘訣了。

要成功換臉，你必須能專注到忘記自己是誰，忘記自己的思考與感覺視角，純粹以對方的視角進行思考與感覺；或者以相反的方向進行，你必須浸潤在對方的思考與感覺中，能完全以對方的視角思考與感覺，忘記自己原有的思考與感覺視角，從而忘記自己是誰。

瞭解之後，開兒向拳王阿里說謝謝並道別，慢慢走出無臉塔。

穿越生死關二部曲 無我隧道

無我隧道守關人聲稱自己是開兒。

自己有甚麼本領，自己最知道，自己要出甚麼招，自己先知道，因此，自己跟自己比賽最難，比賽結果一開始就注定是彼此完封。既然開兒面對的守關人聲稱自己是開兒，那麼，不超越自我、突破自我，就過不了這一關，因此這關既是穿越生死關，也是超越自我關。

開兒一來到無我隧道洞口，深不見底的隧道裡，便傳來開兒的聲音：「開兒，你好，我也是開兒，我就是你，你就是我。」

洞口開兒非常懷疑洞中開兒：「既是同一個人，在同一個時間

點上，怎麼可能位處兩個不同的地方，一個在洞口，一個在洞中？」

洞中開兒哈哈笑：「是的，開兒你是對的，但我也是對的，我是你，但我也不是你。無我隧道的挑戰，就是回答『我是你，但我也不是你』如何能眞？」

洞口的開兒聽了，搖搖頭，更加懷疑了。

「『我是你，但我也不是你』是個矛盾，不可能爲眞，你是不是在騙我，玩弄我？」

「開兒，先不要懷疑，玩了遊戲之後，你就會知道。《人類遊戲》會擊敗你，但不會欺騙你。」

「好吧。洞裡的這位開兒，是不是我找到你，比較一下，就可以知道你是不是我？」

「不一定，但是，尋找我是過關的關鍵。」洞中開兒不願意透露過多過關資訊。

「既然你說你是我，那麼，尋找你就是尋找自我，是不是？」

「是的，要過這無我隧道關，尋找自我是個關鍵步驟。找到我就找到你，找到你自己就找到我。歡迎進來找我，但除了你的意識，請不要帶任何照明器。」

開兒勇敢地踏入黑暗的隧道裡。

一進入無我隧道，隧道裡沒有一絲亮光，一片墨黑，伸手不見五指。

「這麼黑，甚麼都看不見，怎麼找你。」慌亂中，開兒雙手四處摸索，手指碰觸到的只有冰冷堅硬的岩石。

但是，開兒很快地冷靜下來，想起洞中開兒說的「除了你的意識，請不要帶任何照明器」。此時，洞中開兒的聲音又響起。

「這麼黑暗，睜開眼睛再怎麼專注，也看不見。開兒，睜開眼睛看不見，何不閉上眼睛試試看。」

開兒閉上眼睛，意識場域反而明亮起來，的確，意識也是照明器，意識到哪裡，就照亮哪裡，而彷彿意識場域就是整個宇宙，外在世界消失了。

在無我隧道中，開兒開始尋找開兒自己，要找得徹底，須從源頭找起，於是開兒便將意識探照燈溯源回照，回溯到最初意識開始的地方。

不知從甚麼時候開始，開兒的意識照亮了一片場域，媽媽的胸懷臂窩應該是那最初讓開兒信託的場域。意識照亮的場域不斷擴大，從油綠亮金龜殼、透明薄蟬翼、小學後方綿延矗立的山脈，一直連到東方天邊的大海，天地、過去與未來也披及，雲集了八方。開兒意識燈所照亮的場域，最後還包括了他人的心靈與社會文化。

這盞意識的燈隨身帶，轉身回首之際，角度隨著變，往右邊的女孩照去，明亮了排灣族女孩的臉與女孩的眼，模糊了全世界，往左邊鄰居曬麵條的劉伯伯照去，明亮了劉伯伯的臉，也伴著他戰爭時的心傷以及留在遙遠老家的親娘。快樂的時候，這盞以內在之眼

爲火蕊的燈特別亮，畫素很高，視野也特別廣。憂鬱、傷心與生病的時候，火小燈微，屈身護著，常常只照到自己。

開兒發現，人人都有一盞以內在之眼爲火蕊的燈，大家聚在一起的時候，好像小時候元宵節提燈籠遊街，一盞一盞，照亮眾人來時路、去時路，照亮別人的臉、自己的手。一盞一盞燈，有明有暗各不同，有的往海邊去，有的到山澗小溪看螢火蟲，人人不同。

黑暗裡，只有燈能引路。黑暗裡，誰跌倒了，有燈才能照傷，吹去塵土，抹上口水。一定要好好的護著自己這盞燈，不要滅了。

開兒從意識場域展開那一刻開始，一路看了數十年的內容，看到此時此刻，看了不少東西，看得鉅細靡遺，但就是沒看見自己。

「開兒，你在你的意識裡找到自己了嗎？」

「沒有，我看見自己從小到大的身體，看見自己發生了甚麼事，看見自己做了甚麼，看見自己在想甚麼，看見別人對我說了甚麼，我至今爲止的身體故事、心理故事、人生故事我都看遍了，就是沒看見自己。」

沒看見自己，開兒似乎應該很沮喪，但是，他並沒有，反而，他看到自己至今爲止相當精彩的一生，覺得很幸福、很欣慰。

「你不是說，『看見自己從小到大的身體，看見自己發生了甚麼事，看見自己做了甚麼，看見自己在想甚麼，看見別人對自己說了甚麼』，這不就代表已經看見自己？」

「我不等於我的身體，我不等於我的遭遇，我不等於我的行

為，我不等於我的思想，我不等於別人眼光裡的我，因為，就算我有著不同的身體，有著不同的遭遇，有著更糟或更好的行為，有著完全相左的思想，人們以不同的眼光看待我，我還是我。」開兒停了一下，覺得說得連自己都聽不太懂，於是，試著尋找洞中開兒熟悉的經驗，以不同的角度再說明一次。

「開兒，如果你真的是我，你應該知道，我喜歡看電影，也應該記得看電影的經驗。」

「記得非常清楚，我們高中三年，每星期至少在戲院看兩部二輪洋片，那真是充滿感性娛樂及智性開眼的青春日子啊。」洞裡遙遠的深處傳出開兒遙遠的回憶。

「看電影時你會有兩種經驗，一種是『電影的內容』的經驗，一種是『你在看電影』的經驗，你經驗到的不只是電影的內容，你也經驗到你正在看電影。這兩種經驗最大區別是，不同的人可以觀賞相同的一部電影，有相同的『電影的內容』的經驗，但是，每個人只能經驗到自己的『我正在看電影』的經驗。

看電影只是一個比喻，『電影的內容』可以是外在世界的任何東西，也可以是你的內心生活的任何內容。

有了『電影的內容的經驗』與『我在看電影的經驗』這兩種經驗的差異在手，我們便可以想像以下的場景：我完全忘了我過去的身體長得如何，我也喪失了記憶，人家說我的個性徹底變了，而我記不得我以前是怎樣一個人。但是，很清楚的，我仍舊可以判斷我

還是我。就像，我可以完全忘記我看的電影的內容，但是我沒有忘記是我而不是別人在看電影。」

開兒繼續說：「從客觀的角度，判斷某人是不是某人，與從主觀的角度，判斷某人是不是我，非常不同。『屬於我』的經驗，不能化約成任何其他經驗。因此，我不等於我的身體歷史與內心故事。」

「所以，開兒，你在你的意識場域裡沒有發現自己？」洞裡的開兒有點失望。

還在探索意識的開兒，給了一個讓人意外的答案。

「沒有，意識場域沒有開兒，但是，我就是讓我的意識場域明亮起來的那盞『以內在之眼為火蕊的心燈』，其實，就是讓我的意識場域從虛無變為存有的那盞『以內在之眼為火蕊的心燈』。」

「所以，你是一盞燈？」

開兒覺得隧道裡的開兒有時候有點故意找碴。

「當然不是，燈只是隱喻。『燈』是用來比喻『讓意識展開的那個光源』，而我就是我的意識場域的那個光源。這是一個我可掌控照射方向的一盞燈，我也可以掌控它的強度，但是它照亮的方式就如火把或油燈，遠的照得比較暗，近的照得比較亮。」

「你可以掌控它，所以你不是它。」

「不，我可以自主，我自己掌控自己。我就是一個自主光源，在能力可及的範圍內，我可以決定讓甚麼事物可以被看見，尤其是

內心的狀態。」

「這個『以內在之眼爲火蕊的心燈』是個物理性的東西嗎？是甚麼東西燃燒產生的，或甚麼物理化學物質的激烈變化？」

「我剛剛已經說過了，『以內在之眼爲火蕊的心燈』既不是物理的，也不是一個心理的東西。」開兒有些許不耐，他不喜歡重複說，特別是重複對自己說同一件事，那看起來有點傻。

「那它在哪裡？」

「就說『以內在之眼爲火蕊的心燈』不是物理性的東西，所以，它不在時空中，它不會有位置，這也是爲甚麼它沒辦法被『找到』。」開兒講得連自己聽起來都有點煩。

「沒辦法被找到，那你怎麼說你發現它了。」隧道裡的開兒知道開兒被自己問煩了，但是，職責所在，他還是必須耐心地問。一個開兒不耐煩時，另一個就得多點耐心。

「我是推論出來的，意識的力量、心燈、內在之眼、讓意識展現的那點，講的都是同一件事，而它就不能是時空之物。」

「不能是時空之物，卻看得見時空中的事物。這未免太玄了。」

「不，不玄，懂的人就不覺得玄。就算很玄，也沒關係，玄不代表錯誤。

不是時空之物也不錯，因爲，不是時空之物就不會毀滅，只有時空之內的事物會分解、毀滅。心燈不在時空之內，因此，可以免

於毀滅，我就是我的心燈，因此，只要願意照亮，可以是永生的。」

「爲甚麼說『只要願意照亮，可以是永生的』，而不直接說『可以是永生的』？」

「因爲，心燈還是可以控制自己的亮度，因此，還是可能心死燈滅。」

「你跳得太快了，我不是很懂。」

「這裡蘊涵著一個永生的秘訣。越自私的人，心燈越只顧照著自己，不光照他人，但弔詭的是，越只關注自己，越不關注別人，心燈就越小，而心燈越小，自己生命力就越弱，自己生命力越弱，就更只是專注在自己身上，心燈就更小，如此惡性循環，直到心死燈滅。反之，越願意關懷別人的人，越需要心燈放光明，照亮他人，這看似燃燒自己，看似犧牲生命能量，其實是心燈越發亮，生命力越大，如此正向循環，越能得永生。」開兒把「自我是心燈」隱喻的重要內涵展現出來。

「難道『自我是靈魂』的說法，是錯的嗎？很多人都說過那種說法。」

「很多人說並不代表是正確的，眾口鑠金，但眾口鑠不了真理。

在意識的探究裡，我也觀察到，心燈照得越亮的地方，我們越關心。空間上，心燈亮度由近而遠逐漸變暗；時間上，也是由近而

遠逐漸變暗。所以，以空間的遠近而言，在一般情形下，我們關心的強度，會從自己、親友到陌生人漸次遞減。以時間的遠近而言，在一般情形下，我們會比較關心時間上比較近的未來的我，而不是離現在很遠的未來的我，例如，明天的我與三十年後的我，我會比較關心前者。

在『自我是靈魂』的說法中，所謂的『靈魂』，是一種在時間歷程中一成不變的東西，一個人從小到大外表變化很大，個性也可能變化很大，但是他還是他，同一個自我，同一個靈魂。如果自我真的是靈魂的話，空間上的遠近所造成的關懷差異，還可以被解釋，但是，時間上的遠近所造成的關懷差異，就無法被一致地解釋，因為如果自我是一個靈魂，未來的我無論多近多遠，例如，明天的我與三十年後的我，都會是同一個我同一個靈魂，沒道理比較關心離現在較近的未來我。」

「你都只是在意識裡打轉，在意識探究裡得出來的結論，不見得可用於意識之外的地方。意識裡找不到自我，並不代表意識外也找不到。」洞裡的開兒繼續質疑。

「讓我先告訴你昨晚我做的一個奇怪的夢，再回答你的問題。

昨晚我夢到一隻一直背對著我的粉紅色大象。醒來之後，不禁好奇，這隻大象的正面長甚麼樣子？但是，想一想之後，覺得自己的問題有點奇怪。如果不是夢境，你可以問『背對你的某隻大象的正面到底長甚麼樣子？』因為世界實況超過你的經驗內容，世界比

你感覺到的大多了，有背面的這隻大象，牠應該就會有正面。」

開兒繼續分析他的夢境：「但是，以夢而言，你所夢到的那些就是你的夢境的邊界，不多也不少，沒夢到大象的正面，夢境裡便沒有大象的正面，你就不能問夢境裡的大象到底有沒有正面，你不能問不存在的東西到底存不存在。『夢境的另一邊是甚麼？』、『夢的邊界之外有甚麼？』、『粉紅色大象的正面長甚麼樣子？』等等問題都是沒有意義的。」

語畢，開兒才回應「在意識裡打轉」的質疑。

「我意識探究的結論，就只待在意識之內，我並沒有試圖運用到意識之外，我只能這麼做，超過界線就無效了。」

「開兒，你越說越玄了，而且我們有點離題了。你說『自我不在物理世界中』，可以說清楚些嗎？」洞裡的開兒聲音有些壓抑，時強時弱，似乎壓著下巴在遠方說話。

「好，其實，我們也不一定需要在意識的場域探索自我，睜開眼睛也可以探索自我。如果意識探究所獲得的是真理，用不同探究方法，應該也會獲致相同的結論。」

「好，開兒，請睜開眼睛。」

開兒一睜開眼睛，發現自己一個人身處在無我隧道中的一個明亮大廳，大廳中央立著一面大鏡子和一塊大白板。

洞裡的開兒還是沒有現身，只傳出聲音：「這場景布置得還可以嗎？」

「很好，夠用了，謝謝。」開兒緊接著問洞裡的開兒：「你看得見你的眼睛嗎？」

「當然看得到，我常常照鏡子。」

「那不是你的眼睛，那只是鏡子裡你的眼睛的映射。打你的眼睛，鏡子上的眼睛也會被打，但是，打鏡子上的眼睛，並不會打到你的眼睛。」開兒說。

「我用眼睛看過了許許多多東西，但說實在的，我還真的沒看過我自己的眼睛。不過，應該還是有些不幸的人，一隻眼睛受傷損壞，手術取出後，病人還是有機會用另一隻眼睛看到取出的眼睛。」洞裡的開兒繞著彎酸開兒。

「那是壞掉的眼睛。我說的既不是壞掉的眼睛，也不是鏡子裡的眼睛，這些都只是真眼睛的載體，我說的真眼睛指的不是肉眼，而是你觀看世界的視角。

抱歉，是我說得不清楚，讓我說清楚一點。

我的問題重點是：你看世界的那一刻，你可以同時看見你觀看世界的視角嗎？你可以看見讓你看到世界的那一個視角嗎？」

「好吧，我想不出怎麼可以看東西時又看見用來看東西的那點。」

「換句話說，在你的視域中，不存在你的真眼睛，你原則上看不見你的真眼睛，看不見你用以看東西的視角。但在物理世界中的任何東西，在條件適合下，原則上你都看得見，所以，你的真眼睛

或者你的視角不存在物理世界中。如果你的眞眼睛不屬於物理世界，你的自我還屬於物理世界嗎？」

「『自我不在物理世界中』這樣的說法，實在太極端了，你需要再多一點不同角度的論證，才能說服我。」

「極端不見得是錯誤。眞理與創新在不願意改變的人眼裡，常常是極端的。」

「你一定要這樣酸我嗎？」

開兒沒有回應，逕自走向大白板，寫下兩個句子。

（P1）開兒現在在這裡。

（P2）我現在在這裡。

然後說：「雖然，這兩個句子中，『開兒』和『我』這兩個詞似乎指的是同一個人，也就是我，也就是開兒。但是，那兩句話意義並不相同，因爲『我現在在這裡』是必然眞理，也就是無論何人說、何地說、何時說『我現在在這裡』，『我現在在這裡』這句話都會是眞的。」

開兒停頓，讓洞中開兒消化一下，然後繼續說：「但是，『開兒現在在這裡』這句則是偶然眞理，也就是說，雖然這句話是眞的，但假設不同人說、在不同地點說、於不同時間說，『開兒現在在這裡』有可能由眞轉假。

如果（P1）與（P2）意義相同，那麼它們在任何時候都應該同真或同假，但既然（P1）與（P2）有可能一為真一為假，因此，兩者的意義不同。」

「聽起來很複雜，不過說都說了，你就把它說完吧。」

「我已經盡力了，自我問題和生死問題都是極端困難的問題，很難給出簡單答案。」

開兒繼續說：「（P1）與（P2）的意義不同，而（P1）與（P2）兩者之間唯一差異是前者的主詞是『開兒』，後者的主詞是『我』，因此其中『開兒』與『我』的意義是不同的。

（P1）之所以是偶然真理，是因為『開兒』指向一個客觀存在的人，一個存在於物理世界的人，一個物理對象當然有可能此時此刻不在此地。而現在如果『我』要指向一個客觀存在的人，也就是存在物理世界中的人，最合理的應該就是指向『開兒』所指向的人，除『開兒』之外，應該再無可以指向的對象了。但是，如同我剛剛說的，『開兒』與『我』的意義並不同，而對於（P1）與（P2）這類句子，意義等於字詞所指稱的對象，因此，『我』所指的對象既無法是『開兒』所指向的人，也不能是『開兒』以外的其他人，『我』也因此就不存在於物理世界中。」

透過意識探究中「燈」的隱喻、真眼睛的類比以及語言分析三個角度，開兒說明了自我不存在物理世界。

洞中開兒提出疑問，說：「如果自我不存在物理世界中，它如

何在物理世界行動，對物理世界的萬事萬物產生影響？人依其信念與欲望在物理世界中建構生活，所以，很明顯，人也是物理世界的存有，人怎麼可以又在物理世界之外，又在物理世界之內呢？」

「你的問題很好、很重要，但實在很難，我現在不知如何回答你。

人似乎是雙面人，一面在非物理世界中，一面在物理世界中。或者說，人的一隻腳踏在非物理世界中，一隻腳踏在物理世界中。『雙面人一面一世界，雙腳人一腳一世界』，如此神秘，如何可能，我不知道如何解答。」

「你還沒有真正找到自我，因為你頂多指出『我是一個非物理性的以內在之眼為火蕊的心燈』，還沒說出這心燈如何行走在這塵世中。沒關係，你已經說得越來越好了。如果你有其他的搜尋自我角度，你是可以繼續在隧道裡往前走的。」洞裡的開兒送來邀請的訊息。

「好，謝謝，我會繼續努力。這次，我會從哲學家維根斯坦所指出的『絕對安全感』切入，請先讓我說個故事作為背景。

維根斯坦是猶太人，但是，他那世界級的富有家族想擺脫猶太背景，所以很早就改宗天主教。不過，根據麥爾坎（Malcolm）的轉述，維根斯坦說自己年輕時非常輕視宗教，直到有一次在維也納看戲時，聽到一名角色在戲裡表達了這個想法：『無論世界發生了甚麼，沒有壞事與厄運會發生在他身上——他是獨立於命運和遭遇

的。』這是一個『絕對安全』（absolute safety）的感覺：我是安全的，無論發生了甚麼事，沒有甚麼能傷害我。維根斯坦說，這個絕對安全感讓他覺得宗教仍是有可能的。」

說完故事後，開兒開始繼續探索自我：「我關心的不只是絕對安全的『感覺』，而是一個有根有據說得通的『絕對安全』的感覺：我感到絕對安全，而且真的絕對安全。」

「的確，如維根斯坦所說的，當一個人可以獨立於這個世界，存在於這個世界之外，他就能免於這個世界必然發生的（命運）和偶然發生的（遭遇）傷害。但是，我們生活在這個世界，如何能有絕對安全呢？絕對安全只是一種幻想嗎？」洞裡的開兒提出疑問。

「如果『我』的任何一個部份包含了這個世界中的任何一樣東西，那就沒有所謂絕對安全這件事。屬於這個世界中的東西，都是偶然存在的，有條件存在的，有待的，也就是依憑於他物的，因此，他物的改變，就可能帶來傷害。從這條線索繼續走，那麼，我必須要完全屬於這個世界之外的某個東西，我才能獲得真的絕對安全，當然，這個可託付的他世之物，必須在方方面面都是超級強大的。」開兒想這就是為甚麼維根斯坦認為宗教畢竟可能是有根據、有意義的。

「是的，但是，這條思路我們已經走過，行不通。」

「還有其他角度。首先，是『物我不分』，如果我完完全全是這個世界的一個不可分割的部份，我與這個世界不可區分，似乎就

可以既身處在這個世界，但卻有真正的絕對安全——透過變成這個世界整體不可分的一部份，從而取消命運與遭遇，免去命運與遭遇的傷害。」

「這並不會比『雙面人一面一世界，雙腳人一腳一世界』的說法少一點神秘，你說的『物我不分』其實就是取消自我，這比自我躲到非物理世界中，更神秘難解。自我不僅取消了在物理世界中的行動者身分，現在連作為一個個體都不算了。」

「另外一個可能性是唯我論（Solipsism）的主張。在此，唯我論的看法是自我的邊界等於世界的邊界。世界發生的所有事物，都發生在我之內，因此，是我的一部份，不會傷害我；自我之外無物，更無害於我。」

「好吧，全都是你自己了，你自己說了算。」洞裡的開兒語帶雙關諷刺地說。

開兒開始覺得，或許自己想得太多，推論得太遠了，把自己逼到無法自圓其說的境地，或是落入神秘難以理解的地步。於是，開始回想，剛剛他所想的，哪些是比較紮實的發現。

第一個比較紮實的發現是，他在意識裡找不到自己，自我不存在於心理世界中，然後，自我也不是一個物質性的存有，自我不在物理世界之中。其他的主張如「自我是一個非物理世界的存有」都是推論，因此容易出錯。

準備好之後，他開始回答無我隧道的主要問題「『我是你，但

我也不是你』如何能眞？」

開兒說：「剛剛在意識探究中，所有與『我』相關的都是一串一串變化的心理流變，除了這些心理流變之外，沒有一個一成不變的『實體我』伴隨或承載這些心理流變。相同的，在物理世界中，所有與『我』相關的都是一串一串身體流變，除了這些身體流變之外，沒有一個一成不變的『實體我』伴隨或承載這些身體流變。」

「是的。」洞裡的開兒很高興討論能回到比較不玄、比較聽得懂的地方。

開兒也點點頭，繼續說：「我們在隧道裡的自我探究，只能得出『不存在實體我』這個結論，因此，如果『我』的確存在的話，我不會是一種實體我，而只能是一串一串心理流變與身體流變。」

「是的，我同意。但這如何解釋『我是你，但我也不是你』？」

「如果『我』是一個實體，『我是你，但我也不是你』就直接是一個矛盾，不可能爲眞，因爲，如果我是實體，那麼要不我是你，要不我不是你，不可能我既是你又不是你。」

「是的，但是，如果我是一串一串心理流變或身體流變，『我是你，但我也不是你』如何能是眞的呢？」

「哲學家帕菲特（D. Parfit）的哲學思想實驗『遠距傳送』，正可以用來說明。」開兒回應，並開始仔細地說明思想實驗。

「有一種機器叫時空傳送機，當在地球上的開兒進入時空傳送

機，按下機器內的按鈕後，就會短暫失去意識。在他失去意識的這段時間裡，地球上的掃描器將會完整記錄他身體所有細胞的狀態，然後將這些資料傳送到火星，並將地球上的這個『開兒』銷毀。火星上接收了從地球傳來的開兒的資料後，便立即以這資料為藍圖，以當地的全新質料做成一個複製人，這複製人和開兒的大腦及身體構造都完全一樣。當『開兒』再度醒來時，將會換成了火星上的這個身體。

這個思想實驗預設大腦會承載我們的心理特徵，所以，當火星上那個複製人擁有與我一樣的大腦時，他就會擁有我所有的心理特徵。

開兒在火星醒來後，檢視自己的新身體，發現沒有任何的改變。

開兒又嘗試了許多次這樣的傳送，直到有一次他再度進入時空傳送機器，一如往常按下了按鈕，但這次他並沒有失去意識。於是他詢問工作人員發生了甚麼事，想知道傳送是否成功。工作人員給了他一張卡片，上面寫著：『傳送已經完成，這次使用的是新的掃描器，它一樣會正確將你的模型記錄下來並傳送到火星。但是，新型的掃描器會損害被掃描者的心臟，卻不會即刻銷毀被掃描者的身體和大腦。因此，火星上的你將會是健康的，而地球上的你在幾天後將會死亡。』工作人員甚至告訴他，一個小時後，他就能和火星上的另一個『自己』對話了。但是，如果『他』一小時後在地球，

又怎麼能同時在火星上呢？。

帕菲特透過這個思想實驗想說的，和我們剛剛討論的結論是非常相近的。如果真的有一個『我』，一個在我的心理與生理的變化流中，讓我仍舊保持是我的東西，那麼，在同一個時間點上，就不應有兩個『我』。如果你相信『遠距傳送』實驗的結論，那麼『我』就不是一個在我的心理或生理變化流之外的一個不變的東西，哲學上常稱為實體的東西。

沒有實體我之後，只剩下心理流變與身體流變，只剩心理內容的或身體特徵的流變，這些流變可能非常曲折，也可能分岔。沒有了實體我，只剩下流變的自我。」

「『我是你，但我也不是你』如何能是真的呢？」洞中開兒重提原始問題。

「『我』是一條心理流變與身體流變，後來產生分岔了，變成同源但不同的兩條自我流變。在分岔之前，我是你，你也是我，我們是同一個；但是在分岔後，我是我，你是你，兩個不同。或者說，就同屬一個源流，你我是相同的，但針對是不是同一個個體來看，你我當然不等同。」

「但是，開兒，還未分岔前的開兒，是分岔後的你，還是分岔後的我？總不可能你我不同，但是他又是你又是我。」

「在這個無實體我、只有流變自我的觀點下，我甚麼時候還是我的問題，開兒甚麼時候還是開兒的問題，變得不重要。我倆曾經

是同一個人，現在分成兩個不同的人，我們共享部份自我，從自我流變觀看來，這些都不成問題。」

接著，開兒對洞裡的開兒說：「你最有可能是我的一個複製人，我們的身體特徵和心理特徵是一樣的，但我們是不同個體，不過，你既然是複製我，從我而來，因此你也是我。」

說完，無我隧道忽然從全封閉隧道，變成一個明隧道，從明隧道中可以看到其他明隧道，雖然人我之間還是有區分，但是「我」如果不是實體我，而是流變自我，人我之間交流與匯流的可能性就更容易想像與期待。同時，如果「我」不是實體我，我會比較不自私，比較不是那麼執著於關心自己的未來，變得比較能關心別人，特別是身邊的人。

洞裡的開兒就在隔壁的明隧道裡，他微笑地向開兒揮揮手。

「開兒，你找到我了，也突破自我了，恭喜你，也恭喜我，可以過關了。」

穿越生死關三部曲 — 最無私的主觀

　　「最無私的主觀」是穿越生死關的最終章，也是《人類遊戲》的最後一場。

　　穿越生死關的主要問題是，死亡之於人類有甚麼正面意義？如果死亡徹頭徹尾是件壞事，那麼死亡是不是可以避免，人可不可以永生？如果死亡徹頭徹尾是件壞事，而且死亡不可避免，那麼人生還有甚麼意義？如同進入穿越生死關前所思考的，要回答上述這些問題，必須對於「我」和「關懷」有深刻的理解。

　　「最無私的主觀」是個特殊的關口，它是個「自我說服關」。再也沒有任何人比開兒自己更適合擔任這個挑戰的裁判了，開兒又

聰明、又嚴格、又誠實，聰明、嚴格、誠實的人很難騙得了自己，如果開兒的論點能說服得了自己，那就是紮紮實實夠格過關了。

開兒通過穿越生死關的「無臉塔」和「無我隧道」後，第一個心得是，以「無臉男觀點」來看「我」，是錯誤的。

「無臉男觀點」主要認為，我不等於我的身體及我的身體的故事，我也不等於我的內心生活、我的記憶和我的個性，我也不等於上述這些身心事物的總合，我是這些身心事物之外的存在，身心事物來來去去不時變化，而我是我那些身心變化中一直維持不變的存在。「無臉男觀點」其實就是「實體我」觀點，認為在我的身心變化中，有個一直維持不變的存在，有人稱其為靈魂，有人稱其為本質。

認為「無臉男觀點」是錯誤的，不再把「我」當作一種實體我之後，開兒變得比較不自私，變得比較不關心自己，轉而更關懷身旁的人。但是，如果「我」不是一種實體我，「我」不是在時空中維持不變的東西，開兒想一想，「關懷」這件事不僅變得難以理解，甚至會變得不可能。

一般而言，關懷是以自我關懷為中心，由近而遠地及於其他人事物。如果「我」不是一個實體，「我」頂多只是心理與身體的故事流，故事流構成全部的「我」，故事流之外，沒有另外一個稱為「我」的承載物。而既然沒有「我」，就沒有理由關懷自我，既然沒有理由關懷自我，就沒有理由關懷「我之外」的人事物。

開兒再深想，其實，沒有實體我，甚至沒有「我」，世界中其他的人事物仍值得關懷，因為其他人事物的價值不需要依憑於我的存在。

但是，問題還是沒有完全解決。沒有「我」，如何可能產生動機或動力去關懷，不論是自我關懷或是關懷有其內在價值的人事物？如果沒有實體我作為關懷的主體與行動者，關懷又是如何啟動與運作的？

因此，開兒修正第一個心得，他認為，「我」不是一個實體我，但「我」必須以某種形態存在。

開兒的第二個心得與第一個心得相關。第二個心得是，就「無臉塔」和「無我隧道」來說，開兒認為「臉皮觀點」或「『我』的河流觀」是正確的。

一張臉皮代表一個人的所有身體特徵、個性與記憶，而我在我的身體特徵、個性與記憶之外，就沒其他的東西了，換言之，一張臉皮代表的就是一整個我。「無臉男觀點」所主張的「實體我」是不存在的。一般從不換臉的人就等於一張臉皮，比較特殊的人，個性甚至身體發生很大改變的人則「換過臉」，換過臉的人就等於他這一輩子所換過的臉依時間次序排列的總和，他的一輩子就是一串臉皮，除此之外再沒有別的了，沒有獨立於臉皮之外的「實體我」。一個人像一條沒有河床的河流，一個人可以像是由各種身體事件與心理事件接續發生而形成的一條生命流，我就是一條沒有河

床的生命流，身心事件因果系列構成的生命流就是我的全部，我的那條生命流枯竭了，斷流了，我也就消逝了、死亡了，沒有獨立於生命流之外的「實體我」。

但是，既然都是臉皮，為什人們總是比較關心一張特定的臉皮並視為是自己的臉皮，而不是其他臉皮？如果獨立於臉皮之外沒有一個「我」，似乎沒有任何基礎說明人們為何總是優先關心稱為我的那張臉皮。

其次，代表一個人身體特徵、個性與記憶的臉皮就是我的全部，身心事件因果系列構成的生命流就是我的全部，如此一來，確實沒有了獨立於臉皮或生命流之外的「實體我」，然而，如果只是以可被意識到的臉皮或生命流來代表「我」，這與開兒在「無我隧道」的自我意識探究中，發現「我」是「以內在之眼為火蕊的心燈」，一個視角，一個意識力量，不能化約為任何被意識的對象，似乎有了衝突。

此外，開兒也思索著，代表一個人身體特徵、個性與記憶的臉皮，代表一個人的身心事件因果系列生命流，是如何形成及產生變化的？

於是，開兒回頭檢視修正後的第一個心得，不是實體我但又必須以某種形態存在的「我」，究竟是什麼。

開兒推論出「無臉塔」和「無我隧道」獲得的第三個心得，即是「雙重『我』觀」。

「我」是有兩重意義的，第一個「我」是「以內在之眼爲火蕊的心燈」，這個「我」是沒有任何身分的，但是，這個「我」是「形成臉皮我的意識力量」，也就是建構「人的身分」的意識力量。第二個「我」指的就是以內在之眼爲火蕊的心燈照射在世界上，所產生的「臉皮我」，也就是行走在世界上的具有身分的「我」。

臉皮我是我們行走世界的身分，例如「開兒」，而選擇或建構「開兒」這樣的臉皮我行走世界的，是開兒的意識場域內那盞「以內在之眼爲火蕊的心燈」。

第一個「我」，一般稱爲「自我」（self），第二個「我」，稱爲「人」（person）。第二個「我」就是我們用名字去稱謂的對象，或者我們口中說的「這個人」、「那個人」所指的對象。但「人」在論述上不好用，就用「臉皮我」來暫代它，因此，「我」有雙重意思，一是「自我」，一是「臉皮我」。

臉皮我是一種意向性的對象（intentional object），它是意向所建構出來的行動主體，而它的存在是依憑於自我心燈照射或意識力量。但是，臉皮我這種意向性對象也不是完全虛構的，臉皮我不是完全由意識力量所建構出來的，意識力量至少需要一個物理世界的物件，通常是「人類肉身」，作爲臉皮我在物理世界的載體。理論上，意識力量建構臉皮我時，需要的人類肉身不必是某個特定的肉身，在不同時期可以有不同的肉身，甚至可以不是肉身，而是其他

非碳水化合物構成的物件，如電腦。我們可以說，意識力量（以內在之眼爲火蕊的心燈，自我）以肉身爲載體，形成一個特定的人（臉皮我），讓他成爲一個我們可以認知、描述與付出的對象，讓他具有社會身分，成爲行動的主體。

在自然世界與人類社會中，臉皮我是重要且必要的，因爲在自然世界與人類社會中行動做事，必須是個行動和感受的主體，而這進一步需要我們具有身體以及身分。臉皮我作爲一個主體，才能去關懷、去行動、去承擔責任，作爲一個主體，才能去感受世界。

但是，在同一個人類肉身上，也可以在不同時間戴上不同臉皮，成爲不同的人。有時候有人因爲遭逢巨變，個性劇烈變化，甚至失憶，變成另一個人，而具有多重人格的人，更是鮮明且極端的例子。我們也可以看見一些人經過深刻反省及身體力行，日漸改變，經年累月，最終改頭換面，成爲一個非常不一樣的人。

我們可以說，「我」是沒有固定形狀的，原則上，意識力量可以使「我」戴上不一樣的臉皮，成爲不一樣的人。

自我是「以內在之眼爲火蕊的心燈」，是形成人臉我的意識力量，這樣的意識力量有什麼重要內涵？並不是所有意識內涵都可以使「我」戴上臉皮，「負面」的意識內涵如仇恨、嫉妒、冷漠，它們有很強的分離力量，無法使「我」戴上臉皮。甚麼意識內涵最能讓事物結合在一起？答案是愛與關懷，因爲，愛與關懷的內涵就是開放、連結與融合，愛與關懷打開自身邊界、接納進而融合愛與關

懷的對象。愛與關懷因此是最強大的使「我」戴上臉皮的意識內涵，深愛著某張臉皮，深深關懷著他，從而以他的視角思考與感覺，不知不覺中，「我」就戴上那張臉皮。

原則上，「我」沒有固定形狀，愛與關懷可以使「我」戴上不一樣的臉皮，一旦愛與關懷的對象轉變，臉皮可隨之變換，成爲不一樣的人。而由於愛與關懷的核心是融合，眞正的愛與關懷讓臉皮我不只是從 A 到 B 的轉換，也可以是從 I 到 WE 的融合。

更細緻地說，具有愛與關懷的意識力量，是一種「將對象反轉爲主體」的意識力量，也就是說，「以內在之眼爲火蕊的心燈」具有「將其所愛和關懷的對象反轉當作其自身」的力量。自我關愛某張臉皮，透過關愛這張臉皮，自我把某張臉皮由對象反轉當作主體，成爲臉皮我。

眞正讓我們產生自我關懷的充分動機，正是來自愛與關懷「將對象反轉爲主體」的意識力量，所造成「雙重『我』觀的疊合」。自我與臉皮我兩者雖然是不同的，但是通常人們不自覺地將兩者疊合成一個「我」，而正是這個疊合，讓自我產生特別的動機或動力去關懷自己的「臉皮我」，臉皮我也就成爲自我關懷的中心，關懷的遠近親疏便形成，離臉皮我越近的人事物，越受到關心，離臉皮我越遠的人事物，受關心程度越小。

更重要的是，愛與關懷所造成「雙重『我』觀的疊合」，使得自我關懷具有劃界的能力，自我關懷所劃出的邊界，是「我」的邊

界。你的自我關懷到哪裡，你的「我」的邊界就到哪裡。「我」的邊界是浮動的，自私的人，「我」的面積很小，越無私的人，「我」的面積越大。「我」仍舊沒有固定形狀，但是，自我關懷可以呈現出此時此刻「我」真實的範圍在哪裡。

愛與關懷「將對象反轉為主體」的能力，加上愛與關懷的劃界範圍是有彈性的，開兒看見了克服死亡的可能性，以及死亡的意義。

自我關懷的臉皮我會死亡，可是，當「自我關懷」從個體觀點轉向人類（humanity）觀點時，也就是說，不是以某個特定的人而活著，而是以「人類」界定「我」，自我關懷所劃出的「我」的範疇，涵蓋了「人類」，那麼，超越死亡就成為可能。至少，只要人類存在，你就會存在，因為，你是以人類的身分，活在你的個體肉體內，因此，即使你的個體肉體死亡，你的個人心理特徵滅亡，但是，你以人性關懷為自我關懷所界定出來的「我」，還是活著的，只是它存活在其他人類身上。

你關心的是所有的人類，或人類共有的東西，所以當你死亡時，只要還有人類活著，你就還活著，你已經克服死亡。其實，這就是以大愛（agape）克服死亡。

死亡的意義則在於正義與淨化。對於自私的人來說，死亡就是死亡，死亡就是毀滅。對於依大愛而活的人來說，只要有人類存在，甚至有生命存在，他就存活著，他身體的死亡對於他來說是無

害的，這是死亡的正義。對於一般人，也就是部份無私部份自私的人來說，死亡帶走自私的部份，而留下大愛的部份，留下人性美善的部份，這是死亡的淨化。

開兒想到關心這個議題的哲學家馬克・強斯頓（Mark Johnston），在《死而不亡》一書中，提出了「冬眠者」的思想實驗，來說明以全人類爲自我關懷對象的可能性。

想像有一種叫做「冬眠者」的人類動物，他們具有一種特殊的大腦化學物質，能夠使他們持續清醒長達九個月，在這期間他們會不停的工作並大量生產，然後在冬季時會如同冬眠動物般進入深沉的睡眠狀態，每一個冬眠者在甦醒後會花上一到兩週的時間調整狀態，直到徹底恢復清醒。在進入冬眠狀態前，他們會將未完成的事項留下詳盡的訊息，以便甦醒後可以接續，同時爲了下次甦醒所需開始儲存糧食。根據冬眠者在冬眠前留下的訊息及紀錄，可以發現：冬眠者在經過三個月的冬眠後甦醒，和冬眠前的自己相比有如完全不同的兩個人，因爲兩者間幾乎沒有任何相似的記憶，性格也完全不同。

爲下次甦醒努力儲存糧食，爲下次甦醒留下知識與訊息，明顯地，在冬眠與冬眠之間，無論冬眠多少次，冬眠者還是關心「自

己」的。但是，除了還擁有著相同的身體外，冬眠者有甚麼理由關懷之後甦醒的「他自己」？如果，擁有相同身體並不是「同一個人」的要件，那麼冬眠者與甦醒後的「他」就不會是相同的人，那為甚麼冬眠者還是像關懷自己那樣地關懷甦醒後的「自己」呢？

未來甦醒的那個我，會有甚麼樣的記憶與個性，我不知道，但我仍然關心他，可見我所關心的是「任意的」一個人，不是特定的一個人，因此，我所關心的是人性本身或人類本身。

如果「我」還是重要的，而自我關懷界定了我是誰，那麼冬眠者就是人性本身、人類本身。當我關心的是人類本身，那麼，只要還有人類存活，我就會存活，就算我在某次冬眠後，就不再甦醒了，只要還有冬眠者存活，我就存活著。在這個意思下，我死後還能存活。但是，如果冬眠者只關心冬眠之前的自己，不像關心自己那樣關心冬眠後甦醒的人，那麼他的死亡就只是死亡而已。

冬眠者是一個隱喻和哲學思想實驗，它指出一個可能性，也就是，自我關懷的對象可以超越個體，自我關懷的對象可以涵蓋整個群體，既然自我關懷的範圍界定了「我」的範圍，「我」可以是整個群體。冬眠者隱喻有著很強的現實類比，父母之於子女，一代之於下一代，常常有著類似的關懷與愛。

從自私的自我關懷，轉向大愛的自我關懷，這個自我意向的轉換，將個人死亡的過程，蛻變成克服死亡的過程。

開兒終於說服自己，就算人類至今無人逃脫死亡，「死亡」並

不是人類唯一的結局，因此，就算死亡看似必然，死亡還是擁有重大意義。

《人類遊戲》以「我是誰？」的驚奇為開兒啟動了遊戲，開兒也將以「我是誰？」的答案，為《人類遊戲》劃下休止符。

「我」是一盞以內在之眼為火蕊的心燈，「我」也同時是這盞心燈以愛與關懷所建構出來的對象，心燈透過愛與關懷將對象反轉當作其自身，雙重「我」疊合為一。如果心燈只關愛某個個體，個體死亡，心燈也就滅了，疊合的雙重我皆不復存在；如果心燈有大愛，關愛人類，那麼只要還有人類存在，「我」即持續存活。

無私、大愛的人才有可能脫離死亡的恐懼，脫離死亡的恐懼才能徹底地不恐懼，才是真正的道德人，才是真正的自由人，也才有可能活出真正的自我。

「我是誰？」開兒說：「以人性關懷活出的自我，是真正的我。」

《人類遊戲》響起巴哈《賦格的藝術》尚未完成的旋律。

「人生」，哲學一遍，開兒過關了。

道別

開兒通過《人類遊戲》，遊戲中的參與者與有榮焉，一起分享開兒成功的喜悅，然而，成功也代表離別，開兒即將啟程回駁未星，大家喜悅的心讓離愁更濃。

朋友們為開兒開了慶功會加惜別會的冰火雙重會，但惜別的愁緒很快壓過慶祝的心情。

深度森林的不呼不可第一個走出來，向開兒道別：

「人生最難是道別，我即便常常道別，但總還是學不會道別。像我這樣敏感的人，受不了分離的想法，分離的想法會一直折磨著我。」

「不呼不可，放手才會獲得。你要學會放手，讓我成為大家歷史的一部份，不要讓我成為大家未來命運的一部份，限制了大家任何自由。我來人類世界，不是來囚禁人心、限制自由、縮減可能性的。」開兒貼心地說並擁抱。

開兒沒看見莫蘭迪：「莫蘭迪還好嗎？他沒來道別，就讓我自己走？」

「開兒，莫蘭迪就是冷漠，不要管他。來，我們拍張離別照紀念。」潘比熱絡地邀請開兒。

「潘比，照片會變舊，我的記憶永遠清晰，就不必拍照了。」說完，開兒忽然覺得自己對潘比一直不夠友善，想彌補他。

「潘比，我可不可以給你一個臨別贈言？」

「當然。」潘比很高興，別人都沒收到開兒任何離別紀念。

「不要再比來比去了，不要千方百計追求快樂了，你可以直接快樂起來，好好過自己的生活。」無論如何，潘比很高興地收下這個自己獨有的臨別贈言。

「過去過不去山谷」的坎兒遠遠地站在一旁，一聲不響，過不了離別的坎。

「坎兒，別難過，認真克服過的困難，都會為自己留下禮物，只要一起努力過，沒有真正的分離是可能的。」

忽然傳來批評森林笑鴉鴉卡在喉嚨裡的話，聲音像陰森的笑聲，也像狗吠聲，也像尖銳刺耳的呼叫聲，也像憂鬱的嗚響聲，也

像精神失常的竊笑聲，但是大家也可以輕易聽出來，笑鴉鴉的聲音充滿離別的不捨。

「笑鴉鴉，謝謝你，不必說甚麼，話語不會讓離別更好受的。謝謝你，讓我更認識自己，知道怎麼面對批評。」

這時，美杜莎站起來，美麗的氣場立刻讓吵雜的惜別會全靜了下來，她走到開兒身旁，彷彿全場就剩下他倆，然後，輕聲說：「我很幸運在最美麗的時候遇見你，我只想把最美麗的我留給你，你在這時候離開最好。開兒，再見了。」

其實，美杜莎不需要說那麼多巧思的話，以她的美麗，簡單一句再見，就能偷走了一般人所有的未來。但，開兒不是一般人，開兒越來越能欣賞美麗，但是也越來越能自在自得，不被牽絆，事實上，開兒覺得，越能自在自得，不被牽絆，才越能欣賞美麗。

不像美杜莎那麼讓人費心思，陽光般的水井眞子跑過來抱著開兒說：「開兒你不要走，你甚麼時候回來？」

開兒輕輕回抱了水井眞子，然後再輕輕放開她，對著她點點頭，沒說甚麼，連「再見」都沒說，他知道「再見」雖是最誠摯的承諾，但也是最空洞的承諾。

白喉河鳥水行者待在洗思路瀑布裡不出來道別，今天瀑布聲變大，瀑布的水量也變大，多了鹹鹹的哀傷味道。

心之林的禹步一步一拐，邊走邊說：「這裡太窄了太擠了，我要走到海邊說再見。」一小步一大拐，小步內斂，大步出神，悠然

飄忽，飄忽悠然，走向海邊。

岔路口的美麗夫人說，「留下來或不留下來，這真是個艱難的抉擇，但是有這樣的選擇，你是幸運的。」

「美麗夫人，我從前的抉擇，已經決定了此次的離別，離別之後，希望再遇見抉擇，出現再聚首的機會。」

一說完，開兒立刻轉頭面對美麗夫人身旁的史太魯教授，說：「再見，史太魯教授」，史太魯來不及長篇大論分析「道別」。

一躍法師忽然一躍而來，對開兒說：「勇敢往前走，所有因信任與勇氣而抬起的腳，最後都會落在光明之地。」一躍是「分手派」的，他相信，分手雖然讓靈魂難受，但分手也會讓靈魂變得更好。

一躍跳過之後，惜別會上充滿了香味，不是一躍的味道，原來是天上飛來偶然森林的孔雀赫拉。赫拉身上剝落的智慧花瓣，並非偶然地翩翩飄落在惜別會上每個人的身上。

傷心小丑說：「分開就成孤島了，開兒。」

「向孤島說再見，不是分離而是相聚。而且，小丑，相遇時我們相知相識，但分離時我們彼此會認識得更深，知道我們原來連結得如此地緊密。」

虛無森林的吳剛與薛西佛斯一起走來，看起來看得很開。

「開兒，我們好像已經說過 1,000 次再見了，1,001 次相見應該馬上就會來了，人生不過是瞬間的事，人生就在相遇與別離之

間，別離之後，只會是再相遇。」

「吳剛、薛西佛斯，如果一定要和誰一起重複過 1,000 次人生，我會選擇你們，還有誰更能夠在毫無意義的生活中創造價值呢？」

真實門與快樂門的蝙蝠知墨特別有誠意，放棄瀟灑地飛翔，選擇笨拙地走路，搖搖晃晃努力走向開兒。知墨向開兒點點頭，開兒向知墨點點頭，都沒說話，沉默三分鐘後，知墨向天空揮揮手，飛在天上的蝙蝠知墨一族，一共有十二億隻知墨，開始打鼓，驚天動地的鼓聲普天共振，鼓舞開兒向前走。

在知墨一族震天鼓聲中，開兒耳邊忽然響起一個聲音，原來是隱身的所羅門王。開兒不等所羅門王說完話，循著他的聲音和氣息，一把握住他的手，拔掉他的隱身指環，所羅門王現身，微微受到驚嚇，開兒大方擁抱他說：「謝謝你，所羅門先生，我現在越來越相信，這世上沒有甚麼好恐懼的，請你也不要恐懼，學會道別，把身外之物全還給惡魔，脫了這副黃金枷鎖。」

這次惜別會，無影石的白袍無憾法師不在場，他不需要來，因為開兒在無影石時，已經好好地向無影石的所有夥伴道別，開兒已經誠摯地向他們一一道歉，一一道愛，一一道謝，一一道別。

無常關的黑白無常范謝兩將軍說了和虛無森林的吳剛與薛西佛斯類似的話：「人生不過是瞬間的事，人生就在相遇與別離之間輪轉，別離之後，只會是再相遇。」范謝將軍是別離後往再相遇的道

路上的導遊，沒有范謝將軍，輪轉不會完整。范謝將軍最近學會邊走邊跳跳出音樂的新舞步，待會兒正好陪開兒走一段路跳一段音樂出來。

解字亭的許不甚改不了舊習慣，問開兒：「『別』字為什麼寫成『別』這個樣子？」

「『別』字原意是廚師把肉分割、分解，真的，離別最是割人心。『別』字太狠心，只好讓『別』字來彌補，我會把你們別在心上。」開兒停頓一下，然後接續說。

「『別』無論如何就是個別字，不要讓分別常出現。」開兒別過頭，望著遠方，知道自己對於分別的看法前後並不十分融貫。

生命之林的守護神蒂爾思對開兒說：「開兒，Goodbye，Goodbye 裡面有個 Good，Good 裡面有個 God，我沒辦法與你同行，希望你一路好運，希望神永遠與你同在。」

「謝謝你，蒂爾思，走得再遠，我都不會遠離生命之林，因為，微風會帶來生命之林的氣息，鳥兒會捎來生命之林的訊息，野獸會嘯吼生命之林的節奏，昆蟲會鳴奏生命之林的樂曲。」

止息森林裡納巴部落的族長埃地用開兒對他說過的話說：「開兒，一個人在外面，風風雨雨也好，挫折困頓也好，無所適從也好，再怎麼氣不過、吃不消、想不開，總是有一個可以安心的地方，那就是家。開兒，我們部落永遠是你的心安放的地方，永遠是你的家，常想我們。」

開兒曾在止息森林經驗到深度的寧靜，雖然很短暫，後來也不留戀，但仍是很感激納巴部落的招待。

　　掌管正義與法律的炎摩羅者騎著大黑牛來到開兒面前，大黑牛親熱地磨蹭著開兒，炎摩羅者說：「開兒，我來道別，好好的道別才能贖罪、銷債、結案，宇宙才能平衡。」

　　「炎摩羅者，謝謝你們這麼費心，大老遠還跑來。無論如何，我都欠你們，你們就讓我欠一些吧，不然往後憑甚麼思念。」

　　數學森林的艾雪問開兒：「離別後，那些思念的晚上，是睡不著的夜晚，還是捨不得睡的時刻？」

　　「艾雪，思念你們讓醒著比做夢更美好。離別後，空間距離無限，但時間差歸零。」

　　開兒說到時間，大家想起時間森林的微住希來，惜別會現場忽然變得非常安靜，大家知道她不能來，深怕開兒傷心。但是，只見開兒舒心地一笑，想到微住希來，他的眼睛同時呈現過去、現在與未來。

　　「各位，謝謝你們的貼心，希來離開之後很長的一段時間裡，對開兒而言，日子就只有兩種，有希來陪伴的日子，和沒有希來陪伴的日子，而有希來陪伴的日子實在太短。開兒必須非常專注地思念希來，專注到世界全靜止了，希來才能在時間的空隙中出來相聚。後來，我想，其實也不必常常如此，因為希來從來沒有離開我，她永遠在我心裡。」

異同森林的雙面神亞努斯朝開兒走過來，他以面向未來的那張臉面向開兒。

　　「開兒，放心旅行去吧，過去與未來都歸我掌管，未來一切都會沒事的。」

　　「亞努斯，謝謝你。你實在太辛苦了，未來還沒來，你就要管，過去已過去，你還是要管，真難想像處在現在的你如何管過去與未來。」

　　「的確很難，很多事管不了，也管不好。」亞努斯轉過頭去，換面向過去的臉面向開兒。

　　「我想，你就早點辭去雙面神神職，向掌管過去與未來的職涯道別吧。」

　　亞努斯點點頭，兩張嘴異口同聲地說：「明天就去遞辭呈，變回一張臉，不看過去，不看未來，專注在現在的一張臉。」

　　最後，一直關心開兒一舉一動的愛神洽摩，騎著七彩鸚鵡盤旋而下，走到開兒面前，凝視著開兒。

　　「我說不出口，我也聽不下去，不要以為『再見』兩個字就能輕易擊垮我！」

　　「不，洽摩，我需要用一輩子向大家道別。」

　　愛神洽摩一聽，轉過頭去，不敢再看開兒。

　　這時，哲學之父蘇格拉底走出來，把冰火雙重會從惜別會的氛圍拉回慶功會的氛圍，為開兒的人類遊戲之旅做個快樂結尾。

「開兒，恭喜你。問了這麼多問題，回答了這麼多問題，闖過一個又一個關口，砍出一條又一條道路，走出一個又一個森林，你瞭解了人類面對各種重要問題及困難挑戰時，如何權衡、抉擇與解決問題，也理解了人類最精華的理想、原則、想像與經驗，而你也因此更瞭解自我以及『哲學是練習死亡』的意義。恭喜你，你真正瞭解人類，你的任務完成了。」

蘇格拉底很好奇，一個外星人在如此理解人類之後，自身會產生甚麼樣的改變，他問開兒：「你現在有甚麼感覺？」

開兒凝視著蘇格拉底，眼中充滿喜悅與感謝。

「我現在能感受到的，比我能理解的還多，而我現在能理解的，比我能表達的還多……」

蘇格拉底說：「開兒，關於人類個體思想與行為，你瞭解了不少，也提出許多珍貴洞見，關於人類群體社會與未來，你是否也完成資料的搜集，我們非常想聽聽你的看法，可惜你就要啟程回駭未星了。」

「蘇格拉底，你忘了嗎？你們無臉塔遺失了一張開兒的臉皮……」

後記

作爲哲學人，墾耕於思想邊界，年歲漸長，如何劃定自我邊界也變得迫切，幾年前又遭逢大病，瞬間面對了生命邊界，邊界是界限，一個界限疊上一個界限，三個界限一起逼拶上來，逼到水盡山窮之處，無處可躲，無物可靠，無法可循，轉身直接面對自己，反思自我，觀看心靈。孰重孰輕的價值問題，何去何從的意義問題，在山窮水盡處冷暖幽微皆入心，變得清晰。

山窮水盡處的思索是一種不再爲什麼而思索的思索，是一種自力自證自得的覺知，而心一有所得，就像忽然走出一片迷霧森林，眼前頓時開朗起來，覺得暢快喜悅。

喜悅應該分享。有事無事，此事思索數年，心得、靈感與思緒四處散落於某個心靈轉角、某月某日臉書文字、某書某頁留白邊上，一直未曾動筆整理這些心得、靈感與思緒，直到，另外一個界限逼拶上來。

　　2020 年，瘟疫肆虐全球，人類全體一起面對了巨大的生命與生活無常，作為人類的一份子，也感受到人類面對無常界限時的迷惑與焦慮，覺得該動筆寫出這些界限的反思，或許可以幫大家解些惑、除些魅、去些憂、消些愁。

　　另外，疫情讓全球移動停止，「在家閉關」時間變長了，寫作條件優化。通常凌晨三、四點開始寫，直到早晨八、九點，如果當天沒有公務，就繼續寫，從四月寫到六月，三個月完成《誰在森林後面》初稿。初老哲學教授凌晨寫作，像是當年高中時清晨送報，老教授與送報童都有著一種靜待天明的心情。

　　《誰在森林後面》就是透過水盡山窮處的思索，透過思想界限、自我界限、生命界限彼此壓疊接壤之地的探索，將走出迷霧森林的喜悅分享給大家。

　　如果將主要讀者設定為人生閱歷較為豐富的人，《誰在森林後面》很可能就依著我這初老人的思緒脈動，自然寫成哲學散文集，但是，我特別想讓年輕人更能參與這「山窮水盡處的思索」，產生「走出森林的喜悅」，便選擇以小說輕包裝哲學反思，將哲學思考揉入故事情節中，引著年輕人走入一個一個故事，探索思想、人生

與生命，走出一個一個思想迷霧森林，一次次感受喜悅。我也認為，不管年紀如何，人人都有一顆年輕的心，能一起分享走出森林的喜悅。

著手寫下去，才發現不容易。就算是輕包裝，小說不容易打包哲學。小說有人物，有故事，有場景，層次豐富彼此融滲，哲學則強調概念分析與演繹，清晰定義與嚴謹邏輯是哲學的特徵，小說依具體經驗與生命情節發展，哲思則受概念分析與理論根據節制，兩者不容易走在一起。

《誰在森林後面》主要以哲學思路為骨架，然後再故事化，一層一層刷上心態、欲求、生物、神話、隱喻、幽默、理想、風格、語調、神態、味道、聲音、顏色、形狀等人世色彩與人間風味，而我在思想、人生與生命山窮水盡處，求索而存養來的心得與心境，就像是調和的清水，揉合書中的哲學與故事。

當然，不必專攻哲學，也不必老去，更無需重病，我們仍有其他機會面對思想、人生與生命的各種邊界，退學、考試失利、失戀、遭受背叛、親友死亡、忽然失業、車禍、戰爭、疫病等人生無常情形，都會讓邊界問題出現，只是當時心不敏感，常常也就錯過了界限帶來的反思機會。《誰在森林後面》各種虛擬場景，陪著讀者一起練習「山窮水盡處的思索」，希望讀者對於界限問題更為敏感，也相信讀者自力自證自得的覺知能力因此能雄起強大，走出自己的迷霧森林，獲得喜悅。

生活美學006

誰在森林後面

作者：林從一
發行人：廖志峰
執行編輯：簡慧明
美術編輯：劉寶榮
封面設計：談明軒
法律顧問：邱賢德律師

出版：允晨文化實業股份有限公司
地址：台北市南京東路三段21號6樓
網址：http://www.asianculture.com.tw
e - mail：ycwh1982@gmail.com
服務電話：(02)2507-2606
傳真專線：(02)2507-4260
劃撥帳號：0554566-1

印刷：欣佑彩色製版印刷股份有限公司
裝訂：聿成裝訂股份有限公司
初版日期：2020年11月

國家圖書館出版品預行編目資料

誰在森林後面 / 林從一著. -- 初版. -- 臺北市：允晨文化. 2020.11
面；　公分. --（生活美學；006）　ISBN 978-986-99553-2-4(平裝)
　　　　863.57　　　　109017109